法藏知津

三編：佛教文學與藝術研究專輯

杜潔祥 主編

第12冊

周賀詩研究

楊婷鈞 著

蘇曼殊詩析論

顧蕙倩 著

花木蘭文化出版社

國家圖書館出版品預行編目資料

周賀詩研究　楊婷鈞 著／蘇曼殊詩析論　顧蕙倩 著 — 初版
— 新北市：花木蘭文化出版社，2015〔民104〕
序 2+ 目 2+118 面／目 2+108 面；19×26 公分
（法藏知津三編：佛教文學與藝術研究專輯　第 12 冊）
ISBN　978-986-6528-60-6／978-986-6449-76-5（精裝）
1.（唐）周賀　2. 唐詩　3. 詩評／1.（清）鄭燮　2. 蘇曼殊
3. 學術思想　4. 文學評論　5. 詩評
851.4417／847.4　　　　　　　　98000877／98014127

ISBN-978-986-652-860-6　　　ISBN-978-986-644-976-5

9 789866 528606　　　9 789866 449765

法藏知津三編：佛教文學與藝術研究專輯
第十二冊　　　　ISBN：978-986-6528-60-6／978-986-6449-76-5

周賀詩研究
蘇曼殊詩析論

作　　者　楊婷鈞／顧蕙倩
主　　編　杜潔祥
副總編輯　楊嘉樂
編　　輯　許郁翎
出　　版　花木蘭文化出版社
社　　長　高小娟
聯絡地址　235 新北市中和區中安街七二號十三樓
　　　　　電話：02-2923-1455／傳眞：02-2923-1452
網　　址　http://www.huamulan.tw 信箱 hml 810518@gmail.com
印　　刷　普羅文化出版廣告事業
初　　版　2015 年 5 月
定　　價　三編 15 冊（精裝）新台幣 25,000 元　　版權所有‧請勿翻印

周賀詩研究

楊婷鈞　著

作者簡介

楊婷鈞（筆名紫嵐）女，出生 68.8.14
學歷：東海大學中國文學系（文學學士）
　　　華梵大學東方人文思想研究所（文學碩士）
經歷：現任桃園縣三坑國小教師兼組長

一、指導學生參加九十三學年度學生舞蹈比賽國小團體甲組現代舞，榮獲甲等。

二、擔任九十三學年度學校認輔教師盡心盡力表現優良。

三、參加 94 年度桃園縣台灣語通用協會舉辦鄉土語言教育台語第一階段研習。

四、參加 94 年度桃園縣台灣語通用協會舉辦鄉土文化教學研習。

五、參加 94 年度閩南語教學進階教師研習。

六、參加 95 年度龍潭鄉語文競賽，榮獲字音字形教師組第三名佳績。

七、指導學生參加第二屆全國客語生活學校成果觀摩賽初賽北區客語戲劇類中年級組成績優等。

八、參加桃園縣 GreaTeach 2007 教師創意教學獎，榮獲優等。

九、參加桃園縣龍潭鄉教育會辦理 96 年度創新教學活動設計甄選，表現優異，榮獲第二名。

十、參加桃園縣 2007 年校園奧斯卡影展「桃園地方文化報導」組，作品「三坑鐵馬道」榮獲佳作。

十一、參與社團法人中華創意發展協會舉辦之 GreaTeach 2007 全國創意教學競賽獎，方案「當人體魔術與科學遊戲相遇時」榮獲甲等。

十二、參加桃園縣 96 年度「精進課堂教學能力」國民小學創新教學活動設計暨多媒體素材製作，「藝術與人文─武林秘笈」榮獲乙類佳作。

十三、參加桃園縣 96 年度提昇中小學教師資訊能力認證，通過認證。

十四、參加桃園縣 96 年度推動國民小學實施國際教育「認識世界」課程活動教學設計徵選，作品「Enjoy Life」榮獲佳作。

十五、參加桃園縣 96 年度資訊融入教學績優教師團隊甄選，計畫名稱：【魔法 e 學苑】榮獲佳作。

十六、參加桃園縣 96 年度資訊融入教學績優教師團隊甄選，計畫名稱：【你知「稻」了嗎？】榮獲佳作。

十七、參加桃園縣 97 年度「精進課堂教學能力」國民小學創新教學活動設計，「自然與生活科技─魔力四射」榮獲佳作

提　要

　　周賀為中、晚唐詩人，約與姚合、賈島同一時期。現存詩一卷，共九十三首。本論文以《全唐詩》所錄周賀詩為主要探討範疇，並將周賀所處之時空背景，生平交遊，及其詩歌題材、寫作風格作一整體性探討，以說明其在唐代詩壇上的地位。全文共分五章：

　　第一章〈緒論〉略述周賀詩研究概況，以及研究目的、研究範圍和研究方法。

　　第二章〈周賀所處之時空背景〉採文獻探討方式，將中晚唐政治背景、社會經濟環境，文壇之流派興起、酬酢唱和、親佛近道等種種現象，以為作品之外緣研究，俾了解其時代。並採以詩為證，了解其生平遊踪。從其交遊情形，了解其為人與詩歌創作情形。

　　第三章〈周賀詩之題材類型〉針對周賀詩歌內涵，作全面性的探賾。由周賀九十三首詩篇先作詩歌體裁分類，再以分析題裁類型、歸納作品內容旨趣、統計詩歌數量多寡，來說明其題材之多樣化。

　　第四章〈周賀詩之寫作風格〉分三個重點來進行析論，即聲律用韻、意象塑造與特色、藝術風格。聲律用韻方面為分析周賀詩的平仄聲律、用韻情形。意象塑造與特色方面，歸納周賀詩中常見的辭彙，並找出其背後所隱藏的意象。藝術風格方面，則探討周賀詩中的閒靜平淡、清奇雅正、寒狹僻苦等特殊表現手法，展現其獨具風格之寫作方式。

　　第五章〈結論〉分段將上述章節，作聯繫統整，對周賀其人、其詩，綜合評述，並總結研究成果，說明周賀在唐代詩壇上的地位。

序

　　余執教華梵大學東方人文思想研究所，轉瞬十五寒暑。其初雖以教授儒學、中國文獻學、中國文學為主，後則因所方教學需求，乃兼授中國佛典目錄學、中國佛典辨偽學與中國佛教文學。從學諸生每喜以上述課程擬訂相關題目，在余指導下撰成博、碩士論文。大凡成績優異者，均經余慎加斟酌選擇，推介出版社予以刊行。如斯處理，不惟對研究生追求論文撰作之完美與水平之提高深加激勵，而彼等之論文因之得以面世，藉與學林同道切磋琢磨，以著聲聞，斯對研究生之學術前途實深有裨益，且影響至大也。

　　邇者，本所研究生楊婷鈞君以《周賀詩研究》為題，撰寫碩士論文。周賀者，晚唐詩人，曾為僧，與賈島齊名，是婷鈞所鑽研者固屬中國佛教文學範疇也。中國佛教文學乃屬邊緣文學，研究者較少。近世研究唐詩之學者，每多耗心力於文人詩李、杜、王、孟等主流作家之探研，彼輩研治所得，往往千篇一律，而不自覺其浮濫，故目前研究生肯用力於邊緣文學研究即如賈島者已甚寡少，而能致力於周賀詩研究者更屬鳳毛麟角，絕無僅有。惟余於授課之時，反常鼓勵從學者多留心邊緣文學，雖從事此方面研究時因參考資料尠少，每須一空依傍，倍覺其難；然如斯之鑽研，常多得創新機會，至其將來獲得之成效，或更勝人一籌。婷鈞選取周賀詩為研究對象，與余宗旨暗合，因心竊喜之。

　　婷鈞《周賀詩研究》初成，已覺其內容充實，結構完整，見解新穎，修辭順適，而其餘勝處尚多，將來讀者自知之，無庸縷述。惟有一事仍須敬告者，則婷鈞撰文之初，本據康熙時所修《全唐詩》本周賀詩，而論文撰就後，始悉中國國家圖書館出版之《中華再造善本》，其〈唐宋編・集部〉收有南宋

臨安府陳宅書籍鋪刻本《周賀詩集》。其書雖較《全唐詩》所收九十三首略少十七首，然無可諱言，版本方面實較《全唐詩》優勝。婷鈞幾經辛苦，設法覓購得南宋本，乃即更轅易轍，改用之以爲底本，並參以《全唐詩》本，將論文重爲整治。其不畏辛勞，精益求精之用心，殊難能可貴，終其所成則論文之撰就亦愈見其完美矣！

《周賀詩研究》近得花木蘭文化出版社主編杜潔祥先生俯允收入所編《古典詩歌研究彙刊》第五輯中，殊深感戴。書將面世，婷鈞請序於余，乃樂而允之，並略述其撰文原委如上。

民國九十七年十二月五日，何廣棪撰於華梵大學東方人文思想研究所。

目

次

第一章　緒　論

第一節　研究目的

　　中國是一個詩的國度，詩歌傳統源遠流長。在各種文學體裁中，詩歌是最有影響力的一種，散文、小說、戲劇都有詩化的傾向。具體言之，中國文學是詩化的文學，唐詩是中國文學的瑰寶，是中國詩歌發展的高峰。依據清康熙年間所編的《全唐詩》，所錄詩人二千五百二十九人，詩作四萬二千八百六十三首，共計九百卷。作詩的人上自帝王、公卿、官僚，下至布衣，旁及僧、道，幾乎遍及各個階層。因此唐詩是唐代社會的文學紀錄，是當時人民生活感受和思想歷程之具體體現，是他們依自身心理、情感、思維面對經濟、生活、戰爭、羈旅、情愛、優美風光時孕育出的美麗結晶。

　　「熟讀唐詩三百首，不會吟詩也會吟。」猶記得孩提時，在父母師長耳濡目染下，唐詩信手捻來，順口背誦。隨著歲月增長，詩悄悄成了生活的一部分，詩之精錬雋永、含蓄有味，每每令人讚嘆不已。

　　周賀爲中晚唐詩人，約和姚合、賈島同一時期。近來有關姚合、賈島之研究，皆有廣泛探討，如碩士論文有徐玉美《姚合及其詩研究》、蔡柏盈《姚合詩研究》、鄭紀眞《賈島詩研究》、劉竹青《孟郊、賈島詩比較研究》、顏寶秀《推敲詩人——賈島詩藝探索》；博士論文有簡貴雀〈姚合詩及其《極玄集》研究〉、單篇論文有曹方林〈姚合在御史台時期及其交游考〉與〈姚合年譜〉、吳企明〈《全唐詩》姚合傳訂補〉、王夢鷗〈唐「武功體」詩試探〉、王達津〈關於賈島〉、劉開揚〈論賈島和他的詩〉與〈論賈島詩的詩承和影響〉等，不勝

枚舉。而有關周賀的專著或單篇論文則付之闕如，僅有隻言片語、零星片斷散落在少數篇章中，如鄭紀眞《賈島詩研究》第六章賈島對後世的影響，簡述周賀生平及周賀詩風受賈島之影響。在顏寶秀《推敲詩人——賈島詩藝探索》中七次提及周賀，內容多是歷代詩話對周賀詩之描述、評價。在趙榮蔚《晚唐士風與詩風》第二章幽冷之境、淒苦之聲中，將周賀詩列於苦吟詩風之詩，作簡單扼要的舉例說明。在李建崑〈中晚唐苦吟詩人探論〉中有八次提及周賀，多數爲歷代詩話之描述和評價，在附錄中有周賀年里、詩文流傳簡介，另一篇〈試論李懷民《重訂中晚唐詩主客圖》〉中，亦只將歷代詩話、《詩人主客圖》和《重訂中晚唐詩主客圖》提及周賀詩作一陳述及簡扼說明。在馮國棟〈《宋史·藝文志》·釋氏別集總集考〉，則僅略述周賀生平，並將歷代提及周賀相關書目予以羅列。

　　綜合上述之研究概況，顯然周賀及其詩相關研究尙屬一塊有待開墾之園地。因此本論文以周賀及其詩作爲研究範疇，將周賀所處之時空背景，生平交遊，及其詩歌題材、寫作風格作一整體性探討，以確立其在唐代詩壇上的地位。

第二節　研究範圍

　　要尋找周賀詩之點點滴滴，必須從他的生平與交往詩友爲起點，因周賀生平，史料付之闕如。吾人僅就前人零星之紀錄，加以刪整。有關周賀生平，參酌於《全唐詩》卷五百零三、《新唐書》卷六十、《唐摭言》卷十、《唐詩紀事》卷七十六、《唐才子傳》卷六、《郡齋讀書志》志四中、《直齋書錄解題》卷十九等。以上材料雖片斷瑣碎、無完整史實，卻也提供後人拼湊出詩人獨特行誼及其創作詩歌之情狀。

　　本論文以《全唐詩》所錄周賀詩爲主要探討範疇，關於詩作鑑賞、評述、詩藝的取捨論斷，吾人因涉獵典籍有限，難免疏漏，除閱讀詩話著作外，另參酌前人及時賢之見解，稍述己見，以作爲對周賀詩意象塑造、藝術風格之鑑裁。

　　本論文共分五章，各章之研究範圍及重點爲：

　　第一章，略述正文之前著手整理之重點方向，說明研究目的、研究範圍及研究方法。

　　第二章，首先論述周賀所處之時空背景，由於中晚唐政治背景、社會經濟環境影響下，文壇之各種現象，如流派興起、酬酢唱和、親佛近道，種種因素交互影響，形成一時代風氣，也影響周賀之創作取向，值得提供參考。再者，闡述周賀生平與交遊，有關周賀之身世，文獻闕如，僅能就他人傳記及有關史料，作一簡述。其交遊情形，以作者詩作，往來詩友詩篇，加以分析歸納，其所交遊遍及名臣胥吏、僧徒道士、隱逸高人等。

　　第三章，針對周賀詩歌內涵，作全面性的探賾。先從詩歌體裁分類論述，將周賀詩歌內容作一解析分類，約略可分為應酬詩、宗教詩、感懷詩、登臨詩。再分為若干細目，如酬和、寄贈、送別、慶賀、哀悼；又如佛教類、仙道類，感於懷人，或寫景、名勝、思鄉之作等，以探究周賀詩於各類詩歌及體裁其表現和成就。綜合詩歌題材，歸納作品內容旨趣，以見周賀之情志。

　　第四章，著重周賀詩之寫作風格，分三個重點來析論，即聲律用韻、意象塑造與特色、藝術風格。聲律用韻方面為分析周賀詩的平仄聲律、用韻情形。意象塑造與特色方面，歸納周賀詩中常見的辭彙，並找出其背後所隱藏的意象。藝術風格方面，則探討周賀詩中的閒靜平淡、清奇雅正、寒狹僻苦等特殊表現手法，與其獨具特色的寫作方式。

　　第五章，分段將上述章節，作縱切面與橫切面聯繫，對周賀其人、其詩，綜合評述，並總結研究成果，說明周賀在唐代詩壇上的地位。

第三節　研究方法

　　本論文為一整體性綜合研究，以作品為探討重點，在進入作品內緣研究前，作品之外緣研究亦不忽略。舉凡政治、社會、文學、思想等時代背景，與作者之生平、交遊等，皆為研究範疇。此部分之研究方法，在時代背景方面，採用文獻探討法，從正史、文學資料中多加徵引與敘述，以呈現作者所處時代之狀況；作者生平、交遊方面，主要從作者詩作、交往詩篇，以舉詩方式進行賞析、並評述內容，以了解其交遊狀況。

　　其次，在作品內緣研究部分，以詩之題材類型、寫作風格等涵蓋內容與形式，為本論文之核心。在題材類型部分，計應酬、宗教、感懷與登臨等範疇，將作者 93 首詩篇分類，並採用分析、歸納、統計、比較等方法，舉出實際數字與詩例作說明，以呈現其題材之多樣化；寫作風格部分，在聲律用韻、

意象塑造與特色等方面，採用分析、歸納、統計、比較、舉例、說明等方式，具體論述，提供數據，以展現其別具特色之寫作技巧，藝術風格方面，列舉閒靜平淡、清奇雅正、寒狹僻苦三種詩風，舉出具體詩例，並參考其他章節，採用分析統計、列舉說明等方法，呈現其藝術風格。

　　最後之結論，則總結前面章節之研究成果，由作品之外緣與內緣研究，作一統整，以期全面了解周賀詩之風貌及成就，並由此而肯定其在唐代文學史上之地位。

第二章　周賀所處之時空背景與生平

　　周賀，中晚唐詩人。其主要活動於寶曆至會昌年間（西元 825～846 年），此階段為唐朝安史亂後之衰弱時期，稍早前雖有憲宗「元和中興」，但畢竟為時甚短，對於唐朝國勢之振作已力不從心，僅能帶給唐人短暫心安，絲毫起不了任何實質上作用。而在安史亂前之積弊，非但無法解決，反因內亂更加凸顯，事態更顯嚴重。國勢如此，政治、經濟、社會自然每下愈況；思想信仰亦非只主一家，儒釋道三教並盛乃當時之實況，因受其影響，文學呈顯蓬勃發展之趨勢。周賀生逢此時，雖為浮屠，亦感受到大環境之衝擊，而有所發，遂寫成一篇篇動人之詩歌。

　　茲依政治社會、思想文學、周賀生平遊踪及交遊，分節說明於下：

第一節　政治、社會背景

　　唐朝自貞觀之治至開元之治，乃將近一百二十多年之極盛時期。在唐玄宗納兒媳楊玉環為貴妃後，志得意滿，放縱享樂，從此怠於國政。他罷免良相張九齡，政事先後委于宰相李林甫、楊國忠。李林甫口蜜腹劍，勾結宦官，妒賢嫉能，掌權十九年，使得朝政綱紀敗壞。李林甫死後，楊貴妃之堂兄楊國忠為相，他結黨營私，賄賂公行，更使得高力士的權勢炙手可熱，開始出現了宦官干政的局面。

　　唐初實行均田制，並未改變地主佔有大量土地之狀況，土地可以在某些名義下買賣，只能延緩而不能阻止土地兼併。後來均田制逐漸廢壞，土地兼併日益發展。到唐玄宗後期，土地問題日益嚴重，許多失去土地之農民四處

逃亡。隨著土地兼併嚴重和均田制之破壞，漸漸削弱了唐朝統治基礎。

唐初府兵之地位高，待遇好，因而兵源穩定。高宗以後，征戰頻繁，府兵戍邊、出征，往往逾期不得輪換。又因優厚待遇多被取消，府兵逃避徵調而逃亡日多。唐玄宗時廢除了府兵制，普遍實行募兵制。招募而來之士卒長期駐守邊疆，與邊將關係密切，因而極易成為邊將之私人武裝。朝廷直接掌握的武力也大為削弱，代替府兵的彍騎缺乏訓練，戰鬥力差，無論數量、品質都遠遜于節度使的武力。此時唐又與吐蕃、南詔多次發生戰爭。唐軍攻南詔屢敗，國力虛耗。

開元時設立之節度使，本都以漢人充任，其中不乏文官。有政績之節度使，更可入為宰相。李林甫為鞏固權位，杜絕邊相入相之途，於是以胡人為節度使，其中以胡人安祿山最著。天寶元年（742），安祿山一人身兼平盧、范陽、河東三鎮節度使，掌握重兵。由於唐玄宗好大喜功，邊境將領經常挑起對異族之戰事，以邀戰功。天寶九年（750），高仙芝所率領之軍隊在中亞怛羅斯戰役中為阿拉伯帝國挫敗，唐朝經營西域受到阻礙，之後唐朝便在中亞佈局，準備趁阿拉伯帝國內亂時，再度發兵。各邊地之節度使從領兵二、三萬至八、九萬，並由起初只管軍事，發展到兼管行政、財政，集大權于一身，成為強大的地方勢力。

天寶十四年（755），安祿山因與楊國忠不和，趁朝政鬆懈、重軍多在邊境之良機，以討楊國忠為藉口，發動叛亂，史稱「安史之亂」。次年，潼關失守，長安告急。玄宗從長安出逃到成都，途經馬嵬坡時，禁軍把楊國忠殺死，又要求玄宗絞殺楊貴妃，才繼續西行。太子李亨起初在靈武募兵，後來被宦官李輔國擁立為帝，是為肅宗，奉玄宗為太上皇。安祿山則自稱大燕皇帝，年號聖武。至德二年（757），叛軍內訌，安祿山被其子安慶緒所殺。同時，史思明與安慶緒之間關係也開始轉淡。隨著長安、洛陽光復。乾元二年（759），史思明在魏州自稱大聖燕王，之後他又殺死安慶緒，返回范陽，自稱大燕皇帝。但是由於性格殘忍好殺，部下擁立其子史朝義為帝。之後，叛軍內部分崩離析，勢力一蹶不振。

安史之亂是唐朝由盛而衰的轉捩點，唐朝開始步入衰落，從這以後，朝廷的權力日益削弱，逐漸形成北方地區藩鎮割據的局面。在中央政治方面，逐漸形成宦官專權及朋黨之爭。在地方政治方面，吏治更趨敗壞。在民族關係方面，唐朝失掉「天可汗」的優勢，失去繼續經略中亞的實力，埋下了日

後吐蕃、回紇侵犯京都長安的危機。在經濟方面，黃河流域經過這場戰爭後，遭到嚴重破壞，人丁銳減，土地大量荒蕪，社會生產嚴重倒退。而江南地區因未遭破壞，故經濟日益發展，超過北方。

壹、政治背景

一、藩鎮割據

藩鎮之患，原於節度使之制。節度使之設，爲制四夷，而節度使之任用，初以蕃將爲主，乃考慮以夷制夷之策略，據宋・錢易《南部新書》卷八〔註1〕記載：「景雲二年（711），除賀拔嗣河西節度使，節度使自此始。」此爲唐初太宗對待夷狄之寬宏政策，其後各帝均秉持遺規。

造成唐後期藩鎮割據局面之形成主要原因，是安史之亂平定後，朝廷爲防備盤據黃河下游南北地區之安史降眾，不敢撤消在平叛過程中，增設讓內地掌兵之刺史爲節度使之兵鎮。因此，經過安史之亂以後，兵鎮幾乎遍及全國，形成了藩鎮長期割據的局面。

唐代宗是唐朝歷史上第一個宦官擁立即位之皇帝。代宗即位後，雖然一心希望改革朝政。但安史之亂時邊兵大量內調，邊防空虛，吐蕃、南詔乘機進擾。代宗爲了求得苟安，瓜分河北地付授叛將，任命「安史」降將爲節度使：李寶臣爲成德五州節度使、田承嗣爲魏博五州節度使、李懷仙爲盧龍六州節度使，史稱「河朔三鎮」或「河北三鎮」。另外，薛嵩爲相衛六州節度使，李正己爲淄青節度使，以上五鎮，皆爲安史餘黨，他們佔據了唐朝整個東北地區，這也是後來發展成爲最強大之割據勢力。唐朝無力徹底消滅他們，因而安史之亂平定後，唐朝又在西北、西南加強藩鎮。爲了鞏固統治，在內地也實行「以方鎮禦方鎮」之方針，在關中、關東、江淮流域，廣置方鎮以求互相制約，防遏河朔、屏障關中、溝通江淮。可是這些藩鎮往往不聽命于朝廷，甚至自由委任官吏，自掌、擴充軍隊，不申報戶口於朝廷，徵收賦稅，中央政府無權過問。於是逐漸形成「天下盡裂于方鎮」的局面。

藩鎮區中之統治組織，是軍政合一的。節度使是其轄區中之軍事統帥，也是最高行政長官。節度使之地位並不穩固，若節度使因死亡而出缺，不由中央任命而是父死子繼，或由將士擁立，等候中央正式委任狀到達，再稱節

〔註1〕清・永瑢、紀昀等纂修：《景印文淵閣四庫全書》，台北：臺灣商務印書館，1986年三月初版，南部新書，子部三四二，第1036-236頁。

度使。他們之間有時互相火拼，有時聯合對抗朝廷，成爲唐朝重大之政治問題。

藩鎮區中之兵力來源，可以說是強迫徵調的。只要是壯丁，大都被徵爲士兵，而老弱者則從事農耕。並對人民之生活嚴格管制，如夜間不得燃燭、人民不得偶語於途等。

唐朝曾多次對藩鎮進行鎮壓，其中規模最大的是德宗和憲宗時期之兩次。在德宗時期有所謂「四鎮之亂」。建中二年（781），成德節度使李寶臣死，其子李惟岳繼節度使位，要求朝廷加以承認，唐德宗不允許。爲了維護世襲特權，聯合魏博鎮田悅、淄青鎮李納等，共同起兵叛唐。不久，李惟岳兵敗，被部將王武俊殺害，田悅和李納也被唐軍打敗。但盧龍鎮節度使朱滔和成德鎮降將王武俊爲了爭權奪地，又勾結田悅、李納發動了叛亂。四鎮同時稱王，朱滔稱冀王、田悅稱魏王、王武俊稱趙王、李納稱齊王，共推朱滔爲盟主。淮西節度使李希烈因求增地不遂，也加入叛亂的隊伍，自稱天下都元帥。建中四年（783），德宗抽調關內諸鎮兵去平定叛亂，涇原鎮兵在路過長安時，因未得賞賜發生譁變，攻進長安，德宗狼狽逃到奉天。涇原叛亂軍推舉朱滔之兄弟朱泚爲主，在長安稱帝，國號秦，不久改號爲漢。朔方節度使李懷光率兵救援德宗，但到了長安附近，又與德宗發生矛盾，聯合叛亂軍共同反唐。在李懷光逼迫下，興元元年（784），德宗又從奉天逃到梁州。後來，德宗依靠李晟收復了長安，逐殺朱泚，又與朱滔、田悅、李納等勢力相妥協，才勉強平息了這場叛亂。

至唐憲宗時期，又和藩鎮勢力進行了一場大爭鬥。憲宗初立，採納宰相杜黃裳之建議，以武力解決劍南西川、夏綏留後、鎮海三藩鎮，中央聲威大振。元和九年（814），淮西鎮吳少陽死，其子吳元濟自領軍務，囂張跋扈，縱兵攻掠。憲宗遂發兵討伐淮西，出兵三年仍不能奏效。元和十二年（817），憲宗任命宰相裴度爲淮西宣慰處置使，負責統帥全軍。當時各道軍中都由宦官監軍，將領因受到壓制，不願出力。裴度到前線後，奏請憲宗取消了監軍宦官，被動的局面才漸漸扭轉過來。唐將李愬率領九千士兵於雪夜奇襲淮西鎮所在之蔡州城，一舉擒獲吳元濟，平定淮西之亂。

淮西平定後，盧龍、成德等鎮相繼歸順中央。淄青的李師道獨力頑抗，被唐中央發兵打敗。到憲宗元和十四年（819），藩鎮暫時服從中央號令，唐朝算是恢復了表面上的統一，但藩鎮割據的基礎並沒有被摧毀，節度使領有

重兵的局面並未改變。元和十五年（820），憲宗被宦官殺死後，於唐穆宗時，河朔三鎮再次叛亂，又割據一方。此後，藩鎮割據局面一直延續到唐朝滅亡。

地方方鎮強，中央權力則被削弱，成爲朝廷難以控制的隱憂。對於異族寇邊侵擾，或宦官爲亂，又非得倚恃藩鎮平之。宋・王讜《唐語林》卷八〔註2〕載：

> 蓋唐之亂，非藩鎮無以平之，而亦藩鎮有以亂之。其初跋扈陸梁者，必得藩鎮而後可以戡定其禍亂，而其後戡定禍亂者，亦足以稱禍而致亂。故其所以去唐之亂者，藩鎮也；而所以致唐之亂者，亦藩鎮也。試以其一二論之。安氏之亂，懷恩平之也；而留三鎮以遺患者，亦一懷恩也。將兵至京師，冒雨寒而來，姚令言之功也；而所以迎朱泚而趨京師者，亦一令言也。擒子期破田悅者，李寶臣之功；而釋承嗣以爲己資者，亦寶臣也。辛至于終唐之世，莫敢誰何者，由三鎮始也。

是故，平亂由藩鎮，致亂亦由藩鎮，朝廷欲徹底根絕藩鎮之患，非借助外力無以致之。然歷史證明，外兵解決藩鎮問題，藩鎮息，唐亦亡。

藩鎮割據期間，藩鎮與朝廷之間，藩鎮相互之間經常發生戰爭，生產遭到嚴重破壞，人民生活困難。朝廷能夠控制的地盤日益縮小，只能加倍剝削並役使控制區內的人民；藩鎮在其控制區內更是增加賦稅、兵役、徭役，濫施刑罰，對人民實行殘暴之軍事統治。這些都阻礙並破壞社會經濟的發展，使階級矛盾日益尖銳。

二、宦官專權

唐初，宦官並未有實權勢力，且人數不多，只管宮廷內部事務，不與聞國家大事。宦官勢力之膨脹，主要由於宦官參預唐室皇位繼承之政治鬥爭。〔註3〕宦官勢力之滋長，肇始於玄宗，玄宗重用宦官高力士，以其帝位之取得，乃力士與謀誅太平公主有功，於是令力士爲右監門將軍，知內侍省事。宋・司馬光《資治通鑑》卷二百十〔註4〕載：

〔註2〕宋・王讜著，周勛初校證：《唐語林校證》，北京：中華書局，1987 年 7 月第一版，第 696 頁。

〔註3〕傅樂成著：《隋唐五代史》，台北市：眾文圖書，1990 年 11 月二版二刷，第 103 頁。

〔註4〕同註1，資治通鑑，史部六六，第 308-667 頁。

以高力士爲右監門將軍，知内侍省事。初，太宗定制，内侍省不置三品官，黄衣廩食，守門傳命而已。天后雖女主，宦官亦不用事。中宗時，嬖倖猥多，宦官七品以上至千餘人，然衣緋者尚寡。上在藩邸，力士傾心奉之，及爲太子，奏爲内給事，至是以誅蕭、岑功賞之。是後宦官稍增至三千餘人，除三品將軍者浸多，衣緋、紫至千餘人，宦官之盛自此始。

玄宗以後皇位繼承的鬥爭，大半由參預者與宦官合謀而達到目的。安史亂後，宦官逐步掌握軍政大權，形成宦官專權之局面。唐肅宗時，宦官李輔國由於勸輔擁立有功，開始掌管禁軍，亦開啓唐代宦官擁立皇帝之先聲。唐代宗時期，宦官程元振、魚朝恩也先後掌管禁軍。但此時宦官掌管禁軍還未成爲制度。真正對唐政權形成威脅是唐德宗時，由於朱泚、李懷光等將領先後叛亂，統率禁軍的朝臣白志貞無能，致使他認爲文臣武將都不堪信賴，只有宦官最爲可靠。於是，設統率禁軍之護軍中尉二人、中護軍二人，都以宦官擔任。自此宦官掌管禁軍成爲制度。宦官掌控了朝廷唯一可以直接指揮的軍隊，無疑地也握有操縱政局之實權。據《舊唐書・宦官傳序》卷一百八十四〔註5〕曰：

德宗避涇師之難幸山南，内官竇文場、霍仙鳴擁從。賊平之後，不欲武臣典重兵，其左右神策、天威等軍，欲委宦者主之，乃置護軍中尉兩員、中護軍兩員，分掌禁兵。以文場、仙鳴爲兩中尉。自是神策親軍之權全歸於宦者矣。

其次是宦官執掌機要。肅宗時，就曾讓宦官李輔國宣傳詔命，掌管四方文奏。憲宗時，確立執掌機要之樞密使制，並以宦官擔任。於是，宦官正式參預國家政事。兩樞密使和掌管禁軍之兩中尉合稱「四貴」，是最有權勢的宦官掌握了中央政府的軍政大權。他們能夠任免將相、地方節度使，也有不少出自賄賂中尉的禁軍大將，各道和出征軍隊中也都有宦官監軍。甚至皇帝之生殺廢立也由宦官決定。唐後期的穆宗、文宗、武宗、宣宗、懿宗、僖宗、昭宗都是宦官所立；〔註6〕順宗、憲宗、敬宗、文宗均爲宦官所害，昭宗也曾爲宦官囚禁。

宦官專權驕橫，引起皇帝和朝臣強烈不滿，朝臣和宦官之間不斷發生權

〔註5〕同註1，舊唐書，史部二九，第271-420頁。

〔註6〕同註3，第107頁。

力衝突。宰相官署在宮廷以南稱為「南衙」，宦官所在內侍省在宮廷北部稱為「北司」。史稱此鬥爭為「南衙北司之爭」。若干士大夫，想從宦官手中奪回政權，使他們自身重新成為政治之中心。但敢與宦官衝突的，只限於少數有膽識之人。其中最為激烈是發生在順宗「永貞革新」和文宗「甘露之變」，這兩次事變之勝利者都是宦官。

永貞元年（805）順宗即位，任用以王叔文為首的一批改革派官員進行改革，改革了德宗留下諸多不合理吏治，史稱「永貞革新」。這次改革內容相當廣泛，主要內容有減輕稅賦、罷去擾民之宮市和五坊小兒等欺壓平民機構，抑制藩鎮割據勢力，選拔人才計畫、收奪宦官兵權等。但是，改革之施行觸動諸多守舊派官僚的利益，受到越來越大的阻力。在巨大壓力下，永貞二年（806）正月初一，順宗被迫在興慶宮進行內禪退位，自稱太上皇；太子純即位，是為憲宗，改革至此失敗。王叔文因母親去世被迫離職，後來先被貶為渝州司護參軍，次年又被賜死。其他主要的改革派官員，王伾死于貶所，韋執誼、劉禹錫、柳宗元、韓泰、韓曄、陳諫、凌准、程異等八人被貶為邊州司馬。這就是所謂「二王八司馬事件」。永貞革新因此煙消雲散。

文宗鑑於憲宗、敬宗都為宦官所弒，對其專權非常不滿。即位後，隨時想聯合外廷大臣以誅宦官。太和五年（831），他以翰林學士宋申錫為同平章事與之密謀。事洩，宋申錫被宦官反誣欲立漳王李湊為帝，結果文宗誤信為真，反而貶逐申錫為開州司馬，死於貶所，牽連此案而被誅者達數十人。太和九年（835）文宗又任用李訓為宰相、鄭注為鳳翔節度使，內外呼應，打擊宦官勢力。起初利用宦官內部矛盾，除掉了王守澄等大宦官。後來李訓又在同年十一月二十一日早朝，讓左金吾衛大將軍韓約奏稱夜降甘露於大明宮左金吾衛後石榴樹上，誘騙仇士良、魚弘志等宦官前往觀看，準備在那裏一舉消滅他們。不料仇等發現伏兵，就返身奔走告變，派出宦官所統轄之神策衛士五百人，大殺朝官李訓、鄭注、韓約和宰相王涯等。朝臣受牽連而遭誅貶者，為數極多。這次事件史稱「甘露之變」。在宦官監視之下，數年後文宗鬱鬱而卒。此後宦官權勢更大，操控皇帝廢立，皇帝成為傀儡，國家大事完全落入宦官之手，外廷宰相一概不能過問。

宦官勢力延續百餘年，直到唐末昭宗時，被宰相崔胤借用宣武節度使朱溫之兵力，才得以消滅，結果只是把皇帝從宦官手中，轉讓與藩鎮軍閥。

宦官專權造成了政治、軍事、經濟等方面嚴重後果。在政治方面，他們

分幫結派、爭權奪利、營私舞弊，以至廢立皇帝，使政治更加黑暗混亂。在軍事方面，各鎮和出征軍隊中都有宦官監軍，破壞了軍隊的統一指揮，大大削弱了軍隊的戰鬥力，削弱了朝廷對藩鎮叛亂勢力及民族反抗勢力進行鬥爭之能力。在經濟方面，宦官大肆掠奪百姓田產，又通過「宮市」強買貨物，敲詐勒索。總之，宦官專權加重了人民的痛苦，使唐後期的政治和社會矛盾更形尖銳。

三、朋黨之爭

唐朝中央官僚主要由兩種人組成，一是門蔭出身，另外則是進士及第出身。門蔭出身多傾向於沒落之門閥士族，進士出身多傾向於與門閥對立之庶族。

唐初自北朝以來之關東世族舊家後裔，仍一貫以閥閱自矜，儘管他們地位已經每下愈況，但他們瞧不起庶族，仇視進士。高宗、武后後，唐朝以進士科提攜人才，每年平均由進士科出身者不過三十人，但在官僚階層中卻居於主導地位，他們彼此政治地位相同，情趣相合，以座主門生之關係，互相援引，所以很容易結成黨派。這兩種出身官員之間明爭暗鬥，由來已久，其中歷時最長、鬥爭最烈是所謂「牛李黨爭」。

李黨首領李德裕，係高門趙郡李氏之後裔。李德裕年輕時，「恥與諸生從鄉賦，不喜科試」，以門蔭入仕途。牛黨首腦牛僧孺，系牛仙客之後。牛仙客出身胥吏，玄宗時雖貴為宰相，但仍遭時人輕視。牛僧孺和李宗閔等人都是權德輿之門生，互相支持。牛、李兩黨都沒有系統之政綱，主要分歧表現在兩個方面。

在選拔官員方面，李黨主張「經術孤立者進用」，〔註 7〕牛黨主張「地胄詞采者居先」。〔註 8〕魏晉以降的門閥士族多以經學傳家，故重經術實即重門第；詩賦詞采是進士科考試之主要內容，所以重詞采也就是重科舉。由此可以清楚地看出李黨代表門閥士族利益，牛黨代表庶族地主利益。

在如何對待藩鎮方面，李黨主張用武平叛，牛黨主張和平姑息。李德裕是武宗時的宰相，曾堅決地平定了昭義鎮之叛亂。牛黨分子對朝廷向藩鎮用兵，大多採取消極或阻撓的態度。在牛黨看來，藩鎮割據是一種正常現象，根本不必去理它。內廷之宦官，也分為主戰與主和兩派，前者便是李黨的支

〔註 7〕同註 2，第 263 頁。
〔註 8〕同註 2，第 263 頁。

持者。

牛、李黨雙方開始結怨是在唐憲宗時期。元和三年（808）制科考試時，應試之牛僧孺、李宗閔等制舉對策，指斥時政，言詞激烈，被主考官錄取。當時，李德裕之父親李吉甫為宰相，認為他們攻擊自己，乃向憲宗泣訴，並指出考試中有舞弊現象。結果考官都遭貶逐，牛僧孺等也長久不予升遷。此為牛李黨爭之序幕。

穆宗即位初，李德裕任翰林學士，為報夙怨，因事攻擊任中書舍人之李宗閔，結果使宗閔被貶於外。後來，主戰派宦官為反對派所殺，外朝之反李吉甫派逐漸得勢，牛僧孺也於此時做了宰相，他與李宗閔等聯合，形成「牛黨」。雙方勢不兩立，各樹朋黨，於是兩種不同社會階級對政治地位之競爭，已趨於表面化。

牛、李兩黨鬥爭之高潮是在文宗時期。兩黨互有沉浮，當牛黨得勢，盡力排擠李黨之人；李黨得勢，則牛黨盡遭貶斥。牛、李兩黨官員在朝廷上互相攻訐。凡牛黨稱是者，李黨必非之；凡李黨所是者，牛黨必非之。面對牛、李兩黨的激烈傾軋，文宗深以為患，而繩之不能去，嘗謂侍臣曰：「去河北賊非難，去此朋黨實難。」〔註9〕

武宗即位後，用李德裕為宰相，他有治才，為相期間屢有治績，如平回鶻之亂等，可謂賢相矣；然盡逐牛黨，牛僧孺被貶為循州長史，李宗閔長流外地。此時期為李黨最為得勢之時，可惜時移勢異，宣宗即位後，牛黨在宣宗支持下，完全清除了李黨。李德裕幾經貶謫，大中二年（848），再貶為崖州司戶；次年於崖州病死。這次黨爭前後持續四十年之久。由此顯示唐之朝廷內部已腐朽，以至失去調解能力，唐之國祚危在旦夕矣。

四、吏治敗壞

唐代地方政治，採內重外輕之措施，故有被輕忽之事實。劉伯驥先生說：「初期朝廷唯重內官而輕州縣之選，刺史多用武人，或京官不稱職，始補外任，邊遠之區，用人更輕。」〔註10〕唐初，武人或不稱職京官，改任州縣刺史、縣令，邊陲偏遠地區官吏任用，更是輕率，可見地方吏治不受重視。雖然，唐代各時期吏治弊端出現時，總有朝臣上疏諫言，如太宗時有馬周之疏奏、玄宗時有張九齡之建言，但仍未改善重內輕外之實情，朝野人士視出任

〔註9〕同註1，舊唐書，史部二九，第 271-292 頁。
〔註10〕劉伯驥著：《唐代政教史》，台北：中華書局，1954 年 8 月台初版，第 6 頁。

地方官職就如同被貶逐，充分顯示擔任京官和出任外職心態上大不相同。故官員一旦被派外任，心情低落，不積極行事，甚至怠忽職守，與其心態大有關係。

唐代地方吏治敗壞，主要與其「重內官輕外任」政策有關。在中唐以前，太宗、玄宗等君主尚能注意吏治。劉伯驥《唐代政教史》〔註11〕載：

> 太宗始自選刺史，京官以上各舉一人為縣令。又嘗錄刺史姓名於屏風，坐臥觀看，得其在官善惡之迹，註於名下，以備黜陟。恐州縣有不盡職者，遣大理卿孫伏伽、黃門侍郎褚遂良等二十二人，以六條巡察州郡，黜陟官吏，又命尚書史僕射李靖，特進蕭瑀、楊恭仁等十三人，使於四方，觀風俗之得失，察政刑之苛弊。

太宗對於地方官吏盡職與否，相當注重，特遣孫伏伽等二十二人和李靖等十三人，觀察政事刑法之苛弊、得失，故貞觀年間能形成安和樂利之富強社會。

玄宗即位之初，亦對地方政治相當留意，常自選太守、縣令，告戒以言，讓良吏分布於州縣，人民能獲得安樂。又置十道採訪處置使，巡察天下，對吏治之整頓，較貞觀時尤為積極。〔註12〕當開元九年（721），陽翟縣尉皇甫憬上疏，指出州縣地方官侵害黎民，而使戶口逃亡。〔註13〕至此，可知地方官吏漸次敗壞，玄宗屢次詔書指責，但受到內重外輕風氣影響，使地方官員素質不良，不守法之政風橫行。

安史亂後，唐朝面臨內憂外患，一方面宦官、藩鎮、朋黨等問題不斷發生，一方面回紇、吐蕃、南詔侵擾寇掠不止，自然無暇顧及地方吏治，加上各地節度使之職權凌駕於州刺史之上，節度使之廢立不由中央，而由父死子繼或軍士將領擁立，中央只能加以追認，故吏治好壞，朝廷根本無法全盤掌控。

中、晚唐後，吏治敗壞更是明顯，地方官吏貪污聚斂，因舉債而得官者，於其任內設法貪求償債；因賄賂而得官者，於任內再行貪污之實。如此聚斂，黎甿生活困頓。再者，地方官不問吏事，專務享樂者眾，為政者委執政於下屬，而日以妓樂相伴，甚至不理獄訟，繫囚畢政，無輕無重，任其殍殖。〔註14〕隨

〔註11〕同註10，第6頁。
〔註12〕同註10，第15頁。
〔註13〕王壽南著：《唐代政治史論集》，台北：台灣商務印書館，1983年四月二版，第174頁。
〔註14〕宋・孫光憲著：《北夢瑣言》，台北：源流文化出版社，1983年4月初版，第

著朝政綱紀之每下愈況，民心逐漸離散，晚唐盜賊四起，正是吏治敗壞之結果。

貳、經濟社會背景

一、稅賦苛重、貧富不均

　　唐初，在土地政策方面實行均田制，在賦稅制度實行租庸調制，二制均以人民為單位。租庸調制必須配合均田制之施行才能執行，客觀上須有安定政治環境、健全戶籍制度，才能準確按丁授田及徵收賦稅。《舊唐書‧食貨志》卷四十八〔註15〕載：

> 丁男、中男給一頃，篤疾、廢疾給四十畝，寡妻妾三十畝，若為戶者加二十畝。所授之田，十分之二為世業，八為口分。世業之田，身死則承戶者，便授之；口分，則收入官，更以給人。賦役之法，每丁歲入租粟二石。調則隨鄉土所產，綾絹絁各二丈，布加五分之一。輸綾絹絁者，兼調綿三兩，輸布者，麻三斤。凡丁，歲役二旬，若不役，則收其庸，每日絹三尺。有事而加役者，旬有五日免其調，三旬則租調俱免，通正役，並不過五十日。

授田對象集中在男丁方面，男丁所獲之八十畝口分田，用以種植穀物，以繳賦稅，身死必須歸還；二十畝永業田則種植桑榆棗果，生產絹帛，以納戶調，身死可以傳後，不須歸還國家。此制亦能照顧年老、殘廢及寡妻妾，讓他們均獲授適量田地以維持生計，把人民安定於土地上，進行生產。法律上規定所有人都要授田，是以「有田則有租，有戶則有調，有身則有庸」，〔註16〕故人人都有義務承擔稅項。百姓所繳納的都是本身已有的，如粟出自口分田，布帛出自永業田，故不需改售農作物為貨幣納稅，避免因物價升降所帶來的影響。如此項目分明，官吏無從作弊。此制度之實行，既沒有重斂病民之弊病，又可以杜絕土地買賣兼併，對民生大有裨益，對唐初國計亦有幫助。

　　唐自武后時期開始，政治漸漸不如唐初，加上突厥、契丹連年入寇侵擾，人民為規避徭役，而逃亡者增多。玄宗即位初期，曾有心整頓，包括檢查逃

---

　　　12 頁。卷三：「杜邠公悰，……凡莅方鎮，不理獄訟，在鳳翔洎西川，繫囚畢政，無輕無重，任其夭殂。」
〔註15〕同註1，舊唐書，史部二七，第 269-371 頁。
〔註16〕鄭樵著、何天馬校：《通志略‧食貨略》，台北：里仁書局，1982 年 8 月臺一版，第 539 頁。

亡戶口，但天寶年間，政事日漸敗壞，田地兼併之風熾，據史書統計，天寶十四年（755），不課賦役的戶佔全國總戶數的三分之一強；不課賦役的口則佔全國總口數的六分之五強。〔註17〕安史亂後，戶口逃匿者更多，租庸調制已無法繼續實行。因此至德宗時，有兩稅法制度之創立。

兩稅法，是分兩次於夏、秋二季輸納，夏輸不能超過六月，秋輸不能超過十一月，且其餘一切名目之租稅，均予以免除。主要徵收對象是全國各地定居之人民，不論是主戶和客戶，一律以現有男丁和田地數目為標準，來劃分貧富等級，規定稅額輸納。商賈就於其所在之州縣課稅，稅率為其貨物總值之三十分之一。商賈稅三十之一，〔註18〕造成商人之稅比農民輕之情況，且商賈挾輕資轉徙者可脫徭役，故商、農之稅項明顯不公。且稅制以貨幣繳納稅項，農民剛夏收秋收，官府便要徵夏稅秋稅，農民被催促得如此急促，來不及加工實物，只能趕緊拋售實物，造成物價下跌，農民吃虧，更加重其生活負擔，這種由實物轉為金錢之過程，造成防農利商之舉。

兩稅法雖把租庸調合併一起，化繁就簡，但日子一久，政府就淡忘化繁就簡之來歷。遇到政府用錢，自不免要再增加新稅。這些新稅本來早已有的，只是已併在兩稅中徵收，現在又把此項目加入，無疑等於加倍徵收各項稅收，這是兩稅制稅項不明而造成人民經濟負擔更重之弊病。且全國各地稅率，輕重不一，雖然稅項攤分全國各戶，但因攤分不均勻，各州稅率不均，故稅率重之州縣相繼出現逃亡民戶。而州縣長官因考課功罪是以戶之增減而定，所以都隱瞞不報逃亡民戶，於是形成輕者日輕，重者日重之情況。

兩稅法之實行，宣告均田制徹底瓦解，打破傳統平均地權政策，失去為民制產之精神。以往土地買賣受到嚴格控制，除官僚貴族永業田和賜田可以出賣外，普通百姓僅能因人死家貧無力埋葬而賣出永業田，或由狹鄉遷往寬鄉者可售口分田，如今變為只徵租而不授田，土地兼併不再受任何限制，可以自由買賣，大量田地更加迅速集中在豪強手中，富戶持有良田者輸稅同於持有瘦田之農戶，使貧富差距更加明顯，造成貧者愈貧、富者愈富強烈懸殊現象。杜甫〈自京赴奉先縣詠懷五百字〉〔註19〕曰：「朱門酒肉臭，路有凍死骨。」正是描寫長安貧富懸殊之生活寫照。

〔註17〕同註3，第143頁。
〔註18〕同註1，新唐書，史部三一，第273-1頁。
〔註19〕陳貽焮主編：《增訂注釋全唐詩》，陝西：文化藝術出版社，2001年第一版，冊二，第19頁。

憲宗時，分全國之賦為三，一曰上供，送度支；二曰送使，送本道；三曰留州，存留本州，〔註20〕此法讓賦稅更加繁重，黎民生活更困頓。地方藩鎮各專租稅，使得各種額外雜稅，如「羨餘」、「月進」、「日進」、「宮市」等不勝枚舉，人為之賦斂無度，造成農村破產，田園荒蕪。懿宗時，水災、旱災、蝗禍接踵而至，更是雪上加霜，百姓毫無生計，社會百病叢生。

中、晚唐政治混亂擾攘，戰火蔓延不息，徵賦徭役不盡，貧富稅賦不公，天災人禍不斷，民生差距越來越大，政府又無良策解決。姚合〈莊居野行〉〔註21〕詩云：「客行野田間，比屋皆閉戶。借問屋中人，盡去作商賈。官家不稅商，稅農服作苦。居人盡東西，道路侵壟畝。探玉上山巔，探珠入水府。邊兵索衣食，此物同泥土。古來一人耕，三人食猶飢。如今千萬家，無一把鋤犁。我倉常空虛，我田生蒺藜。上天不雨粟，何由活烝黎。」因賦稅不均，商稅輕於農，又遇凶荒征戰，農事漸廢，轉作商賈，田野荒蕪，倉中無米，民怨四起，終至爆發歷史上著名之黃巢起義，規模之大，波及全國，時間長達十年之久，直至唐亡。

二、士風凌夷、風習奢華

「士」位居四民之首，所處地位上，能結交王侯公卿，下能接觸社會大眾，與民間息息相通，成為官與民的中介。士以「窮則獨善其身」來涵養品德，「達則兼善天下」為經國濟世理想，故士風可以說是社會風氣之一種表現，亦能表現出當代之精神風貌。

唐朝入仕之途徑頗廣，其中最主要的是科舉。中得科舉，就可登龍門，入玉堂，飛黃騰達，青雲直上。因此，登科與否是決定一生前程與命運，科舉成為士子一生奔波追逐之目標。唐・王定保《唐摭言》〔註22〕稱縉紳雖位極人臣，不由進士者，終不為美。「十年窗下無人問，一舉成名天下知」，〔註23〕士子不惜一考、再考、甚至數十考，即使兩鬢發白，仍不喪心挫志，以登進士及第為榮，故有「三十老明經，五十少進士」〔註24〕之諺。進士科考試著重詩賦文章。詩是有文字限制的，還須講究聲韻格律；賦要熟悉歷

〔註20〕同註10，第59頁。
〔註21〕同註19，冊三，第992頁。
〔註22〕同註1，詩話總龜，集部四一七，第1478-526頁。
〔註23〕同註1，新唐書，子部三四六，第1040-271頁。
〔註24〕同註1，唐摭言，子部三四一，第1035-698頁。

代文學典故，策論則要恪守儒道，見解精闢，能分析指陳古今利弊得失。顯然對士人要求比明經科要高多了，而且更具全面性，若非積學多年，是無法達到的。是以庶族出身之進士，一旦及第，便成爲公卿家擇婿之對象，且進士之政治地位，往往超越門閥士族，因未受傳統儒家典籍與道德禮教束縛，故恃文學、輕禮教，舉止浮華輕薄。

　　唐代科舉考試未有糊名之制度，因此唐代士人若想得中科第，多用求謁、自荐之方式，來回奔走公卿權貴之門，增加自己名氣和知名度，以求受到名公、權貴或主司賞識和推荐，唐人稱之爲「行卷」，並美其名曰「求知己」。如：李紳赴薦，常以古風求知呂溫，李賀以歌詩謁吏部韓愈，白居易應舉，初至京，以詩謁著作顧況〔註25〕等。此類求謁行卷，打通關節以激揚聲名之文士習氣，在唐代中晚期愈行愈烈，蔚然成風。〔註26〕元‧馬端臨《文獻通考‧選舉》卷二十九〔註27〕載：

　　　　江陵項氏曰：「風俗之弊，至唐極矣！王公大人巍然於上，以先達自居，不復求士。天下之士，什什伍伍，戴破帽，騎寒驢，未到門百步，輒下馬奉弊刺，再拜以謁於典客者，投其所爲之文，名之曰：『求知己』。如是而不問，則再如前所爲者，名之曰：『溫卷』。如是而又不問，則有執贄於馬前，自贊曰：『某人上謁』者。嗟乎！風俗之弊，至此極矣。」

此段話乃針對中、晚唐代士人求謁風氣之實際情況，作極爲貼切描述。

　　唐武德貞觀之風尚簡，至中期以後，奢華之風愈盛。社會上層，講究豪華，耽於逸樂，不論在營建、飲食、服用、玩賞、遊樂等皆極奢侈、盡享受之能事。至中、晚唐，社會秩序破壞，不只諸帝迷戀丹藥、沉湎畋獵嬉遊，王公大臣貪奢淫逸、以致奢靡相尙，貴族亦養尊處憂、縱遊耽樂，上行下效後，文人也以狎游晏飲爲樂。杜牧〈感懷詩一首〉〔註28〕：「至於貞元末，風流恣綺靡。」此句詩既是針對詩文而言，同時亦是對當時社會習尙之概括。

〔註25〕同註1，太平廣記，子部三五〇，第 1044-138 頁與第 1044-139 頁。
〔註26〕徐連達著：《唐朝文化史》，上海：復旦大學出版，2003 年 11 月第一版，第311 頁。
〔註27〕同註1，文獻通考，史部三六八，第 610-629 頁。
〔註28〕同註19，冊三，第 1238 頁。

第二節　思想、文學環境

中國自漢武帝以來，獨尊儒術。歷代太平盛世之統治者，常將儒學思想作爲統治人們之思想，唐朝亦是如此。據《舊唐書‧儒學傳敘》記載：「高祖建義太原，初定京邑，雖得之馬上，而頗好儒臣。」〔註29〕儒學之盛至唐高宗時有所轉變，其政教漸衰，薄於儒術，尤重文史。武后時期，儒、佛、道三種思想呈現並興之局面，如此也擴展人們之思想空間。之後，三種思想經過長時間演變下，從互相矛盾、排斥、鬥爭，至中、晚唐時期，逐漸演變成相互攝取和融合。從當時以儒家爲思想本位之士大夫階層和佛、道往來、包容和運用，就可以了解三教調和已產生一定層面之作用，對其思想和生活也都有巨大變化和影響，這些充分表現在他們的文學藝術、詩歌創作中，促成各種文學流派、風格形成，奠定堅實之思想基礎。

壹、思想背景

唐朝優容儒、佛、道三教，不同於漢武帝之「罷黜百家，獨尊儒術」。在這種三教平衡之環境下，詩人博覽百家、遍觀群書，不受囿於一家，可自由選擇精神支柱，自在表示自己思想信仰，這不但有助於思想解放，更無庸置疑的促進詩歌繁榮。

一、科舉取士

唐朝入仕之主要途徑，有「生徒」、「鄉貢」及「制舉」三種。前二者爲定期性選舉，後者則爲君主下詔，以吸納「非常之才」之不定期選舉。生徒，即學館出身之學生。成績優異之生徒，每年由國子監祭酒送至禮部應「省試」。由於唐代科舉並不普及，故學館出身者，多爲官宦子弟。鄉貢，則指不在學校讀書而自修有成之士子，可從「懷牒自列」途徑入仕，即自由向州縣報名應試，經州縣官評審後，取得參加省試之資格，與生徒一起考試。經此途者，多屬平民子弟。不定期選舉是繼承漢代以來的傳統，用以選拔突出人才。唐「制舉」由君主按需要臨時定立名目，親自策試，曾考科舉或未科舉者，均可參加。所謂科舉，主要是指鄉貢。

唐朝實施科舉取士制度後，用考試形式選士，改善以往推薦選舉制度之弊端，影響此後一千三百多年，直至清代光緒年間，科舉方告廢止。科舉取

〔註29〕同註1，舊唐書，史部二九，第271-531頁。

士開創了平等入仕之先河。隨著寒門晉身仕宦，不但人才增加，並且加速社會流動，打破貴族壟斷。

唐代科舉常科之科目不少，但較重要有秀才、明經、進士、明法、明書、明算六科。其中以進士、明經最盛，考試內容亦較繁複。進士科較重個人發揮及文才，錄取又少，每年不過二、三十人。明經科則重於背誦，欠缺思考，錄取又多，平均每次約錄取一百名，故以進士科較為重要。由於進士科錄取較明經科難，入仕年齡上亦有差異，時人稱「三十老明經，五十少進士。」另外，由於明經科需多參閱經籍，當時存藏經籍者又多為大族，故應考明經者，多為世家大族子弟憑經藉優勢而由明經出身，且自幼受經學薰陶，道德約束較大，德行不至太差。進士科則較重個人才能發揮，忽視德行，少重經籍，應舉者多為寒門，缺乏家訓制約，品德表現輕薄，且由平民晉身官場，所過之難關太多，一旦得志，更放浪不羈。

明經與進士兩科，分別代表士族與庶族兩種勢力。故中唐以後，出現了牛黨與李黨的分野。門第出身者抨擊進士浮誇，進士出身者又抨擊門第依憑家世，二者漸由政見之爭轉為意氣之爭。兩黨又各引官員以為聲援，使座主門生之紐帶關係於黨爭中產生助力，造成朋黨之爭，形成政治混亂，間接促成唐亡。

唐朝憑知識入仕，讀書可為官。但當時大族子弟有書可觀，寒門則多因經濟原因，沒有足夠書籍閱讀，遂到佛寺道院讀書。於是，佛門提供方便予讀書人，漸漸造成山林讀書及私家講學之風氣，宋代繼這傳統而有書院出現。

唐代把官員特權，明列於國家法律，官吏更可蔭子為官，社會地位又高，故傳統中國社會皆有一股渴求入仕的風氣。當科舉及第以後，文人便會享有各種特權，尤其在社會方面。根據唐朝法令，凡是在科舉及第，其本人或全家就可以免除賦役，因此造成許多熱愛功名利益之士人，多熱衷科舉考試，凡科舉出身者，尤其是進士科出身者，才能合乎享受免去差役的特權。《全唐文》卷六十六〔註30〕載：

> 將欲化人，必先興學，苟昇名於俊造，宜甄異於鄉閭。各委刺
> 史、縣令招延儒學，明知訓誘，名登科第，即免征徭。

由唐代科舉制開始，入仕比前更注重知識。人們渴望為官，讀書風氣因而

〔註30〕清‧董誥等編：《全唐文》，北京：中華書局出版，1987年2月北京第2次印刷，冊一，第704頁。

更盛，中國「士」、「農」、「工」、「商」之劃分漸成。社會上重視進士科，故登科舉子所作之詩賦都在民間廣為流傳，甚至還有送人入京應舉詩〔註31〕、送人登第還鄉詩〔註32〕、送人落第歸鄉詩〔註33〕、賀人登第詩〔註34〕等出現，使得唐代世風更崇尚文學，唐詩盛極一時。

二、佛教宏佈

唐朝是我國佛教發展之全盛時期，上自帝王，下至百姓，無不誦經禮佛，嚮往禪林境地。中國傳統思想，著重於解決現實人生問題，出世宗教思想，自古就不發達，佛教之傳入正好彌補這塊空缺。

唐初，高祖武德九年（626），因為太史令傅奕一再疏請，命令沙汰佛道二教，京城留寺三所，觀二所，每州留寺觀各一所，但因皇子們爭位之變故發生而未及實行。

太宗於貞觀中葉後，對佛教態度轉趨積極，貞觀十五年（641）文成公主入藏，帶去佛像、佛經等，使漢地佛教深入藏地。貞觀十九年（645），禮遇從天竺求法歸來之玄奘，支持譯經工作。玄奘以深厚之學養，作精確的譯傳，給予當時佛教界極大影響，因而在已有的天台〔註35〕、三論〔註36〕兩宗以外，更有法相〔註37〕、律宗〔註38〕等宗派相繼成立，佛教漸趨興盛。高宗麟德三年（666）在袞州置道觀及佛寺各三所，另在天下諸州置觀寺一所。〔註39〕稍後，武后、中宗皆崇佛，佛徒以慧能、神秀二禪師最著，此時新譯《華嚴》

〔註31〕 如：王建〈送薛蔓應舉〉、歐陽詹〈賦得秋河曙耿耿送郭秀才應舉〉、貫休〈送盧秀才應舉〉等。

〔註32〕 如：趙嘏〈送陳嘏登第作尉歸覲〉、劉駕〈送人登第東歸〉、張籍〈送朱慶餘及第歸越〉、杜荀鶴〈送賓貢登第後歸海東〉等。

〔註33〕 如：王維〈送丘為落第歸江東〉、劉長卿〈送馬秀才落第歸江南〉、韋應物〈送槐廣落第歸揚州〉、岑參〈送孟孺卿落第歸濟陽〉等。

〔註34〕 如：鄭谷〈賀進士駱用錫登第〉、李搏〈賀裴廷裕蜀中登第詩〉、褚載〈賀趙觀文重試及第〉、李昭象〈喜杜荀鶴及第〉等。

〔註35〕 天台宗，從天台山得名，以《妙法蓮華經》為經典，以《大智度論》為指南。（黃懺華著：《中國佛教史》，台北：新文豐出版公司，1983 年一月再版，第205 頁。）

〔註36〕 三論宗，依《中論》、《百論》、《十二門論》三論立宗，故稱之。（同註35，第196 頁。）

〔註37〕 法相宗，論究諸法之體性相狀，故名。又依《唯識論》，明萬法唯識之妙理，亦名唯識宗。（同註35，第247 頁。）

〔註38〕 律宗，依五部律中四分律弘通戒律之一派。（同註35，第285 頁。）

〔註39〕 同註1，舊唐書，史部二六，第268-93 頁。

告成，由法藏集大成之賢首宗〔註40〕也跟著建立。其後，玄宗時，雖曾一度有沙汰僧尼之令，但由善無畏、金剛智等傳入密教，有助於鞏固統治政權，得到帝王信任，又促使密宗〔註41〕形成。當時佛教發展達於極盛，寺院之數比較唐初幾乎增加一半。

代宗、憲宗、穆宗、敬宗亦皆崇佛。元和十四年（819），憲宗曾命人迎佛骨至鳳翔，留宮中三日，以求福祉。朝臣韓愈上表論諫，被貶為潮州刺史。文宗不喜佛教，至武宗方有滅佛之舉。會昌五年（845）八月，下詔拆毀佛寺四千六百餘所，招提〔註42〕、蘭若〔註43〕四萬餘所，沒收佛寺田產數千、萬頃，將僧尼還俗二十六萬五百人和原屬寺廟奴婢十五萬人收為兩稅戶，史稱「會昌法難」，為中國佛教史上「三武一宗」〔註44〕法難之一。會昌廢佛並非期致佛教教團的全面絕滅，而是以改革、整頓佛教教團為目標。〔註45〕武宗時政治頗有起色，與此舉不無關係。宣宗時，下詔復佛，重修佛寺。懿宗崇佛尤甚，置戒壇、度僧尼、迎佛骨，佛教復熾。之後直至唐亡，佛教未再遭遇嚴重打擊，但武帝以前之盛況，則不復可見矣。

唐人好佛，當代名家為許多寺院錦上添花，創作了大量膾炙人口，流傳千古之佳作。例如：李白、杜甫、元稹、白居易、劉禹錫、柳宗元等人皆在所過寺院留下了不少詩篇。〔註46〕寺院環境幽雅，房舍寬敞，加之富有藝術色彩，所以又成為社會各階層人士宴遊聚會，開展文化娛樂活動之理想場所。其中文人學士、遷客騷人是寺院常客，進京應舉、赴仕途中，或公事閒暇，他們總喜歡到寺院尋芳逐勝，題詠寄情。中唐著名詩人元稹、白居易、劉禹錫等經常在各處寺院唱和。文人接觸佛學，與僧侶交往者比比皆是。

佛教興盛，從唐代詩人之詩作中，可窺其端倪，清人所編《全唐詩》，收

〔註40〕賢首宗，專依《大方廣佛華嚴經》，談法界緣起事事無礙之妙旨，故名華嚴宗，又名法界宗，亦稱之。（同註35，第219頁。）

〔註41〕密宗，即瑜伽密教者依真言陀羅尼之法門，修五相三密等妙行，期即身成佛之一派。（同註35，第305頁。）

〔註42〕招提：四方之意。四方之僧稱招提僧，四方僧之住處稱為招提僧坊。北魏太武帝造伽藍，創招提之名，後遂為寺院之別稱。

〔註43〕蘭若：梵語「阿蘭若」之省稱。意為寂淨無苦惱煩亂之處。僧人所居之處也。

〔註44〕三武一宗：北魏太武帝、北周武帝、唐武宗、後周世宗。

〔註45〕鎌田茂雄著，關世謙譯：《中國佛教史》，台北：新文豐出版公司，1978年元月再版，第162頁。

〔註46〕如：李白〈與從姪杭州刺史良遊天竺寺〉、杜甫〈題忠州龍興寺所居院壁〉、元稹〈華嶽寺〉、白居易〈遊豐樂招提佛光三寺〉等。

集唐朝 2200 多個詩人，共 48900 多首詩，其中士大夫涉佛詩 2700 首，僧詩 2500 首，合計 5200 首，佔全書 10%。〔註47〕

三、道教興盛

道教，相對於佛教，是一種中國土生土長之傳統宗教，在中國古代之影響次於佛教。唐代特尊道教，在儒、釋、道中，地位崇高。

道教尊老子李耳為教主。因為唐朝皇帝姓李，所以從李淵起，皇帝就以教主後裔自居，積極扶植道教，企圖借助神權來鞏固皇權。唐武德八年（625），唐高祖李淵頒布《先老後釋詔》〔註48〕云：「老教孔教，此土先宗，釋教後興，宜崇客禮。令老先、次孔、末後釋。」下令規定道教在儒教和佛教之上，為三教之首，確立唐代崇道政策。乾封元年（666），高宗下令尊老子為太上玄元皇帝。

玄宗統治時期，尊祖崇道之風更盛。開元十年（722）正月，詔令當時兩京和各州府都建置玄元皇帝廟。此規定一出，道教宮觀數量劇增。《唐會要》卷七十五〔註49〕載：

> 二十一年勅：「令士庶家藏《老子》一本，每年貢舉人，量減《尚書》、《論語》一兩條策，加《老子》策。」

由開元二十一年（733）這道詔令顯示出了《道德經》在科舉考試中之地位。《唐會要》卷七十七〔註50〕云：

> 開元二十九年正月十五日，于元元皇帝廟置崇元學，令習《道德經》、《莊子》、《文子》、《列子》。待習成後，每年隨舉人例送名至省，准明經考試。通者准及第人處分。其博士置一員。

開元二十九年（741），朝廷首次置玄學博士，每年依明經舉考試，推崇包括《道德經》、《莊子》、《文子》及《列子》等道家學說。玄宗尊老子為大聖祖，令人畫老子像，頒行天下，封莊子為南華真人，文子為通玄真人，列子為沖虛真人，以壯大道教勢力。道教地位大幅度提高，人數也不斷增長，宮觀遍佈全國。據杜光庭〔註51〕統計：「中和四年（884）十二月十五日，唐代自開

〔註47〕郭紹林著：《唐代士大夫與佛教》，台北市：文史哲，1983 年 9 月，第 271 頁。

〔註48〕清董誥等編：《全唐文‧唐文拾遺》卷一，北京：中華書局出版，1987 年 2 月北京第 2 次印刷，第十一冊，第 10373 頁。

〔註49〕王溥著：《唐會要》，台北：臺灣商務印書館，1968 年 3 月臺一版，第 1377 頁。

〔註50〕同註 49，第 1404 頁。

〔註51〕杜光庭（850～933 年），字賓聖（一作賓至），號東瀛子，處州縉雲（浙江麗

國以來，所造宮觀約 1,900 餘座，所度道士計 15,000 餘人，其親王貴主及公卿士庶或捨宅捨莊爲觀並不在其數。」現存唐代道教建築有山西省芮城縣廣仁王廟和山西省平順縣的天台庵，而廣仁王廟是中國現存最早的道教建築。

　　武宗亦好道術，即位後，寵信道士趙歸眞等，並因他們之慫恿，造成佛教之浩劫。其後不久，宣宗又崇佛教，道教地位稍爲降低，但道教憑藉著與皇室之關係，終唐之世，未受重挫。

　　唐代道教發展，歸納如下：

　　（一）架構道教理論。唐代許多道教學者，如：孫思邈〔註52〕、成玄英〔註53〕、李榮〔註54〕、王玄覽〔註55〕、司馬承禎〔註56〕、吳筠〔註57〕、李

水）人。一說長安（陝西西安）人。唐懿宗時應九經舉不第，遂入天台山學道。僖宗時召爲麟德殿文章應製。中和元年（881）隨僖宗入蜀，遂留成都。後事前蜀王建，召爲皇子師，賜號廣成先生。王衍立，授道錄於苑中。晚居青城山白雲溪，年八十四卒。著述極富，《道藏》收入二十八種。有《道德眞經廣聖義》、《太上老君說常清靜經註》、《道教靈驗記》、《道門科範大全集》、《廣成集》、《歷代崇道記》、《洞天福地嶽瀆名山記》、《神仙感遇記》、《墉城集仙錄》、《靈異記》等。（摘錄自任繼愈主編：《道藏提要》，北京：中國社會科學出版社，1991 年 7 月第 1 次印刷，第 1208～1209 頁。）

〔註52〕孫思邈（約 581～682 年）京兆華原（陝西耀縣）人，隋唐著名道士，醫藥學家。少通百家說，善言老莊，隱居太白山。後世尊爲藥王。宋徽宗時追封爲妙應眞人。著《千金方》、《四季行工養生歌》、《福壽論》、《保生銘》、《攝生論》、《存神煉氣銘》等。（同註51，第 1217 頁。）

〔註53〕成玄英，字子實，陝州（河南陝縣）人。隱居東海。唐貞觀五年（631 年）召至京師，加號西華法師。永徽中，流郁州。著《道德眞經義疏》、《南華眞經註疏》。其《元始無量度人上品妙經》註，收入《元始無量度人上品妙經四註》中。（同註51，第 1199 頁。）

〔註54〕李榮，唐初元天觀道士，號任眞子。高宗末，每與太學博士羅道琮、太學助教康國安等講論，爲時所稱。著《道德眞經註》四卷及《西昇經注》。（同註51，第 1202 頁。）

〔註55〕王暉（626～697 年）法名玄覽，號洪元先生。唐廣漢綿竹（四川綿竹）人。好預言、卜筮、風水、九宮六甲、陰陽術數，嘗研討佛、道二教經典，習試神仙諸術。年四十七，益州長史李孝逸召見，度其爲道士。年七十二，武則天召其入都，行至洛州三鄉驛去世。著《老子註》二卷、《老經口訣》二卷、《眞人菩薩觀門》二卷，作《遁甲四合圖》、《混成奧藏圖》。（同註51，第 1187 頁。）

〔註56〕司馬承禎（647～735 年），字子微，號白雲子，河內溫（河南溫縣）人。居天台山修道，故稱天台白雲子。事潘師正，傳其符籙及辟穀、導引、服餌之術。武后、睿宗、玄宗屢次召見。晚居王屋山陽臺觀。玄宗令以三體寫《老子經》，卒謚貞一先生。著《坐忘論》、《服氣精義論》、《上清含象劍鑑圖》等。（同註51，第 1197 頁。）

〔註57〕吳筠，字貞節，華州華陰（陝西華陰）人。舉進士不中。居南陽倚帝山。天

筌〔註58〕、張萬福〔註59〕、施肩吾〔註60〕、杜光庭等，他們對道教教理、教義和修煉方術等方面作了全面發展。由於唐朝皇室大力倡導，當時王公大臣及儒生研究老莊思想蔚然成風。特別是以成玄英、李榮爲代表之崇玄學派，對當時和以後道教理論發展，產生重大影響。

（二）《開元道藏》正式刊行。唐代對道教經籍繼續加以收集和整理，於開元（713～741）年間，編輯成藏，曰《三洞瓊綱》，〔註61〕總計 3,744 卷。天寶七年（748）皇帝詔令傳寫，廣爲流傳，名叫《開元道藏》。這是中國歷史上第一部道藏。

（三）道教科儀系統化。道教科儀在南朝陸修靜〔註62〕時已初具規模，唐代道士張萬福、張繼先〔註63〕和唐末五代杜光庭等對道教科儀、經戒法籙

寶初，召至京師，請隸道士籍，乃入嵩山依潘師正、傳正一之法。篤善詩文。與李白等相唱和。唐玄宗召見，敕待詔翰林。大曆十三年（778 年）卒。弟子私諡爲宗玄先生。有《宗玄先生文集》、《玄綱論》、《神仙可學論》、《南統大君內丹九章經》等。（同註51，第 1209 頁。）

〔註58〕李筌，號達觀子，隴西（甘肅天水）人。居嵩山之少室山，好神仙之道，官至御史中丞。筌有將略，作《太白陰經》十卷，《中臺志》十卷。時爲李林甫所排，竟入名山訪道，後不知所終。（見《神仙感遇傳》卷一）李筌有《黃帝陰符經註》今存《黃帝陰符經集註》中。另有署李筌撰《黃帝陰符經疏》三卷、《陰符經三皇玉訣》三卷乃後人依託。（同註51，第 1201 頁。）

〔註59〕張萬福，唐長安清都觀道士。玄宗時金仙、玉眞公主受道籙，由萬福主持。有《傳授三洞經戒法籙略說》、《三洞眾誡文》、《三洞法服科戒文》、《醮三洞眞文五法正一盟威籙立成儀》等。（同註51，第 1225 頁。）

〔註60〕施肩吾，唐道士，字希聖，號東齋，睦州分水（浙江桐廬）人。唐元和十年（815）進士。隱於洪州西山（江西新建縣西，一名南昌山）修道，號華陽眞人，又號棲眞子。（見《歷世眞仙體道通鑑》卷四五，《三洞群仙錄》卷十六）《道藏》中《西山群仙會眞記》，《太白經》、《養生辨疑訣》、《黃帝陰符經解》、《鍾呂傳道集》等。（同註51，第 1214 頁。）

〔註61〕朱越利著：《道經總論》，台北：遼寧教育出版社，1995 年 1 月分版一刷，第 130 頁。《道經總論》云：「《文獻通考》卷 224 引《宋三朝國史志》稱《三洞瓊綱》有 3744 卷。《道藏尊經歷代綱目》稱《三洞瓊綱》有 5700 卷。《太上黃籙齋儀》稱《三洞瓊綱》有 7300 卷。」

〔註62〕陸修靜（406～477 年），字元德，吳興（浙江吳興縣）人。南朝劉宋時著名道士，諡簡寂先生。宋徽宗宣和元年（1119 年）追封爲丹元眞人。陸修靜博通儒道，旁及佛典。入雲夢山修道，於建康（江蘇南京）賣藥。宋文帝，明帝均禮請之，爲置崇玄館，結集道經，加以整理，分爲「三洞」，編《三洞經書目錄》，《元始舊經紫微金格目》。其存有者《道門科畧》、《洞玄靈寶五感文》、《太上洞玄靈寶眾簡文》另有齋醮儀範等。（同註51，第 1230 頁。）

〔註63〕張繼先，字嘉聞，一字道（遵）正，號翛然子，爲三十代正一天師。宋徽宗

傳授進行了系統之整理和增刪，使其更豐富和完備。特別是唐末五代杜光庭
所著之《道門科範大全集》共 87 卷，將道教主要道派之齋醮科儀加以統一，
並使之規範化，集唐代道教齋醮科儀之大成。他所制定道門科範，大多爲後
世道教所沿用。

（四）內丹道盛行。內丹術可追溯到古代神仙方術。在唐代，內丹道道
書，紛紛出現，如崔希範〔註 64〕《入藥鏡》、吳筠《南統大君內丹九章經》、
陶埴〔註 65〕《陶眞人內丹賦》等。本來盛行於唐之金丹術，由於服食有副作
用，便促使金丹術由外丹向內丹轉變。至唐末五代，道教內丹道已盛行起來，
長於精、氣、神修煉之著名者鍾離權〔註 66〕和呂洞賓〔註 67〕出現，他們適應
三教歸一之思想潮流，主張道佛雙融，性命雙修，爲其思想特點，開創道教
內丹學新局面。〔註 68〕後世道教全眞派即尊鍾、呂爲祖師。

道教在帝王提倡下，舉國上下，或習《道德經》、或飲藥酒、或服丹藥、
或信方術求長生等，逐漸影響社會各階層，成爲唐代不可忽視之社會風尚。
趙翼《廿二史箚記》有一條目「唐諸帝餌丹藥」，〔註 69〕列舉帝王：太宗、憲
宗、穆宗、敬宗、武宗、宣宗諸帝之死，都與食「長年藥」有著直接或間接

曾四召至闕，賜號虛靖先生，著有《明眞破妄章頌》（即《大道歌》）、《心說》。
明張宇初編其詩文集爲《三十代天師虛靖眞君語錄》七卷。（同註 51，第 1225
頁。）

〔註 64〕 崔希範，唐末五代人，號至一子。撰《入藥鏡》言內丹，其《入藥鏡序》見
《修眞十書》卷二十一。（同註 51，第 1232 頁。）

〔註 65〕 陶埴，亦作陶植，唐末五代道士。撰《還金述》及《內丹賦》。（同註 51，第
1229 頁。）

〔註 66〕 鍾離權，號正陽子，又號和谷子，雲房先生，咸陽（陝西咸陽）人，一云燕
台（北京）人。相傳五代後晉時嘗爲中郎將，後漢時爲將，征吐蕃失利，獨
騎逃亡，遇異人授以眞訣，遂回心向道，後傳道於呂洞賓、劉海蟾。全眞道
尊爲北五祖之一。有《破迷證道歌》一卷，《靈寶畢法》及《鍾呂傳道集》等，
蓋皆後人依托。（同註 51，第 1250 頁。）

〔註 67〕 呂巖，亦作呂嵒，字洞賓，號純陽子，自稱回道人。其活動時代約在唐末至
北宋初，河東永樂（山西永濟）人。全眞道尊其爲北五祖之一。元代封爲純
陽演政警化孚佑帝君。（見《歷世眞仙體道通鑑》卷四五，《呂祖志》等）相
傳其著作頗多，如《純陽眞人混成集》、《純陽呂眞人藥石製》等，大抵均依
託。（同註 51，第 1206 頁。）

〔註 68〕 卿希泰主編：《道教與中國傳統文化》，台北：中華道統出版社，1996 年 2 月
15 日初版，第 139 頁。

〔註 69〕 清趙翼撰、杜維運考證：《廿二史箚記》，台北：華世出版社，1977 年 9 月新
一版，第 397 頁。

之關係。〔註70〕據統計唐代皇帝服食金丹而死者是歷代中最多的。〔註71〕

　　唐士大夫亦嚮往宣揚長生不死之道教。初唐四傑之一盧照鄰，曾學道于東龍門精舍，且反復煮煉丹砂，多次服食方藥。陳子昂亦是一位道教信徒，從〈感遇詩〉三十八首〔註72〕之中，能體會其道教思想。田園詩人孟浩然，在他的作品中也表達了這一思想，如〈宿天台桐柏觀〉〔註73〕中表示「願言解纓紱，從此去煩惱」，「紛吾遠遊意，學彼長生道」。詩人李頎則與道士張果往來密切，〈謁張果先生〉〔註74〕詩寫出他相信張果已千歲，並試著自己煉丹服食，王維〈贈李頎〉〔註75〕詩云：「聞君餌丹砂，甚有好顏色。」。士大夫中受道教影響最深的要數李白了，他自云「五歲誦六甲」，〔註76〕又云「十五遊神仙」〔註77〕、「十五好劍術」〔註78〕、「十五觀奇書，作賦凌相如」，〔註79〕成年後，與東岩子、元丹丘等多位俠客道士為友，是位具有道家思想和道教信仰與作風之詩仙。據筆者統計，《全唐詩》收錄以「道士」為題之詩篇，共二百四十一首，以「道人」為題之詩篇，共四十二首。其他涉及道家思想或道觀之詩作，不勝枚舉，如：儲光羲〈題太玄觀〉〔註80〕、劉道昌〈鬻丹砂醉吟〉〔註81〕、劉長卿〈尋洪尊師不遇〉〔註82〕、張果〈題登眞洞〉〔註83〕等。

　　在民間，道教中之鬼神崇拜、齋醮、祈禳之類與民間固有的迷信和巫術一拍即合。在唐代，道教贏得了上至天子、下至百姓之信仰。

〔註70〕同註3，第163頁。

〔註71〕劉精誠著：《中國道教史》，台北：文津出版社，1993年7月初版一刷，第181頁。

〔註72〕同註19，冊一，第576～583頁。

〔註73〕同註19，冊一，第1227頁。

〔註74〕〈謁張果先生〉：「先生谷神者，甲子焉能計。自說軒轅師，于今幾千歲。」（同註19，冊一，第967頁。）

〔註75〕同註19，冊一，第859頁。

〔註76〕同註1，李太白文集，集部五，第1066-402頁。

〔註77〕同註1，李太白文集，集部五，第1066-369頁。

〔註78〕同註1，李太白文集，集部五，第1066-401頁。

〔註79〕同註1，李太白文集，集部五，第1066-281頁。（同註19，冊一，第1361頁。）

〔註80〕同註19，冊一，第1003頁。

〔註81〕同註19，冊五，第837頁。

〔註82〕同註19，冊一，第1105頁。

〔註83〕同註19，冊五，第819頁。

貳、文學環境

每一種文學體裁之發展，都是經過長時間醞釀而來，一邊汲取前期文學之精華，一邊改正前期文學之缺點，在不斷摸索努力創作中形成。

唐代文學之所以繁榮，是文學本身不斷發展之結果。自魏晉以來，長達三百多年之政治分合，讓漢族和其他民族融合同化，與外來之宗教、藝術、物產、文化等方面交流，對傳統中國文學起了影響。舉凡不同思想傾向表現，不同題材領域開拓，不同文體特徵探索，以及聲律運用，語言風格創造，手法技巧革新，都爲唐代文學發展，提供了豐富材料。不論是詩、古文、傳奇等都有蓬勃之發展。

一、唐詩興盛的原因

唐朝是中國詩歌史上黃金時代，詩之形式、內容、風格、派別等都呈現多樣化之趨勢。作詩之人自帝王、貴族、文士、官僚，旁及僧、道，下至布衣、歌妓等，都有作品。詩歌在唐朝是一種最普遍之文學形式，不是少數文士之專利品。〔註84〕

唐詩能夠如此蓬勃發展之原因，歸納有以下七點：

（一）君主大力提倡

唐詩之盛，主要得力於唐代統治者都重視文學。唐代君主，如太宗、高宗、中宗、睿宗、玄宗、肅宗、德宗、文宗、宣宗、昭宗等皆有詩流傳。元·辛文房《唐才子傳》卷一〔註85〕載：

> 夫雲漢昭回，仰彌高于宸極；洪鐘希叩，發至響于咸池。以太宗天縱，玄廟聰明，憲、德、文、僖，睿姿繼挺，俱以萬機之暇，特駐吟情。奎璧騰輝，袞龍浮彩，寵延臣下，每錫贈酬。故「上有好者，下必有甚焉者矣」。

唐朝二八九年，共歷二十二主，太宗以過人天賦開創於前，其他君王相繼力挺，故達風行草偃之效。又唐太宗設文學館、弘文館，招延學士。高宗、武后、中宗皆重視詩歌創作。中宗雅好詩人，吟詩雅集，不修朝儀，故唐人詩集，多應制、聯句、唱和、游樂之作。〔註86〕駱賓王卒，中宗不因其爲罪犯，

〔註84〕劉大杰著：《中國文學發展史》，台北市：華正書局，1998年8月版，第367頁。

〔註85〕戴揚本注譯：《新譯唐才子傳》，台北：三民書局，2005年9月初版一刷，第9頁。

〔註86〕杜松柏著：《禪學與唐宋詩學》，台北：黎明文化，1980年10月20日初版，

亦敕集其詩文。武后宴集群臣，宋之問之詩，文理兼美，更獲御賜錦袍。玄宗時，李白以詩爲翰林供奉，出入禁中，地位高出常流。憲宗、穆宗擢用詩人。文宗置詩學士七十二人。白居易死後，宣宗親爲詩以弔之。《全唐詩》卷四〔註87〕載：

> 綴玉聯珠六十年，誰教冥路作詩仙。浮雲不繫名居易，造化無
> 爲字樂天。童子解吟〈長恨〉曲，胡兒能唱〈琵琶〉篇。文章已滿
> 行人耳，一度思卿一愴然。

王維死後，代宗曾關心他詩集編纂工作。其他帝后，亦多愛好詩歌，提獎後進。詩人得到君主賞識厚愛，對後起士子更有鼓勵作用，故作詩風氣大盛。且唐代君主對詩人之容忍，亦歷代所無，如白居易之〈長恨歌〉、杜甫之〈三吏〉、〈三別〉，雖有刺及皇帝或時政，但未聞以此獲罪。而宋以後之詩人以詩獲罪者，比比相屬，唐詩可以如此興盛，得力於帝王之提倡，誠事實也。

（二）科舉詩賦取士

唐代以科舉取士，詩歌又爲科舉考試科目，詩歌既成士人入仕途之門徑，自然令詩歌創作蔚成風氣。〈全唐詩序〉〔註88〕曰：

> 蓋唐當開國之初，即用聲律取士，聚天下才智英傑之彥，悉從
> 事於六義之學，以爲進身之階；則習之者固已專且勤矣。而又堂陛
> 之賡和、友朋之贈答，與夫登臨讌賞之即事感懷，勞人遷客之觸物
> 寓興，一舉而託之於詩。雖窮達殊途，悲愉異境，而以言乎攄寫性
> 情，則其致一也。

科舉制度使詩成爲青年士子之必修科目，對於詩歌技巧訓練和詩歌普及，有其一定之作用。士人無不竭其心思而爲之，故唐詩得以大盛，至晚唐更見其工。科舉時之應試詩，受限於題韻、功令及時間，鮮有佳作，《文苑英華》所載四百五十九首省試應試詩，平仄對仗雖工，但缺意境及言外之意，僅有少數不顧試律，爲後人稱豔，故清·王士禎《漁洋詩話》卷中〔註89〕曰：

> 祖詠〈試終南山望餘雪詩〉云：「終南陰嶺秀，積雪浮雲端。林
> 表明霽色，城中增暮寒。」四句即納卷。或詰之，詠曰「意盡」。閣

第 108 頁。
〔註87〕同註19，冊一，第 48 頁。
〔註88〕同註1，全唐詩，集部三六二，第 1423-1 頁。
〔註89〕丁福保編，王夫之等撰：《清詩話》，台北：木鐸出版社，1988 年 9 月初版，第 184 頁。

濟美〈試天津橋望洛城殘雪詩〉，只作得廿字，云：「新霽洛城端，
千家積雪寒。未收清禁色，偏向上陽殘。」主司覽之，稱賞再三，
遂唱過。二事絕相類，題韻皆同。

據《唐詩紀事》卷二十記載，〈終南望餘雪詩〉是祖詠在長安之應試詩，詩中
詠物寄情，意在言外。《太平廣記》卷一百七十九，〈天津橋望洛城殘雪詩〉
是閻濟美在洛陽之應試詩，雖只寫了二十字，但意境清新明朗，亦是應試詩
佳作。士子為求能得意於科場，不乏自我推薦，或公然請託，挾詩投卷，爭
取達官顯要品評，讓自己聲名遠播，以影響主試者，增加中舉機會。宋·魏
慶之《詩人玉屑》卷十〔註90〕載：

樂天初舉，名未振，以歌詩投顧況，況戲之曰：「長安物貴，居
大不易。」及讀至〈原上草〉云：「野火燒不盡，春風吹又生。」曰：
「有句如此，居亦何難，老夫前言戲之耳。」《古今詩話》

由於唐朝科舉有「溫卷」〔註91〕、「通榜」〔註92〕之流弊，或多或少影響考試
制度之公平性，但詩之創作仍然相當積極，隨著政治權力之轉移，不論是晉
身朝廷、干謁王公、獻媚藩鎮，皆為圖仕途不可或缺之助力，此乃唐詩大盛
原因之一。

（三）詩人地位轉移

因科舉制度設立，唐詩人大多出自民間，他們有豐富之生活經驗和對現
實社會之認識，創作出內容充實之詩歌，將作家地位由貴族擴展到平民階層，
使民間詩人創作得到自由發展，衝破六朝貴族文學之束縛，深刻廣泛地反映
出平民生活與思想。

（四）政治社會多變

唐代國運興隆，貞觀之治至玄宗開元年間，近百年社會安定，經濟富裕，
對詩人文學創作提供了有利的條件。安史亂後，繼有宦官為禍，朋黨之亂，
藩鎮割據等。社會黑暗，經濟困頓，亦有大量題材讓詩人以詩抒發其鬱結之
感情。

〔註90〕魏慶之撰：《詩人玉屑》，台北：九思出版社，1978 年 11 月 15 日台一版，第
227 頁。
〔註91〕「溫卷」即先把平日作品送呈京師名人品評。
〔註92〕「通榜」即考官取士，僅取考生名聲，不問應試答題的優劣。

（五）詩歌體裁演進

四言起於周初，盛於西周、東周之際，而衰於秦漢；五言起於漢，盛於魏晉六朝。七古及律絕近體形成於六朝，盛於唐代。詩歌之發展，從五言古詩、七言古詩，經過長期發展、演變，加上齊梁時代聲律說興起，在唐代有了平仄與押韻更嚴格之絕句、律詩出現，再加上古詩，形成唐詩三種主要體裁。唐代詩人大量創作這三種體裁之詩歌，使唐詩更為興盛。

（六）儒道佛之並盛

儒家積極入世思想成為許多唐詩人之共同風尚，蔚為主流；道家主張出世思想，對浪漫派詩人李白影響甚大；佛教義理深妙，對王維等詩人之創作和思想都有影響。文人與道士、僧侶交往頻繁，或送別感懷、或企羨隱逸、或持經問難，儒道佛產生文化上百家爭鳴之現象，擴大知識分子眼界，使唐詩出現不同流派風格、百家齊放之現象。

（七）各族文化交流

唐代國勢強盛，境內各族融合，加上陸海交通頻繁、運河長江便利，間接促成本國文化和外族文化交流。文人雅士或多或少亦與外國僧徒學子有所接觸，使唐詩能汲取各族文化風俗之營養，對詩人有重大之影響。至於塞外風光及生活，更成為詩歌中之題材。

二、中晚唐詩歌流派

中晚唐時期政治環境急劇變化，一連串藩鎮割據，叛亂頻傳，烽火四起；朋黨林立朝野，互相傾軋鬥爭，著名之牛李黨爭，長達四十餘年；加之永貞革新、元和削藩、甘露之變，及宦官掌王命、握兵權，甚至弒君、立君、殺朝臣；外則回紇驕橫，寇擾邊境，加上吐蕃大舉入侵、南詔叛變，戰亂相循不止，君主黷武窮兵，朝政腐敗，國勢衰頹，民不聊生，海內大亂，烽煙四起。人們生活、思想以及整個社會風尚，與盛唐相比，都發生巨大變化。「不經一番寒徹骨，焉得梅花撲鼻香」，歷史動盪產生多種多樣藝術風格之詩人和詩派，使詩壇呈現全面繁榮之景象。

中晚唐詩歌流派依《中國詩歌流變史》〔註93〕劃分，在中唐時期（762～826年），可分為自然派、社會派、邊塞派、清雅派、怪澀派；在晚唐時期（827

〔註93〕李日剛著：《中國詩歌流變史》，台北市：文津出版社，1987年二月出版，第334～521頁。

～906 年），可分爲豪宕派、典綺派、律格派、淺俗派、怪澀派、幽僻派、清
雅派。今就姚合、賈島與周賀三人之詩予以例說如下：

邊塞派——擅長描寫邊塞征戰生活之詩人，以其反映邊塞征戰生活之詩
作蔚爲大觀，被稱爲「邊塞詩派」。中唐外寇內藩，戰亂頻繁，較盛唐爲甚，
姚合詩〈劍器詞〉、〈從軍樂〉、〈從軍行〉、〈窮邊詞〉等篇，均富尚武精神，
風格雄健。

怪澀派——中晚唐特有之詩風，偏重於講求文學之藝術技巧與價值，予
當時詩壇極大影響，導致詼詭險僻之詩歌大興。賈島爲此派著名作家之一，
其詩變格入僻，多半是五律，善寫貧窮愁苦，專以鑄字煉句取勝，如〈送無
可上人〉詩：「獨行潭底影，數見樹邊身。」〔註94〕此二句乃其三年所得。

幽僻派——其詩以幽峭僻苦爲主，追蹤賈島，詩人精心造象，刻意修詞，
句烹字煉，苦吟力索。周賀爲此派作家之一，與賈島、無可齊名。

三、酬酢唱和風熾

唐朝自開國以來，士林文會興盛，歷久不凋。酬酢唱遊之風昌盛，究其
原因，一爲君王喜與群下賡唱，因此於君臣出遊、或者朝令宴會、節日慶典
場合中，朝臣在君王命令下，時常以詩歌助興。二爲文人士子喜愛宴集酬唱，
酬唱中可以切磋詩藝，交流創作經驗，獲得露才揚己之機會，詩會、詩社隨
之產生，久而久之遂形成文士集團。三爲安史亂後，朋黨林立，促使文人群
體大量出現。節鎮幕府爲結合自己勢力，徵聘、委任士子，以爲進身之階，
燕遊唱酬，漸漸醞釀爲文學集團。四爲科舉弊案叢生，文人必須行卷顯宦，
以求干謁仕進，在互爲薦引之下，遂成士人集團。

初、盛唐時期，君臣唱和盛行，主要有應制、應詔、應令、應教之活動，
爲群臣奉和皇族之詩，其後擴展至朝臣間之酬答。在《全唐詩》中，所收錄
「奉和應制」〔註95〕、「奉和應詔」〔註96〕、「奉和應令」〔註97〕、「奉和應教」

〔註94〕同註 19，冊四，第 127 頁。
〔註95〕如：上官昭容〈奉和聖制立春日侍宴內殿出剪綵花應制〉、宋之問〈奉和九月
　　　九日登慈恩寺浮屠應制〉、崔湜〈奉和登驪山高頂寓目應制〉、李嶠〈奉和春
　　　日遊苑喜雨應制〉等。
〔註96〕如：魏徵〈奉和正日臨朝應詔〉、楊師道〈奉和夏日晚景應詔〉、楊炯〈奉和
　　　上元酺宴應詔〉、許敬宗〈奉和詠雨應詔〉等。
〔註97〕如：褚亮〈奉和禁苑餞別應令〉、虞世南〈奉和幽山雨後應令〉、李百藥〈奉
　　　和初春出遊應令〉、賈曾〈奉和春日出苑矚目應令〉等。

〔註 98〕等類詩作，寫作時間大多數是在初、盛唐時期。中、晚唐後，由於科舉產生一批新興進士階層，故詩之唱和，多數以進士階層為主，如：元白、劉白、皮陸等彼此之間所寫之和詩。據趙以武〈古詩唱和體說略〉統計，唐代唱和詩作約有二千六百餘首，如：白居易有一百八十首、陸龜蒙一百七十首、劉禹錫一百四十七首、皮日休七十一首、張說五十八首、權德輿五十七首、徐鉉五十四首、元稹四十九首、韓愈四十九首、盧綸四十三首。以上十位詩人作品總計八百七十八首，佔了唐代唱和詩總數之三分之一，其中除張說一人是盛唐詩人外，其他皆是中、晚唐詩人。〔註 99〕明・胡震亨《唐音癸籤》卷三十〔註 100〕載：

> 又同人倡和有《珠英學士集》武后時崔融集修三教珠英學士李嶠、張說等詩五卷、《大歷年浙東聯倡集》志不詳何人，疑鮑防、呂渭與嚴維諸人倡和詩也。二卷、《諸朝彥過顧況宅賦詩》一卷、《集賢院壁記詩》李吉甫、武元衡、常袞題詠集二卷、《壽陽倡詠集》裴均十卷、《渚宮倡和集》前人，二十卷、《荊潭唱和集》裴均、楊憑一卷、《盛山倡和集》韋處厚與元稹等十人詩，十二題一卷、《斷金集》李逢吉、令狐楚酬倡一卷、《三合人集》王涯、令狐楚、張仲素五七言絕句一卷、《三州倡和集》元稹、白居易、崔元亮一卷、《元白繼和集》一卷、《汝洛集》劉禹錫、白居易倡和一卷、《劉白倡和集》三卷、《洛中集》令狐楚、劉禹錫倡和一卷、《彭陽倡和集》前人，三卷、《吳蜀集》劉禹錫、李德裕倡和一卷、《漢上題襟集》段成式、溫庭筠、崔玨、余知古、韋蟾等襄陽幕府倡和詩什及書箋，十卷、《松陵集》皮日休在吳郡幕府與陸龜蒙酬倡詩，六百五十八首，十卷、《僧廣宣與令狐楚倡和詩》一卷、《僧靈徹酬倡詩》十卷、《峴山倡詠集》八卷，疑顏真卿與劉全白等倡和詩、《唐名賢倡和集》二十卷，宋志存四卷、《荊蠻詠和集》一卷、《翰林歌辭》一卷，以上三編失撰人名。

從唐人唱和集數量變化可看出，初唐武后時有珠英學士集一種，大歷後之中晚唐則出現二十四種唱和集。由此可知，唐人唱和詩數量以中晚唐詩人為多，且中唐更盛於晚唐。風尚所及，處於中晚唐時期詩人，其唱和詩在詩人詩作中自然也有相對數量之比例。周賀處於此時期，據筆者統計，屬於酬

〔註98〕如：宋之問〈奉和梁王宴龍泓應教得微字〉。
〔註99〕趙以武：〈古詩唱和體說略〉，《國文天地》11 卷 7 期，1995 年 12 月，第 94 頁。
〔註100〕明・胡震亨著：《唐音癸籤》，台北：木鐸出版社，1982 年 7 月初版，第 315頁。

酢唱和詩者有〈酬吳之問見贈〉、〈上陝府姚中丞〉〔註101〕、〈投江州張郎中〉、〈同朱慶餘宿翊西上人房〉、〈同徐處士秋懷少室舊居〉五首，正符合當時代之潮流。

第三節　周賀之生平及遊踪

壹、生平考

　　周賀，法名清塞，字南卿，中晚唐人。新、舊《唐書》皆無傳，僅《新唐書・藝文志》載周賀詩一卷。

　　關於周賀生卒年代，史書無載，早已不可考據，今從其與他人交往之詩篇，略作考據，並將其交往詩人之生卒年代及事蹟，與周賀互為對照。從其〈贈皎然上人〉詩，可推測其與皎然上人有所交集，若依《增訂注釋全唐詩》皎然上人的生卒年代約 720 至 794 年，二人較不會有交集。但據大陸學者徐文明〈唐代詩僧皎然的宗系和思想〉之考證判定，皎然上人生於開元八年（720），卒於永貞元年（805），由此可推知周賀生於永貞元年之前，在貞元（785～805）初出生。

　　關於周賀籍貫問題，計有《全唐詩流派品匯》考為「四川廣元」，《唐五代詩鑒賞》為「四川廣元西北」，《增訂注釋全唐詩》為「河南洛陽市」，《《宋史・藝文志》釋氏別集、總集考〉為「河南」，《全唐詩廣選新注集評》為「洛陽」。唐韓愈〈縣齋有懷〉：「求官去東洛，犯雪過西華。」〔註102〕詩中之東洛，即為洛陽。筆者參酌考證漢唐時以洛陽為東都，東洛應是洛陽之稱，故周賀應是河南洛陽人。

貳、遊踪考

一、居廬為僧

　　周賀早年居廬山為僧，客南徐多年，又曾隱居嵩山少室。廬山在今江西

〔註101〕〈上陝府姚中丞〉詩收錄於《全唐詩》卷五百零三。宋・臨安府陳宅書籍鋪刻本《周賀詩集》未見此詩。（唐・周賀著：《周賀詩集》，北京：北京圖書館出版社，2002 年 10 月第一版第一次印刷。）
〔註102〕同註19，冊二，第 1351 頁。

省九江市南，聳立於鄱陽湖、長江之濱，又名匡山、匡廬。據北魏・酈道元
《水經注・廬江水》，〔註103〕廬山與漢陽及香爐、五老諸峰對峙。三面臨水，
江湖水氣鬱結。山多巉巖、峭壁、清泉、飛瀑之勝。著名勝跡有白鹿洞、仙
人洞、三疊泉、含鄱口等。廬山景緻峻秀，實爲陶冶心情之靈地。周賀〈秋
晚歸廬山留別道友〉詩云：

> 病起陵陽思翠微，秋風動後著行衣。月生石齒人同見，霜落木
> 梢愁獨歸。已許衲僧修靜社，便將樵叟對閒扉。不嫌舊隱相隨去，
> 廬岳臨天好息機。

「陵陽」爲山名，在今安徽石台北，另一說在宣州城內，相傳爲陵陽子明得
仙之地。陵陽子明是古代傳說中的仙人。《史記・司馬相如列傳》：「使五帝
先導兮，反太一而從陵陽。」〔註104〕南朝宋・裴駰集解引《漢書音義》曰：
「仙人陵陽子明也。」「翠微」泛指青山，此應指廬山。「石齒」是齒狀石頭，
在此指山石間之水流。「舊隱」是舊時的隱居處，此處應是謙稱之詞。「息機」
是息滅機心之意，表示住在廬山可以讓人忘卻塵囂。「月生」二句，以景入
情，寫出一人歸去之孤獨。「已許」二句，用生活所見，刻畫出廬山寧靜幽
閒之狀。「不嫌」二句，期望道友可與之相結伴回景色絕佳之廬山。此乃周
賀於秋季晚歸廬山寫詩贈別道友之作。周賀雖病愈於陵陽，心中卻思念廬
山，因此秋季風起後動身準備打道回所居地廬山。〈潯陽與孫郎中宴迴〉詩
云：

> 別酒已酣春漏前，他人扶上北歸船。潯陽渡口月未上，漁火照
> 江仍獨眠。

此詩題之「潯陽」，今江西九江市，地近廬山，應是周賀早年與孫郎中把酒言
歡後，歸廬山之作。而「孫郎中」與〈憶潯陽舊居兼感長孫郎中〉〔註105〕之
「長孫郎中」似同一人。據《增訂注釋全唐詩》考證其名不詳，約開成中任
江州刺史。〈憶潯陽舊居兼感長孫郎中〉詩云：

> 潯陽卻到是何日，此地今無舊使君。長憶窮冬宿廬嶽，瀑泉冰
> 折共僧聞。

「卻」指回轉、返回。「舊使君」即是長孫郎中。此首應是周賀離開廬山之後，

〔註103〕同註1，水經注，史部三三一，第573-582頁。
〔註104〕同註1，史記，史部二，第244-821頁。
〔註105〕《周賀詩集》未見此詩。

回憶舊居和昔日知己之作。

二、客居南徐

南徐乃古代州名，指南徐州，為京口別稱，即今江蘇省鎮江市。東晉僑置徐州於京口城，南朝宋改稱南徐。唐王昌齡〈客廣陵〉：「樓頭廣陵近，九月在南徐。」〔註106〕南徐所在地較廬山為熱鬧，客居於此，想必能讓周賀有不同心境之體悟。〈京口贈崔固〉詩云：

> 積雨晴時近，西風葉滿泉。相逢嵩嶽客，共聽楚城蟬。宿館橫秋島，歸帆漲遠田。〔註107〕別多還寂寞，不似剡中年。

「嵩嶽」指嵩山。「楚城」乃鎮江。「漲」即瀰漫、充滿。「剡中」為剡縣一帶，在今浙江嵊縣南。此為周賀離別京口，告別、贈詩崔固之作，整首詩難掩離別寂寞之情。《全唐詩》此首詩一作無可詩，詩題為〈京口別崔固〉。〈留別南徐故人〉詩云：

> 三年蒙見待，此夕是前程。未斷卻來約，且伸臨去情。潮迴灘鳥下，月上客船明。他日南徐道，緣君又重行。

「蒙」為承蒙。「前程」指前面的路程。「伸」即展現、抒發。「迴灘」是指曲折流急的河道。「潮迴」二句是倒裝句，順裝應為「潮下迴灘鳥，月明上客船。」周賀作此詩時應已經離開南徐，詩中描述他鄉遇故知及故人臨行之邀約。

三、隱居少室

嵩山在今河南省登封縣北，為五岳之中岳。古稱外方、太室，又名崇高、嵩高。其峰有三：東為太室山，中為峻極山，西為少室山。唐白居易〈八月十五日夜同諸客玩月〉：「嵩山表裏千重雪，洛水高低兩顆珠。」〔註108〕嵩山氣勢磅薄，地近周賀之籍貫東洛。由周賀常居山林，可知其心性淡泊、好入名山。〈同徐處士秋懷少室舊居〉詩云：

> 曾居少室黃河畔，秋夢長懸未得回。扶病半年離水石，思歸一夜隔風雷。荒齋幾遇僧眠後，晚菊頻經鹿踏來。燈下此心誰共說，傍松幽徑已多栽。

「處士」本指有才德而隱居不仕之人，後來泛指未做過官之士人。「水石」猶

〔註106〕同註19，冊一，第1070頁。
〔註107〕《周賀詩集》為「歸帆遠漲田」。
〔註108〕同註19，冊三，第600頁。

泉石。多借指清麗勝景。周賀作此詩時，應該已經離開嵩山少室山了。整首詩顯而易見表達出周賀思念少室舊居之情。

四、訪友杭州

　　文宗太和末（834、835），姚合在錢塘擔任刺史，周賀帶著詩稿前往拜訪，投遞名帖，請求評定並分列次第，姚合接待他時覺得相當意外。看到〈哭僧詩〉云：「凍鬚亡夜剃，遺偈病中書。」感到非常喜歡，於是贈送其冠巾，讓他恢復出家前之姓名周賀。這時，周賀夏臘〔註109〕已高，出仕求榮願望淡薄，最後前往依附名山諸尊宿〔註110〕以終。由此可推知，周賀早年出家為僧，愛好山林，喜歡寫詩寄情。當周賀在太和末特地去杭州拜訪姚合時，應該至少四、五十歲，甚至更多，才會特別說其出家年歲已經很久。而希望姚合能為其品評詩作等第，也正符合當時干謁行卷之社會風氣，但周賀並不會因此讓世俗之富貴名利動搖其心，實難能可貴也。〈留辭杭州姚合郎中〉詩云：

> 波濤千里隔，抱疾亦相尋。會宿逢高士，〔註111〕辭歸值積霖。
> 叢桑山店迥，孤燭海船深。尚有重來約，知無省閣心。

「積霖」指久雨。「省閣」指中樞機構。此首是周賀想離開杭州，而特地向擔任刺史之姚合約好下次再來訪杭州之詩作。

　　綜觀周賀一生，早年在廬山為僧，曾客居南徐，隱居嵩山少室，雖然他生活困頓，但不改初衷，最後還是依附名山尊宿，終其一生。

第四節　周賀之交遊

　　人是群居之動物。閉門造車只會讓自己像井底蛙一樣，無法開拓胸懷和視野，身處交通不便的古代，「仗劍去國，辭親遠遊」，〔註112〕正是累積人生經驗、自我鍛鍊之最佳方式。周賀往來於名山之中，多所遊歷，觀其交遊詩，可知其交遊頗為廣泛，舉凡名臣胥吏、僧徒道士、隱逸高人皆有交誼。茲就其詩中可考證之人物，概述如下：

〔註109〕夏臘——僧人出家的年數。
〔註110〕尊宿——亦作「尊夙」，指年老而有名望的高僧。
〔註111〕《周賀詩集》為「會宿逢高燒」。「高燒」指體溫在攝氏三十九度以上，也叫高熱。
〔註112〕同註1，李太白文集，集部五，第1066-402頁。

壹、名臣胥吏

　　周賀詩中，不少與名臣胥吏酬和寄贈之詩篇，從中可了解其交遊狀態及其思想內涵。

一、姚　合（約782～846年）

　　姚合，吳興人，宰相姚崇姪曾孫。父姚閈爲相州臨河令，遂寄家河朔。元和十一年（816）進士及第，爲魏博田弘正從事，歷武功主簿，富平、萬年尉。寶曆二年（826），爲監察御史，遷殿中侍御史、戶部員外郎，出爲金州刺史。入爲刑、戶二部郎中，復爲杭州刺史。歷諫議大夫、給事中，授陝虢觀察使。會昌末，官終秘書監，諡曰懿，贈禮部尚書。人稱姚武功或姚秘監。〔註113〕《全唐詩》卷四九六至五零二錄其詩七卷，計五百二十首。

　　在文宗大和（827～835）末，姚合擔任杭州刺史，周賀攜書投刺，以求品第。姚合見其〈哭閑霄上人〉云：「凍髭亡夜剃，遺偈病時書。」非常喜愛，因此加之以冠巾。由此可知姚合是周賀的伯樂，他慧眼識周賀，命其還俗，後來周賀因已爲僧多年，年紀也不小了，加上心性淡泊名利，所以終其一生，未曾爲官。周賀從姚合交遊，酬贈之詩共有四首。

　　其一〈寄姚合郎中〉，詩云：

　　　　轉刺名山郡，連年別省曹。分題得客少，著價買書高。晚柳蟬
　　和角，寒城燭照濤。鄱溪臥疾久，〔註114〕未獲後乘騷。

「刺」爲刺史。「名山郡」，此指金、杭二州。「省曹」在這裡是指尚書省官署。「分題」指詩人聚會，分探題目而賦詩，又稱探題。「鄱溪」指鄱陽湖，在江西省北部，臨近廬山，乃早年周賀爲僧之地。按大和年間，姚合初自戶部員外郎出任金州刺史，後又自戶部郎中出守杭州。此詩屬應酬詩，約作於大和九年（835），姚合任杭州刺史時。整首詩格調清雅，首聯點出姚合任官經歷，中間二聯對仗工整，「晚柳」二句，借景抒其志向高潔，末聯則道出自己久病在床，未能夠前往拜謁。

　　其二〈贈姚合郎中〉詩云：

　　　　望重來爲守土臣，清高還似武功貧。道從會解唯求靜，詩造玄
　　微不趁新。玉帛已知難撓思，雲泉終是得閒身。兩衙向後長無事，

〔註113〕同註19，冊三，第962頁。
〔註114〕《周賀詩集》爲「鄱溪臥疾者」。

門館多逢請益人。

「望重」名望大。「玉帛」是指財物。「兩衙」是指官府早晚兩次坐衙治事，接受屬吏參謁。「請益」是向人請教之意。此詩清奇雅正，約作於大和九年，當時姚合由戶部郎中出任杭州刺史。首聯二句，以姚合擔任地方官與曾任武功縣主簿，顯示其名望大和爲官清高。其對「道」之領悟以靜爲主，其「詩」幽深、微妙不會迎合新潮流。頸聯「玉帛」二句，讚美其視錢財爲身外物，嚮往自然、悠閒度日。中間四聯對仗工整，雖有讚美之意，而含蓄有味。末聯二句，寫其爲官之辦案迅速俐落，登門求謁者眾多。整首詩在字句排列上力求新奇，用語典雅純正。

其三〈留辭杭州姚合郎中〉詩云：

> 波濤千里隔，抱疾亦相尋。會宿逢高士，辭歸值積霖。叢桑山
> 店迥，孤燭海船深。尚有重來約，知無省闥心。

末聯「尚有」二句是倒裝句，順裝則爲「知無省闥心，尚有重來約。」此首詩約作於大和九年，敘述周賀千里抱病來拜訪姚合，如今想回歸山林，約好下次再來訪杭州。

其四〈上陝府姚中丞〉詩云：

> 此心長愛狎禽魚，仍候登封獨著書。領郡只嫌生藥少，在官長
> 恨與山疏。成家盡是經綸後，得句應多諫諍餘。見說養真求退靜，
> 溪南泉石許同居。

「陝府」爲陝州大都督府，治州在河南三門峽市。此詩作於開成五年（840）左右，是周賀呈給姚合之作。整首詩將姚合爲官與其嚮往自然之心境做對比，刻畫出身在朝廷而志向山林。

二、賈　島（779～843 年）

賈島，字閬仙，一作浪仙。范陽（今河北涿縣）人。早歲棲身佛門爲僧，法名無本。元和間至東都，時洛陽令禁僧午后不得出，島爲詩自傷。韓愈賞其才，因教島爲文。後還俗，累舉進士不第。文宗開成初，任遂州長江縣主簿，故人稱「賈長江」。會昌初，以普州司倉參軍遷司戶，未及受命，卒，時年六十五。〔註115〕《全唐詩》卷五七十至五七四錄其詩五卷，計其詩四百一十二首。

〔註115〕同註19，冊四，第117頁。

在《唐摭言》、《唐詩紀事》和《唐才子傳》等書均指出周賀與賈島齊名。元・方回《瀛奎律髓》〔註116〕曾以周賀〈晚春從人歸覲〉〔註117〕之「折花林影動，移石澗聲回」句得益賈浪仙〈題李凝幽居〉之「過橋分野色，移石動雲根」之意。明・楊慎《升菴詩話》即以周賀詩學賈島。〔註118〕另外，清・李懷民《重訂中晚唐詩主客圖》亦將周賀列爲「清眞僻苦」派賈島門下之「入室」者。二人交誼見於詩篇，有二首。

其一〈出關寄賈島〉，詩云：

舊鄉無子孫，誰共老青門？迢遞早秋路，別離深夜村。伊流偕
行客，岳響答啼猿。〔註119〕去後期招隱，何當復此言？

「青門」爲漢長安城東南門，本名霸城門，因其門色青，故俗呼爲「青門」或「青城門」，此指京城。「伊流」二句之「伊」指伊水，在河南省西部，源出欒川縣伏牛山北麓，往東北流，在偃師縣楊村附近入洛河。「岳」指嵩山，「響」是回聲。「期」即希望、企求。「招隱」指招人歸隱。「何當」猶何妨、何如。此詩首聯二句爲設問法中之懸問句。「迢遞」二句，「早秋」和「深夜」同屬時令，對比強烈。整首詩用「舊」、「無」、「老」、「秋」、「別」、「離」等字眼，充滿傷懷之感。描述周賀了無牽掛出關遠遊，何以期望招隱。

其二〈出關後寄賈島〉詩云：

故國知何處？西風已度關。歸人值落葉，遠路入寒山。多難喜
相識，久貧寧自閒。唯將往來信，遙慰別離顏。

「關」是指潼關，故址在今陝西省潼關縣東南，地處陝西、山西、河南三省要衝，素稱險要。「故國」即爲故鄉。首句爲設問法中之提問句。此詩用「西風」、「歸人」、「落葉」、「遠路」、「寒山」等詞彙，顯示關外景象荒涼，路途遙不可及。「多難」二句，表達出安貧樂道。末聯二句，想藉由此書信，讓在關內賈島能知其平安。

三、朱慶餘（生卒年不詳）

朱慶餘，名可久，以字行，排行大。越州（今浙江紹興）人。受知於張籍，登寶歷二年（826）進士第，授秘書省校書郎。曾客游邊塞，仕途不甚得

〔註116〕同註1，瀛奎律髓，集部三〇五，第1366-97頁。

〔註117〕此《全唐詩》詩題爲〈春喜友人至山舍〉。

〔註118〕同註1，升菴集，集部二〇九，第127-578頁。

〔註119〕《周賀詩集》爲「伊流背遠客，岳響答啼猿。」「背」乃用脊背馱。「荅」猶當、對，後作「答」。

意。與張籍、賈島、姚合、顧非熊、僧無可等交游。〔註120〕《全唐詩》卷五
一四至五一五錄其詩二卷，計一百一十七首。

　　周賀與朱慶餘交誼深厚，還曾一起共遊，其交遊詩篇有三首。其一〈贈
朱慶餘校書〉，詩云：

　　　　風泉盡結冰，寒夢徹西陵。越信楚城得，遠懷中夜興。樹停沙
　　　島鶴，茶會石橋僧。寺閣連官舍，行吟過幾層。

「校書」爲古代掌校理典籍的官員。「寒夢」即寒夜的夢。「徹」指達、到。「西
陵」渡口名，在今浙江省蕭山市西興鎮。「遠懷」乃遠大的抱負。「中夜」爲
半夜。「沙島」即沙石積成的島嶼。「行吟」即邊走邊吟詠。此詩前二聯描寫
在冬夜，周賀收到來自朱慶餘的書信，引發其理想抱負，後二聯描寫朱慶餘
所期望的生活。

　　其二〈同朱慶餘宿翊西上人房〉詩云：

　　　　溪僧還共謁，相與坐寒天。屋雪凌高燭，山茶稱遠泉。夜清更
　　　徹寺，空闊雁衝煙。莫怪多時話，重來又隔年。

「謁」即晉見、拜見。「相與」指共同、一道。此首詩爲周賀和朱慶餘一同拜
見翊西上人，夜裡一起聊天、喝茶之作。

　　其三〈送朱慶餘〉詩云：

　　　　野客行無定，全家在浦東。〔註121〕寄眠僧閣靜，贈別橐金空。
　　　舊里千山隔，歸舟百計同。藥資如有分，相約老吳中。

「野客」乃村野之人，多指隱逸者，此是周賀謙稱。「浦」即水邊、河岸。「僧
閣」爲寺院樓閣。「橐金」指囊中之金。「舊里」即故鄉。「百計」謂想盡或
用盡一切辦法。「吳中」今江蘇吳縣一帶，亦泛指吳地。此首詩描寫周賀自
己行蹤不定，此次送走朱慶餘後，回故鄉則路漫漫，期許下回見面可以在吳
中。

　　四、厲　玄（生卒年不詳）

　　厲玄，婺州（今浙江金華）人。登大和二年（828）進士第。開成中，官
至監察御史。歷員外郎、萬年令。大中六年（852）出爲睦州刺史，官終侍御
史。〔註122〕《全唐詩》卷五一六錄其詩七首。

〔註120〕同註19，冊三，第1193頁。
〔註121〕《周賀詩集》爲「相與坐中天」。「中天」猶參天、仰望高空。
〔註122〕同註19，冊三，第1212頁。

　　周賀與厲玄交情非淺，賀曾遠道拜訪之，有詩一首爲證，〈贈厲玄侍御〉
〔註123〕詩云：

> 山松徑與瀑泉通，巾舄行吟想越中。塞雁去經華頂末，鄉僧來
> 自海濤東。關分河漢秋鐘絕，露滴獼猴夜嶽空。抱疾因尋周柱史，
> 杜陵寒葉落無窮。

「侍御」，唐代稱殿中侍御史、監察御史爲侍御。「巾舄」指頭巾和鞋。「越
中」專指浙江紹興一帶。「塞雁」爲塞外的鴻雁，塞雁秋季南來，春季北去，
故古人常以之作比，表示對遠離家鄉親人的懷念，此處則用指厲玄。「鄉僧」
是周賀自稱謙詞。「河漢」乃黃河與漢水的並稱。「華」爲華山，在陝西省華
陰市南。「周柱史」周之柱下史，唐代侍御史職位與其相當，故唐人亦用爲
侍御史的代稱，此指厲玄。「杜陵」地名，在今陝西省西安市東南。此詩約
寫於開成二、三年（837、838），周賀不辭千里抱疾尋訪在陝西任官之厲玄。

五、潘　緯（生卒年不詳）

　　潘緯，湘南人，登咸通（860～874）進士第。與何涓齊名。〔註124〕《全
唐詩》卷六百錄其詩二首。

　　周賀與潘緯爲忘年交，二人相見恨晚，有交往詩一首，〈寄潘緯〉詩云：

> 楊柳垂絲與地連，歸來一醉向溪邊。相逢頭白莫惆悵，世上無
> 人長少年。

「惆悵」因失意或失望而傷感、懊惱。「長」即長久、永久。「少年」古稱青
年男子。此首詩前二句，是描寫潘緯年少輕狂之生活；後二句爲周賀贈送給
潘緯之警語，令人印象深刻。

六、張又新（約795年～？）

　　張又新，字孔昭，深州陸澤（今河北深縣西）人。元和九年（814）進
士及第，十二年登博學宏詞科，應辟爲淮南節度使從事。長慶間歷左、右補
闕，附李逢吉，爲八關十六子之一。寶曆二年（826）遷祠部員外郎，出爲
山南節度使行軍司馬。大和元年（827）貶汀州刺史，嗣後入爲主客郎中、
刑部郎中。開成間貶溫州刺史，會昌二至四年任江州刺史，終左司郎中。擅
文辭，工七絕。與李漢、李賀、趙㪍有往還。〔註125〕《全唐詩》卷四七九

〔註123〕《周賀詩集》未見此詩。故厲玄與周賀是否有交集，已無詩爲證。
〔註124〕同註19，冊四，第363頁。
〔註125〕同註19，冊三，第831頁。

錄其詩十六首。

　　周賀與張又新交遊，僅存詩一首，其〈投江州張郎中〉詩云：

　　　　要地無閒日，仍容冒謁頻。借山年涉閏，寢郡月逾旬。驛徑曾
　　衝雪，方泉省滌塵。隨行溪路細，接話草堂新。減藥痊餘癖，飛書
　　苦問貧。噪蟬離宿殼，吟客寄秋身。〔註126〕鍊句貽箱篋，懸圖見蜀
　　岷。使君匡嶽近，終作社中人。

「江州」在今江西省九江市。「要地」指樞要地位、顯要地位。「閒日」是休
閒的日子。「鍊句」爲推敲詞句，使之精煉。「使君」乃對州郡長官尊稱。「匡
嶽」指廬山。「社」爲集體性組織、團體，此指僧侶佛教徒結成之團體。首
聯二句，可知其雖然十分忙碌，但還是抽空接見往來不絕前來求謁之人。中
間六聯，描述張郎中官宦之餘的生活情景，運用「雪」、「塵」、「細」、「新」、
「癖」、「貧」、「離」、「寄」等字，給人一種與外界隔絕、遠離塵囂的感受。
整首詩用字嚴謹，可見周賀吟咏之用心。此首爲五言排律，約作於會昌二年
（842），是周賀呈給張又新之作，當時張又新爲江州刺史。

　　七、李　億（生卒年不詳）

　　李億，字子安，大中（847～860）、咸通（860～874）時人，與溫庭筠、
魚玄機等友善，官至補闕、員外。〔註127〕

　　周賀與李億無法肯定是否有交集，而《全唐詩》亦收錄此詩於溫庭筠作
品中，〈送李億東歸〉〔註128〕詩云：

　　　　黃山遠隔秦樹，紫禁斜通渭城。別路青青柳發，前溪漠漠花
　　生。和風澹蕩歸客，落日殷勤早鶯。灞上金樽未飲，讌歌已有餘
　　聲。

「黃山」爲漢宮名，漢惠帝所建，在陝西省興平縣西南。「秦」是陝西省簡稱。
「紫禁」古以紫微垣比喻皇帝的居處，因稱宮禁爲「紫禁」，指長安宮城。「渭
城」即咸陽，在今陝西省咸陽東北二十里。「別路」離別的道路。「漠漠」乃
茂盛、濃郁貌。「澹蕩」猶駘蕩，謂使人和暢，多形容春天的景物。「灞上」
在陝西省西安市東、灞水西高原上。「金樽」指古代盛酒器之美稱。「讌歌」
爲宴飲歌唱。首聯即對仗。中間二聯，周賀以美景預祝李億東歸一路順遂。「青

─────────────────

〔註126〕《周賀詩集》爲「吟石寄秋身」。
〔註127〕同註19，冊三，第1036頁。
〔註128〕《周賀詩集》未見此詩。故李億與周賀是否有交集，已無詩爲證。

「青」與「漠漠」屬於疊字對。「澹蕩」與「殷勤」屬於雙聲對疊韻。此詩爲六言古詩，或是周賀送李億返東之作。

八、其　他

在周賀詩篇中，尚有許多有關和名臣胥吏之交遊詩篇，但其人之生平事蹟已不可考，如楊侍御〈寺居寄楊侍御〉、郭秀才〈送郭秀才歸金陵〉〔註129〕、李明府〈寄寧海李明府〉、李主簿〈贈李主簿〉、韓評事〈送韓評事〉〔註130〕等。一如〈寺居寄楊侍御〉詩云：

　　　　雨過北林空晚涼，院閒人去掩斜陽。十年多病度落葉，萬里亂
　　愁生夜牀。終欲返耕甘性拙，久慚他事與身忙。還知謝客名先重，
　　肯爲詩篇問楚狂。

「楊侍御」不可考。「謝客」指南朝宋謝靈運，靈運幼名客兒，此借指楊侍御。〈楚狂〉，《論語・微子》：〔註131〕「楚狂接輿歌而過孔子曰：『鳳兮鳳兮，何德之衰！』」邢昺疏：「接輿，楚人，姓陸名通，字接輿也。」，後常用爲典，爲狂士通稱，此爲周賀自謙。首聯爲周賀描寫其寺居之情景。中間二聯描述楊侍御爲官多年，久病纏身、愁緒萬千，終於告病還鄉，卻因久居官場而拙於農事。末聯是寫其不恥下問，值得周賀讚揚，故贈此詩。又如〈送郭秀才歸金陵〉詩云：

　　　　夏後客堂黃葉多，又懷家國起悲歌。酒前欲別語難盡，雲際相
　　思心若何？鳥下獨山秋寺磬，人隨大舸晚江波。南徐舊業幾時到，
　　門掩殘陽積翠蘿。

「郭秀才」不可考。「秀才」唐初曾與明經、進士並設爲舉士科目，旋停廢，後爲唐宋間對應舉者之稱呼。「金陵」今南京市別稱。「舸」指大船。「南徐」爲今江蘇省鎮江市，周賀曾客居於此。「舊業」指舊時的園宅。前二聯爲周賀描述郭秀才因秋起興，又難以訴說其相思之心。後二聯爲周賀送其歸鄉，亦自萌思鄉之情。

貳、僧徒道士

周賀早年爲僧，故與僧徒道士往來密切，從觀察其交遊詩篇可略知一二。

〔註129〕《周賀詩集》未見此詩。
〔註130〕《周賀詩集》未見此詩。
〔註131〕同註1，論語注疏，經部一八九，第195-697頁。

一、皎然上人（720～805 年）

皎然，俗姓謝，字清晝，湖州長城（今浙江長興）人。初應舉人第，遂削髮出家，從靈隱寺守眞律師。大歷後，居於苕溪草堂、龍興寺、杼山妙喜寺等，與陸羽、顏眞卿、韋應物等酬唱。著作甚多。〔註132〕《全唐詩》卷八一五至八二十錄其詩六卷，計五百零四首。

周賀與皎然上人，如據《增訂注釋全唐詩》的生卒年代約 720 至 794 年推論，應不會有交集。但據大陸學者徐文明〈唐代詩僧皎然的宗系和思想〉之考證判定，皎然上人生於開元八年（720），卒於永貞元年（805），二人或許會有交集。今存交遊詩篇一首，其〈贈皎然上人〉〔註133〕詩云：

竹庭瓶水新，深稱北窗人。講罷見黃葉，詩成尋舊鄰。錫陰迷坐石，池影露齋身。苦作南行約，勞生始問津。

「北窗人」，指陶潛，陶潛〈與子儼等疏〉云：「常言五六月中，北窗下臥，遇涼風暫至，自謂是羲皇上人。」，〔註134〕自此北窗、羲皇人、羲皇上人，都暗指淵明。「錫」指錫杖。「迷」即布滿、遮掩。「齋身」爲沐浴淨身。「勞生」乃辛苦勞累的生活，《莊子‧大宗師》曰：「夫大塊載我以形，勞我以生，佚我以老，息我以死。」〔註135〕「問津」爲尋訪或探求。此首爲周賀寫皎然上人生活及與之道別之作。

二、柏巖禪師（756～815 年）

柏巖禪師，疑即百岩禪師，俗姓謝，名懷暉，泉州人，因常住太行百岩寺，門人稱百岩禪師。元和三年（808），應詔至長安，居章敬寺，每年入麟德殿講論，後以病辭。〔註136〕

周賀早年曾與柏巖禪師至少有一面之緣，詳細情形不可考，今存其交遊詩一首，其〈贈柏巖禪師〉〔註137〕詩云：

野寺絕依念，靈山會遍行。老來披衲重，病後讀經生。乞食嫌村遠，尋溪愛路平。多年柏巖住，不記柏巖名。

〔註132〕同註 19，冊五，第 451 頁。
〔註133〕〈贈皎然上人〉詩於《周賀詩集》題爲〈贈然上人〉。故皎然上人與然上人是否同爲一人，有待考證。
〔註134〕同註 1，陶淵明集，集部二，第 1063-523 頁。
〔註135〕同註 1，莊子注，子部三六二，第 1056-38 頁。
〔註136〕同註 19，冊二，第 892 頁。
〔註137〕〈贈柏巖禪師〉詩於《周賀詩集》題爲〈栢巖禪師〉。

「依念」指依靠。「靈山」爲印度佛教聖地靈鷲山的簡稱。「披衲」乃披僧衣。「生」即生疏。此首詩中間二聯爲周賀描寫柏巖禪師晚年身體不如從前，末聯敘述後人只記得柏巖寺有位柏巖禪師，卻不記得柏巖禪師之本名。

三、方 干（生卒年不詳）

方干，字雄飛，睦州桐廬（今屬浙江）人。幼有清才，爲徐凝所重，授以格律。文宗大和（827～835）中謁金州刺史姚合，合見其脣缺貌陋，初甚卑之。及讀其詩，大爲嘆賞。一舉進士不第，遂隱於會稽，漁於鏡湖。咸通（860～874）末，王龜爲浙東觀察使，稱賞其亢直，將荐之朝。會龜卒，事不就。〔註138〕干早歲偕計往來兩京，以卿好事者爭延納，名竟不入手，遂歸，無復榮辱之念。浙間凡有園林名勝，輒造主人，留題幾遍。初，李頻學干爲詩，頻及第，詩僧清越賀云：「弟子已折桂，先生猶灌園。」〔註139〕咸通末卒，門人私謚爲「玄英先生」。廣明、中和間，其詩名大著于江南。《全唐詩》卷六四八至六五三錄其詩六卷，計三百五十二首。

方干與周賀曾患難與共，交誼深厚，雖未見周賀寫給方干之詩篇，但卻在方干詩集中尋出彼此交遊之實，有〈滁上懷周賀〉詩云：

> 就枕忽不寐，孤懷興歎初。南譙收舊曆，上苑絕來書。暝雪細
> 聲積，晨鐘寒韻疏。侯門昔彈鋏，曾共食江魚。

「滁」爲地名，南朝梁立南譙州，隋廢州改爲清流縣，唐又改置滁州，民國元年（1912）改稱滁縣，今爲滁州市，在安徽省東部。「就枕」猶就寢。「寐」指入睡。「興歎」即發生感嘆。「上苑」皇家的園林，借指長安城。「來書」爲來信。「侯門」指諸侯之門或顯貴人家。「彈鋏」乃彈擊劍把，鋏爲劍把，《戰國策·齊策四》〔註140〕載：「齊人有馮諼者，貧乏不能自存，使人屬孟嘗君，願寄食門下。……居有頃，倚柱彈其劍，歌曰：『長鋏歸來乎！食無魚。』左右以告。孟嘗君曰：『食之，比門下之客。』居有頃，復彈其鋏，歌曰：『長鋏歸來乎！出無車。』左右皆笑之，以告。孟嘗君曰：『爲之駕，比門下之車客。』」此謂處境窘困而又欲多所干求。頸聯二句對仗工整。「彈鋏」一詞乃用典。此首乃方干在滁州夜裡思念周賀，回想往日情誼之作。

〔註138〕同註19，冊四，第789頁。
〔註139〕辛文房撰、周本淳校正：《唐才子傳校正》，台北：文津出版社，1988年三月出版，第227頁。
〔註140〕同註1，戰國策，史部一六四，第406-312頁。

四、其　他

在周賀詩中，尚有不少與之交遊之僧徒、道士，但不可考其生平事蹟，如胡僧〈贈胡僧〉、靈應禪師〈送靈應禪師〉〔註141〕、王道士〈玉芝觀王道士〉、神邁上人〈贈神邁上人〉、省己上人〈送省己上人歸太原〉〔註142〕、新頭陀〈寄新頭陀〉等。例如〈贈胡僧〉：

　　　瘦形無血色，草履著行穿。閒話似持咒，不眠同坐禪。背經來
　漢地，袒膊過冬天。情性人難會，遊方應信緣。

「胡僧」古代泛稱西域、北地或外來的僧人。「血色」指皮膚健康紅潤的顏色。「履」即鞋。「閒話」為方言、話語。「持咒」乃念誦咒語。「坐禪」佛教語，謂靜坐息慮，凝心參究。「袒膊」為袒露肩胛。「情性」指本性或性格。「遊方」謂僧人雲游四方。此詩描繪外來的僧人，形單影隻，獨自到中原弘揚佛法，此詩將其外貌及特殊修行方式刻畫得栩栩如生。

又如〈送靈應禪師〉詩云：

　　　寒天仍遠去，離寺雪霏霏。古跡曾重到，生涯不暫歸。坐禪山
　店暝，〔註143〕補衲夜燈微。巡禮何時住？相逢的是稀。

「靈應禪師」已不可考，賈島有〈送靈應上人〉〔註144〕詩一首，當為同一人。「霏霏」指雨雪盛貌。「生涯」原謂生命有邊際、限度，後指生命、人生。「補衲」為縫補、補綴之僧衣。「巡禮」指宗教徒參拜廟宇或聖地，參禪悟道。「住」指在一段時間裡從事某種活動，或指任住持。「的」即確實、準定。末聯使用設問法。此詩為周賀與靈應禪師難得一同前往巡禮，並刻畫其沿途經歷之作。

參、隱逸高人

在周賀詩中，可看出有少數隱逸高士與之交遊，如耿山人〈送耿山人歸湖南〉、韓處士〈尋北岡韓處士〉、徐處士〈同徐處士秋懷少室舊居〉、隱者〈懷西峰隱者〉。例如〈送耿山人歸湖南〉，詩云：

　　　南行隨越僧，別業幾池菱。兩鬢已垂白，五湖歸掛罾。夜濤鳴

〔註141〕〈送靈應禪師〉詩於《周賀詩集》題為〈送禪僧〉。

〔註142〕〈送省己上人歸太原〉詩於《周賀詩集》題為〈送省巳上人歸太原〉。

〔註143〕《周賀詩集》為「坐禪幽店暝」。

〔註144〕賈島〈送靈應上人〉：「遍參尊宿遊方久，名岳奇峰問此公。五月半間看瀑布，青城山裡白雲中。」同註19，冊四，第158頁。

柵鎖，寒葦露船燈。去此應無事，[註145]卻來知不能。

「山人」，指隱居山中的士人。「菱」乃一年水生草本植物，水上葉棱形，葉柄上有浮囊，花白色，果實有硬殼，一般有角，俗稱菱角。「五湖」爲太湖及附近四湖。「罾」用木棍或竹竿做支架的方形魚網，形似仰傘。「柵」用竹、木、鐵條等圍成的阻攔物。「柵鎖」安裝在柵欄上的鎖。「卻來」指歸來。此詩爲周賀無事與耿山人一同歸南方，路上所聞所見之作。

又如〈尋北岡韓處士〉詩云：

相過值早涼，松帚掃山牀。坐石泉痕黑，登城蘚色黃。逆風沉寺磬，初日曬鄰桑。幾處逢僧說，期來宿北岡。

「岡」即山脊、山嶺。「過」指來訪、前往拜訪。「蘚」爲苔蘚，隱花植物。「沉」沒入水中、沉沒，在此指風聲淹沒了磬聲。「磬」，古代打擊樂器，狀如曲尺，用玉、石或金屬製成，懸掛於架上，擊之而鳴。「僧」應指周賀。頷聯二句對仗工整。此首詩爲周賀幾度應韓處士邀請，特來北岡尋幽探訪之作。

[註145]《周賀詩集》爲「此去已無事」。

第三章　周賀詩之題材類型

　　詩歌創作題材繁多，從內容觀察涵蓋層面甚為廣泛，舉凡人物動、靜態之活動均涵攝其內，包括交遊酬唱、抒情詠志、生活瑣事、山川風物、蟲魚鳥獸、民生疾苦、政教得失、歷史興亂，皆為作詩之題材。多數詩人都各有其特殊創作性質或偏好。探賾周賀詩歌內容，可將其題材分若干類別，有應酬詩、宗教詩、感懷詩、登臨詩等。據此四大性質再分幾項細目，應酬詩包括酬和、寄贈、送別、慶賀、哀悼；宗教詩包括佛教類、仙道類；感懷詩為感於懷人；登臨詩包括寫景、名勝、思鄉之作。如此擷選分類雖非周延，然大致上透過題材分類，對周賀詩作有較完整之認識，亦有所體會與助益。

第一節　應酬詩

　　唐朝詩人喜好遊宴酬唱，常常藉由交遊以聯絡感情，增進友誼，或干謁顯貴，或投謁，或薦用，或婚喪喜慶，或慰問，或贈答，或送別、尋訪、和韻、宴集、題詩等，因此應酬詩十分普遍。應酬詩常以「酬」、「投」、「贈」、「謝」、「和」、「上」、「與」、「示」、「獻」、「呈」等字樣為題。詩人之間往來應酬頻繁，自然交際十分廣泛，且應酬詩除了社交之實用性，也不乏出自肺腑之真實情感作品，有時亦為生活之紀錄。

　　周賀交遊廣闊，故其酬和、寄贈、送別等詩作品豐富，幾乎占其詩作總數量的百分之五十四點八四，由此可反映當時文士唱和風氣之盛。略述於下：

壹、酬和、寄贈

　　凡是周賀詩中以「酬」、「上」、「投」、「同」、「寄」、「贈」等字為標題之

作，均屬「酬和寄贈」詩。周賀酬和寄贈詩共二十六首，約占所有題材之百分之二十七點九六。其中五律十三首，占酬和寄贈詩總數之百分之五十；七律十首，占百分之三十八點四六；五排律二首，占百分之七點六九；七絕僅一首，占百分之三點八四。由此可知，周賀以五律見長。此類詩作有〈酬吳之問見贈〉、〈上陝府姚中丞〉〔註1〕、〈投江州張郎中〉、〈同徐處士秋懷少室舊居〉、〈寄金陵僧〉、〈贈李主簿〉等。

酬和詩之產生，是社交應酬之需要，多少帶有實用目的，主要表現在藝術技巧上，較少涉及周賀個人情志與生活。如其〈酬吳之問見贈〉詩云：

> 已當鳴雁夜，多事不同居。故疾離城晚，秋霖見月疏。趁風開靜戶，帶葉卷殘書。〔註2〕蕩槳期南去，荒園久廢鋤。

「酬」乃詩文贈答。「見贈」即贈送給我。「秋霖」為秋日的淫雨。「殘書」謂未讀完的書。頸聯「趁風」二句，對仗工整，「開」和「卷」二字，有畫龍點睛之效，讓整首詩生動了起來。這首為酬和詩，乃周賀酬謝吳之問贈物予他之作。

又如〈投江州張郎中〉詩云：

> 要地無閒日，仍容冒謁頻。借山年涉閏，寢郡月逾旬。驛徑曾衝雪，方泉省滌塵。隨行溪路細，接話草堂新。減藥痊餘癖，飛書苦問貧。噪蟬離宿殼，吟客寄秋身。鍊句貽箱篋，懸圖見蜀岷。使君匡嶽近，終作社中人。

「投」有呈交、投合、迎合之意。整首詩大量運用意象字，令人目不暇給。這首酬和詩，是周賀呈給江州刺吏張又新之作。

寄贈詩亦作為社交應酬、人際往來之用。在內容表現與情感抒發上，「寄」詩較「贈」詩流露更多周賀自身生活與情志。

又如〈寄金陵僧〉詩云：

> 水石致身閒自得，平雲竹閣少炎蒸。齋牀幾減供禽食，禪徑寒通照像燈。覓句當秋山落葉，臨書近臘硯生冰。行登總到諸山寺，坐聽蟬聲滿四稜。

「寄」乃托人遞送。「金陵」古邑名，本是南京市的別稱，但中、晚唐人常以

〔註1〕《周賀詩集》未見此詩。

〔註2〕《周賀詩集》為「帶葉卷閒書」。「閒書」供人消遣的書，舊時常指經史典籍以外的野史、筆記等。

指潤州，爲今江蘇省鎮江市。唐・李紳《宿瓜州》詩云：「煙昏水郭津亭晚，迴望金陵若動搖。」〔註3〕此「金陵」即指潤州。這首寄贈詩描述僧人悠閒自得、無欲無求之生活情景，是寫給金陵僧，亦是周賀自己生活寫照。

又如〈贈李主簿〉詩云：

> 稅時兼主印，每日得閒稀。對酒妨料吏，〔註4〕爲官亦典衣。
>
> 案遲吟坐待，宅近步行歸。見說論詩道，〔註5〕應愁判是非。

「主簿」爲官名，漢代中央及郡縣官署多置之，其職責爲主管文書，負責錢糧等事務。「主印」即掌印，指擔任官職。「典衣」乃典押衣服，另一意指典衣買酒。這首寄贈詩，是周賀送給李主簿之作。此詩栩栩如生刻畫李主簿爲官生活。

貳、送別、慶賀、哀悼

在周賀詩中以「送」爲題之詩作，著墨相當多，有〈長安送人〉、〈送郭秀才歸金陵〉〔註6〕、〈送李億東歸〉〔註7〕、〈送幻群法師〉〔註8〕、〈送僧〉、〈送表兄東南遊〉〔註9〕等二十三首，約占全部的四分之一，數量相當龐大。

從送別詩中，可將送別對象之身分，大致區分爲三種：

一、僧侶、道士

> 分定〈送分定歸靈夏〉、幻群法師〈送幻群法師〉、忍禪師〈送忍禪師歸廬嶽〉〔註10〕、宗禪師〈送宗禪師〉、省己上人〈送省己上人歸太原〉、耿山人〈送耿山人歸湖南〉、蜀僧〈送蜀僧〉〔註11〕、僧〈送僧〉、僧〈送僧還南岳〉、僧〈送僧歸江南〉、靈應禪師〈送靈應禪師〉〔註12〕。

〔註3〕陳貽焮主編：《增訂注釋全唐詩》，陝西：文化藝術出版社，2001年第一版，冊三，第861頁。

〔註4〕《周賀詩集》爲「對酒妨科吏」。「科」乃等級。

〔註5〕《周賀詩集》爲「見說偏論道」。「論道」議論、闡明道理。

〔註6〕《周賀詩集》未見此詩。

〔註7〕《周賀詩集》未見此詩。

〔註8〕〈送幻群法師〉詩於《周賀詩集》題爲〈送幻法師〉。

〔註9〕《周賀詩集》未見此詩。

〔註10〕〈送忍禪師歸廬嶽〉詩於《周賀詩集》題爲〈送廬岳僧〉。

〔註11〕《周賀詩集》未見此詩。

〔註12〕〈送靈應禪師〉詩於《周賀詩集》題爲〈送禪僧〉。

二、一般官吏

石協律〈送石協律歸吳〉、朱慶餘〈送朱慶餘〉、李億〈送李億東歸〉、張諲〈送張諲之睦州〉〔註13〕、郭秀才〈送郭秀才歸金陵〉、陸判官〈送陸判官防秋〉〔註14〕、韓評事〈送韓評事〉。

三、親戚、朋友

人〈長安送人〉、友人〈送友人〉、表兄〈送表兄東南遊〉、康紹〈送康紹歸建業〉、楊嶽〈送楊嶽歸巴陵〉。

由此可知周賀送別對象以方外人士最多，共十一首詩，占全部送別詩的百分之四十七點八三，這和其曾為浮屠有關。周賀情感流露，也依送別者之身分不同，而有不同表現手法；當對象是僧侶、道士時，會特別摹寫僧侶生活較不為人知的一面，情真意切，雖是送別人，也是自身寫照。如〈送忍禪師歸廬嶽〉云：「浪匝盆城岳壁青，白頭僧去掃禪局。龕燈度雪補殘衲，山日上軒看舊經。」又〈送靈應禪師〉云：「坐禪山店瞑，補衲夜燈微。」又〈送幻群法師〉云：「住久白髮出，講長枯葉深。香連鄰舍像，磬徹遠巢禽。」又〈送省己上人歸太原〉云：「寒僧迴絕塞，夕雪下窮冬。出定聞殘角，休兵見壞鋒。」當對象是一般官吏時，周賀會設想友人經過之路所見所聞，亦會描寫友人所嚮往的悠閒生活，〈送石協律歸吳〉云：「幕府罷來無藥價，紗巾帶去有山情。夜隨淨渚離蛩語，早過寒潮背井行。」又〈送李億東歸〉云：「別路青青柳發，前溪漠漠花生。和風澹蕩歸客，落日殷勤早鶯。」又〈送張諲之睦州〉云：「淺深看水石，來往逐雲山。到縣餘花在，過門五柳閒。」又〈送韓評事〉云：「罷官餘俸租田種，送客回舟載石歸。離岸游魚逢浪返，望巢寒鳥逆風飛。」

就送別對象前往之地點，可區分成二地：

一、江南之地

〈送石協律歸吳〉和〈送僧歸江南〉，二地幾乎重疊，吳指我國東南江蘇南部和浙江北部一帶，江南指長江以南的地區，後來多指今江蘇、安徽兩省的南部和浙江省一帶。〈送忍禪師歸廬嶽〉，廬嶽在江西省九江市南，聳立於鄱陽湖、長江之濱。〈送耿山人歸湖南〉、〈送楊嶽歸巴陵〉和〈送僧還南

〔註13〕《周賀詩集》未見此詩。
〔註14〕〈送陸判官防秋〉詩於《周賀詩集》題為〈送防秋人〉。

岳〉，均屬湖南，巴陵在今湖南岳陽，南岳指衡山，爲五岳之一，位於湖南中部。〈送康紹歸建業〉和〈送郭秀才歸金陵〉，均指今江蘇南京。建業是三國吳都城，本名「建業」，晉元帝司馬睿都建業時，因避晉湣帝「司馬鄴」諱，改名「建康」。金陵爲今南京市的別稱。〈送張諲之睦州〉，睦州爲古州名。一在今浙江省桐廬、建德、淳安三縣地。另一地在今湖北長陽東。〈送表兄東南遊〉，東南泛指國家領域內的東南地區。大致說來送別對象多居住於江蘇、浙江以及江西、湖南等山明水秀、風光明媚之處。

二、關中之地

〈送分定歸靈夏〉，靈夏在唐靈州、夏州地區，轄今寧夏靈武、陝西橫山一帶。〈送省己上人歸太原〉，太原簡稱并，古稱晉陽，瀕臨汾河，三面環山，地處山西省中部。

送別詩二十三首，周賀以五律創作者十五首，占所有送別迎來詩總數之百分之六十五點二一，七律四首占百分之十七點三九，七絕三首占百分之十三點零四，六言古詩僅一首占百分之四點三五，充分顯示五律爲送別迎來主要創作體式。

祝賀宴集、悼輓追念之作，在周賀詩中爲數極少。宴集客會僅〈潯陽與孫郎中宴迴〉一首，詩云：

別酒已酣春漏前，他人扶上北歸船。潯陽渡口月未上，漁火照

江仍獨眠。

「渡口」指過河的地方。「漁火」指漁船上的燈火。首聯二句，「春漏」是春日更漏，多指春夜，可見其賓主盡歡至春夜前才互相道別。「潯陽」二句，傍晚月亮雖然還沒出來，只有漁火映照著江面，四周皆以靜悄悄。此首是周賀至潯陽與長孫郎中宴罷返回所居之作。

哀輓傷逝亦僅〈哭閑霄上人〉一首，詩云：

林逕西風急，〔註15〕松枝講鈔餘。凍髭亡夜剃，遺偈病時書。

地燥焚身後，堂空著影初。弔來頻落淚，曾憶到吾廬。

「逕」乃步道、小路，即「徑」字。「講鈔」爲講誦與疏抄，指宣講經文的講義。「髭」嘴唇上邊的鬍子，泛指鬍鬚。「偈」即佛經中的唱頌詞。「影」指畫像。此首即是周賀投謁，姚合讀之大爲讚賞，命其還俗之詩。《唐摭言》卷十

〔註15〕《周賀詩集》爲「林遠西風急」。

〔註16〕云：「（賈）島哭柏巖禪師詩籍甚。及賀賦一篇，與島不相上下。」此詩與賈島〈哭柏巖和尚〉：「苔覆石床新，師曾占幾春。寫留行道影，焚卻坐禪身。塔院關松雪，經房鎖隙塵。自嫌雙淚下，不是解空人。」二首皆有用「松」、「焚」、「身」、「影」、「空」、「淚」等字入詩，通篇用語、句意極為相似，可見周賀有受賈島之影響。此為閑霄上人亡故後，周賀參加喪禮，憶起往日情誼，有感而發之作。

第二節　宗教詩

中、晚唐社會佛道盛行，詩人依佛崇道，比比皆是。周賀早年為僧，佛學根基深厚。又常與方外逸人往來，賦詩酬和，因此周賀常以佛道思想入詩。

壹、佛教類

在周賀詩友中，僧人相當多，又周賀本人對佛學認識深厚，所以寫了許多佛教詩，共十四首，其中屬於送別詩則多達十一首。如〈送幻群法師〉詩云：

> 北京一別後，吳楚幾聽砧。住久白髮出，講長枯葉深。香連鄰
> 舍像，磬徹遠巢禽。寂默應關道，何人見此心。

詩題之對象「幻群法師」已不可考。「北京」在唐代以太原為北京。「吳楚」指長江中、下游一帶。「砧」為搗衣聲。「寂默」即安靜、清靜。整首詩以「北京」二句破題，但實際順裝應為「住久白髮出，講長枯葉深。香連鄰舍像，磬徹遠巢禽。北京一別後，吳楚幾聽砧。寂默應關道，何人見此心。」此寫出聽聞幻群法師之身教言行，如入芝蘭之室，但離開後，此景不復。又如〈如空上人移居大雲寺〉詩云：

> 竹溪人請住，何日向中峯。瓦舍山情少，齋身疾色濃。夏高移
> 坐次，菊淺露行蹤。來往溢城下，三年兩度逢。

「如空上人」已不可考。「移居」指遷居。「大雲寺」《舊唐書‧則天皇后紀》卷六：〔註17〕「載初元年（689）秋七月，『令諸州各置大雲寺』。」，顧況

〔註16〕清‧永瑢、紀昀等纂修：《景印文淵閣四庫全書》，台北：臺灣商務印書館，1986 年三月初版，，唐摭言，子部三四一，第 1035-770 頁。
〔註17〕同註16，舊唐書，史部二六，第 268-109 頁。

有〈鄱陽大雲寺一公房〉〔註18〕詩一首，詩題「鄱陽」在今江西波陽縣。「疾色」指患病的臉色。「夏高」是夏臘已高。「坐次」為座位的次序、位置。「湓城」本名「湓口」，是古城名，在今江西省九江市，唐初又改潯陽，為沿江鎮守要地。此首詩將如空上人移居大雲寺的理由做簡單描述，道出三年兩度逢之因。周賀與僧徒往來密，交遊頻繁，此類詩作占全部的百分十五點零五。

貳、仙道類

周賀喜與方外人士往來，其中一部分為道友，亦談神仙方術，共三首。其一如〈玉芝觀王道士〉詩云：

> 四面杉蘿合，空堂畫老仙。盡根停雪水，曲角積茶煙。道至心機盡，宵晴瑟韻全。暫來還又去，未得坐經年。

「杉蘿」指杉樹和女蘿，女蘿即松蘿，常大批懸垂高山針葉林枝幹間。「心機」指心思、計謀。「瑟韻」是瑟音。「經年」為數年。首聯「四面」二句，描述玉芝觀所在之地理環境，及廳堂擺設。頷聯二句，「盡」與「全」，一無一有，對比鮮明。此詩將王道士熱衷神仙方術，刻畫得淋漓盡致。

其二如〈贈王道士〉〔註19〕詩云：

> 藥力資蒼鬢，應非舊日身。一為嵩嶽客，幾葬洛陽人。石縫瓢探水，雲根斧斫薪。關西來往路，誰得水銀銀？

「雲根」指山石。「斫」用刀斧等砍或削。「關西」指函谷關或潼關以西的地區。「銀銀」為閃光貌。尾聯使用設問法。

其三如〈贈道人〉詩云：

> 布褐高眠石竇春，迸泉多濺黑紗巾。搖頭說《易》當朝客，落手圍棋對俗人。自算天年窮甲子，誰同雨夜守庚申？擬歸太華何時去？他日相尋乞藥銀。

「迸泉」噴涌的泉水。「紗巾」為紗製頭巾。「石竇」指石穴。「朝客」指朝中官員。「落手」即下子。「甲子」甲是天干之首，子是地支之首，古代以天干、地支遞次相配，如甲子、乙丑、丙寅之類，統稱甲子。「庚申」是庚申日，道教徒此日徹夜不眠，齋心澡身，收視叩齒，是道教一種修煉方法。「太華」即西岳華山，在陝西省華陰縣南。此詩使用兩次設問法。此為周賀巧遇道人，

〔註18〕同註3，冊二，第671頁。
〔註19〕《周賀詩集》未見此詩。

問其歸期，並贈詩之作。

第三節　感懷詩

　　凡個人生活中，因主、客觀因素之觸發而有所感、有所懷，皆屬「感懷詩」。詩人抒發情志，情貴眞摯，因此感懷詩重在情感之感召力。隨季節時序流轉，景物變化，對人之感情具有強烈引發作用。周賀多愁善感，善借景抒情，因而有懷鄉、懷友之作。一如〈秋思〉詩云：

　　　　楊柳已秋思，楚田仍刈禾。歸心病起切，敗葉夜來多。細雨城
　　蟬噪，殘陽嶠客過。舊山餘業在，杳隔洞庭波。

「楚」指長江中游，古屬楚國地區。「刈禾」指割稻。「嶠」爲高山。「餘業」指留傳下來的基業、功業。「杳隔」即遙遠阻隔。此爲周賀因「秋」起興，思鄉心切，觸景傷情之作。

又如〈懷西峰隱者〉詩云：

　　　　灌木藏岑色，天寒望即愁。高齋何日去，遠瀑入城流。臘近溪
　　書絕，燈殘夜雪稠。邇來相憶處，枕上苦吟休。

「岑」即山峰、山頂。「高齋」即高雅的書齋，常用作對他人屋舍的敬稱。「臘」指歲末。首聯「灌木」二句，描寫因景物和時令引發愁緒。「臘近」二句，「絕」與「稠」，一少一多，對比鮮明。末聯二句，寫出周賀之懷念，只有在其致力於苦吟時才會停止。

　　又如〈湘漢旅懷翁傑〉詩云：

　　　　一宿空江聽急流，仍同賈客坐歸舟。遠書來隔巴陵雨，衰鬢去
　　經彭蠡秋。不擬爲身謀舊業，終期斷穀隱高丘。吾宗尚無懷慘者，
　　〔註20〕中夜開吟生旅愁。

「湘漢」湘水與漢水之並稱。「翁傑」，依《增訂注釋全唐詩》解釋姓周名杰，爲賀長輩者。「空江」浩瀚寂靜的江面。「賈客」指商人。「遠書」送往遠方或遠方送來的書信。「巴陵」舊縣名，在今湖南岳陽。「衰鬢」年老而疏白的鬢髮，多指暮年。「彭蠡」古澤藪名，即今江西鄱陽湖。「舊業」先人的事業。此爲周賀旅行至湘漢一帶，思念家中長輩之作。

〔註20〕《周賀詩集》爲「吾宗尚作無爲者」。

第四節　登臨詩

　　《文心雕龍・明詩》有「感物吟志」〔註21〕之句，說明詩歌是詩人心靈感受之呈現。登臨詩，是詩人在登臨賞田園、山水、宅居、寺觀、郡齋、亭閣等景緻時，對於人世間悲歡離合，或抒人世情懷，或懷思緬古，因感傷時事，而形之於篇什者。

壹、寫景之作

　　《文心雕龍・物色》云：「山林皋壤，實文思之奧府。」〔註22〕自然景物對詩人創作靈感，啓極大之興發作用。周賀少時爲僧，遊歷各處，自然風物、山水美景，便成了他創作之素材，其輕描淡寫就能使景象逼眞，讓人有身歷其境之感。如〈杪秋登江樓〉詩云：

　　　　平楚起寒色，長沙猶未還。世情何處淡？湘水向人閒。空翠隱
　　高鳥，夕陽歸遠山。孤雲萬餘里，惆悵洞庭間。

「杪秋」指晚秋。「平楚」猶平野。「寒色」爲寒氣。「長沙」在今湖南省。「世情」即世俗之情。「空翠」指碧空、蒼天。「惆悵」因失意或失望而傷感、懊惱。這首是周賀借景抒情，將登江樓所見之景，其中有「湘水」、「空翠」、「高鳥」、「夕陽」、「遠山」、「孤雲」、「洞庭」等，乃用詩記錄下來，讓人彷彿也如同置身江樓，是詩中有畫之佳作。

貳、名勝之作

　　登臨名勝之作，是指詩人在遊歷寺觀、郡齋、亭閣等特定建築時，會將其過程、景物轉變、或遊歷心情做較詳細交代，讓讀者彷彿置身其中。如〈入靜隱寺途中作〉詩云：

　　　　亂雲迷遠寺，入路認青松。鳥道緣巢影，僧鞋印雪蹤。草煙連
　　野燒，溪霧隔霜鐘。更遇樵人問，猶言過數峰。

「亂雲」指紛亂的雲。「青松」爲蒼翠的松樹。首聯二句，指山中雲霧瀰漫，看不見遠端之靜隱寺。想要進去，得在路上認記蒼翠的松樹爲路標。中間二聯，描寫沿途所見所聽之人、物。由末聯二句可知，周賀向樵夫問路後，發

〔註21〕劉勰著，周振甫注：《文心雕龍注釋》，台北：里仁書局，1984年五月二十日，第83頁。

〔註22〕同註21，第86頁。

現還必須走過好幾個山峰，才能夠到達靜隱寺。此首爲周賀要去靜隱寺路上所作之詩。

又如〈早秋過郭涯書堂〉，詩云：

> 暑消岡舍清，閒語有餘情。澗水生茶味，松風滅扇聲。〔註23〕
>
> 遠分臨海雨，靜覺掩山城。此地秋吟苦，時來繞菊行。

「岡」指山脊、山嶺。「澗」即兩山間的水溝。此首詩給人一種清幽宜人、閒適自在的感覺，周賀將郭涯書堂描繪成遠離塵囂的世外桃源，讓人忍不住想一探究竟。

又如〈題何氏池亭〉〔註24〕詩云：

> 信是虛閒地，亭高亦有苔。繞池逢石坐，穿竹引山回。果落纖
>
> 萍散，龜行細草開。主人偏好事，終不厭頻來。

「信」即果眞，確實。「虛閒」指清閑。「苔」植物名，屬隱花植物類，根、莖、葉區別不明顯，有青、綠、紫等色，多生於陰濕地方，延貼地面，故亦叫地衣。「好事」乃愛興事端、喜歡多事。首聯二句，是稱讚何氏池亭是個好地方。中間二聯，對仗工整。「繞池」二句，自然流暢，引人入勝。「果落」二句，將觀察自然生態融入詩中，貼切生動。末聯二句，寫出池亭的主人亦流連忘反、樂不思蜀。

參、思鄉之作

杜甫〈月夜憶舍弟〉云：「月是故鄉明。」〔註25〕詩人或因戰亂流離，或因求取功名，遠離故園，飽受獨處異鄉之寂寞，登臨望遠，不見故鄉，不免產生思愁，發爲吟詠。此類詩作有〈冬日山居思鄉〉、〈憶潯陽舊居兼感長孫郎中〉〔註26〕、〈同徐處士秋懷少室舊居〉、〈旅情〉、〈旅懷〉等。例如〈冬日山居思鄉〉詩云：

> 大野始嚴凝，雲天曉色澄。樹寒稀宿鳥，山迴少來僧。背日收
>
> 窗雪，開爐釋硯冰。忽然歸故國，孤想寓西陵。

「嚴凝」猶寒冷。「迴」爲遙遠、僻遠。「釋」指融化。「西陵」渡口名，在今

〔註23〕《周賀詩集》爲「暑銷崗舍清，閑語有餘情。石水生茶味，松風喊扇聲。」
〔註24〕《周賀詩集》未見此詩。
〔註25〕同註3，冊二，第195頁。
〔註26〕《周賀詩集》未見此詩。

浙江省蕭山市西興鎮。末聯二句應是倒裝句，順裝爲「孤想寓西陵，忽然歸故國。」此首爲周賀在天寒地凍中，思念故鄉之作。

又如〈旅情〉詩云：

> 黃葉下階頻，徐徐起病身。殘秋螢出盡，獨夜雁來新。別業去千里，舊鄉空四鄰。孤舟尋幾度，又識岳陽人。

「徐徐」爲遲緩、緩慢。「別業」指別墅，在此指家鄉。「去」即離去。「空」乃徒然。「岳陽」在今湖南省。「殘秋」二句，用語新奇。此爲周賀離開故鄉，身處異地，因病思鄉之作。

又如〈旅懷〉詩云：

> 不覺月又盡，未歸還到春。雪通盧岳夢，樹匝草堂身。澤雁和寒露，江槎帶遠薪。何年自此去，舊國復爲鄰。

「盧岳」指盧山。「匝」即環繞、圍繞。「草堂」爲茅草蓋的堂屋。「澤」乃水草叢雜之地。「和」，融和在一起。「江槎」江中的木筏，多指江船。「舊國」即故鄉。此首爲周賀描寫夢迴舊居，及其所想見之景物，乃思念故居之作。

第四章　周賀詩之寫作風格

詩是內容要和寫作風格相組合。一首好詩不僅要有豐富之思想內容，還要有巧妙之寫作風格。好的寫作風格可以彰顯詩人之獨特審美觀，而非流於逞能，以形式取勝。周賀在寫作風格上有其特別用心之處，主要表現在聲律用韻、意象塑造與特色、藝術風格上，以下依序分成三節予以說明。

第一節　聲律用韻

《虞書・堯典》：「詩言志，歌永言，聲依永，律和聲。」〔註1〕此說明志、言、聲、律四者，爲組成詩之要素。唐人作詩，講求音韻諧暢、對偶天成。

近體詩無論是絕句、律詩、排律，在聲律上平仄、用韻、對偶均有嚴格規定；平仄一般講求一三五不論，二四六分明；用韻不僅押韻位置固定，且必須一韻到底，不許鄰韻通押或換韻、轉韻，且以押平聲韻爲主。通常單數句末不押韻，爲仄聲字，雙數句末爲押韻位置，五言詩以首句不入韻爲正格，七言詩則相反。

依《全唐詩》卷五百零三統計周賀詩歌體裁情形：六言古詩一首，七言絕句八首，五言律詩六十二首，七言律詩二十首，五言排律二首。筆者據《增廣詩韻集成》分析周賀用韻情形如下：

壹、平起式用韻情形

一首詩屬於平起式或仄起式，以該詩第一句第二字判定。若該字爲平

〔註 1〕　清・永瑢、紀昀等纂修：《景印文淵閣四庫全書》，台北：臺灣商務印書館，1986 年三月初版，尚書注疏，經部五四，第 54-70 頁。

聲，則屬於平起式。若該字爲仄聲，則爲仄起式。

一、首句入韻

（一）七言絕句

〈送宗禪師〉爲上平十一眞韻，韻腳：春、人、身。

（二）五言律詩

〈贈皎然上人〉爲上平十一眞韻，韻腳：新、人、鄰、身、津。

〈春日山居寄友人〉爲上平十三元韻，韻腳：喧、村、猿、繁、言。

〈出關寄賈島〉爲上平十三元韻，韻腳：孫、門、村、猿、言。

〈早秋過郭涯書堂〉爲下平八庚韻，韻腳：清、情、聲、城、行。

〈送友人〉爲下平八庚韻，韻腳：情、行、鳴、聲、生。

〈送耿山人歸湖南〉爲下平十蒸韻，韻腳：僧、菱、罾、燈、能。

〈贈朱慶餘校書〉爲下平十蒸韻，韻腳：冰、凌、興、僧、層。

（三）七言律詩

〈贈厲玄侍御〉爲上平一東韻，韻腳：通、中、東、空、窮。

〈上陝府姚中丞〉爲上平六魚韻，韻腳：魚、書、疏、餘、居。

〈送石協律歸吳〉爲下平八庚韻，韻腳：耕、程、情、行、生。

二、首句不入韻

（一）七言絕句

〈憶潯陽舊居兼感長孫郎中〉爲上平十二文韻，韻腳：君、聞。

〈過僧竹院〉爲下平十蒸韻，韻腳：能、燈。

（二）五言律詩

〈入靜隱寺途中作〉爲上平二冬韻，韻腳：松、蹤、鐘、峰。

〈如空上人移居大雲寺〉爲上平二冬韻，韻腳：峯、濃、蹤、逢。

〈送分定歸靈夏〉爲上平五微韻，韻腳：稀、歸、飛、衣。

〈送靈應禪師〉爲上平五微韻，韻腳：霏、歸、微、稀。

〈贈李主簿〉爲上平五微韻，韻腳：稀、衣、歸、非。

〈酬吳之問見贈〉爲上平六魚韻，韻腳：居、疏、書、鋤。

〈早春越中留故人〉爲上平十灰韻，韻腳：迴、開、來、臺。

〈春喜友人至山舍〉爲上平十灰韻，韻腳：開、來、迴、催。

〈宿李樞書齋〉為上平十灰韻，韻腳：埃、來、開、迴。

〈再過王輅原居納涼〉為上平十二文韻，韻腳：分、聞、雲、君。

〈出關後寄賈島〉為上平十五刪韻，韻腳：關、山、閒、顏。

〈同朱慶餘宿翊西上人房〉為下平一先韻，韻腳：天、泉、煙、年。

〈贈胡僧〉為下平一先韻，韻腳：穿、禪、天、緣。

〈休糧僧〉為下平七陽韻，韻腳：糧、堂、方、房。

〈留別南徐故人〉為下平八庚韻，韻腳：程、情、明、行。

〈送僧還南岳〉為下平八庚韻，韻腳：聲、城、清、行。

〈相次尋舉客寄住人〉為下平四豪韻，韻腳：濤、勞、高、曹。

〈春日重到王依村居〉為下平五歌韻，韻腳：過、禾、柯、何。

〈送康紹歸建業〉為下平五歌韻，韻腳：何、多、過、波。

〈秋宿洞庭〉為下平十一尤韻，韻腳：愁、秋、洲、鷗。

〈山居秋思〉為下平十二侵韻，韻腳：岑、深、陰、吟。

〈留辭杭州姚合郎中〉為下平十二侵韻，韻腳：尋、霖、深、心。

〈送幻群法師〉為下平十二侵韻，韻腳：砧、深、禽、心。

〈宿開元寺樓〉為下平十二侵韻，韻腳：心、深、音、尋。

（三）七言律詩

　　〈同徐處士秋懷少室舊居〉為上平十灰韻，韻腳：回、雷、來、栽。

　　周賀平起式之詩中，首句入韻之七言絕句有一首、五言律詩有七首、七言律詩有三首，首句不入韻之七言絕句有二首、五言律詩有二十四首、七言律詩有一首。

貳、仄起式用韻情形

一、首句入韻

（一）七言絕句

　　〈送僧〉為下平一先韻，韻腳：船、泉、蟬。

　　〈寄潘緯〉為下平一先韻，韻腳：連、邊、年。

　　〈潯陽與孫郎中宴迴〉為下平一先韻，韻腳：前、船、眠。

（二）五言律詩

　　〈旅情〉為上平十一真韻，韻腳：頻、身、新、鄰、人。

〈冬日山居思鄉〉為下平十蒸韻，韻腳：凝、澄、僧、冰、陵。

〈送表兄東南遊〉為下平十蒸韻，韻腳：層、登、僧、陵、興。

〈尋北岡韓處士〉為下平七陽韻，韻腳：涼、牀、黃、桑、岡。

（三）七言律詩

〈秋晚歸廬山留別道友〉為上平五微韻，韻腳：微、衣、歸、扉、機。

〈贈姚合郎中〉為上平十一眞韻，韻腳：臣、貧、新、身、人。

〈贈道人〉為上平十一眞韻，韻腳：春、巾、人、申、銀。

〈贈神邁上人〉為上平十三元韻，韻腳：存、孫、痕、門、根。

〈重陽〉為下平一先韻，韻腳：川、前、年、泉、天。

〈送郭秀才歸金陵〉為下平五歌韻，韻腳：多、歌、何、波、蘿。

〈寺居寄楊侍御〉為下平七陽韻，韻腳：涼、陽、牀、忙、狂。

〈晚題江館〉為下平八庚韻，韻腳：城、鳴、行、聲、平。

〈送忍禪師歸廬嶽〉為下平九青韻，韻腳：青、扃、經、腥、庭。

〈湘漢旅懷翁傑〉為下平十一尤韻，韻腳：流、舟、秋、丘、愁。

二、首句不入韻

（一）七言絕句

〈宿李主簿〉為下平五歌韻，韻腳：多、窠。

〈送蜀僧〉為下平十三覃韻，韻腳：龕、南。

（二）五言律詩

〈送朱慶餘〉為上平一東韻，韻腳：東、空、同、中。

〈送省己上人歸太原〉為上平二冬韻，韻腳：重、冬、鋒、松。

〈書實上人房〉為上平四支韻，韻腳：師、枝、遲、期。

〈與崔弇話別〉為上平四支韻，韻腳：遲、衰、期、髭。

〈哭閑霄上人〉為上平六魚韻，韻腳：餘、書、初、廬。

〈春日重至南徐舊居〉為上平十灰韻，韻腳：來、開、迴、哉。

〈逢播公〉為上平十灰韻，韻腳：來、灰、迴、台。

〈題何氏池亭〉為上平十灰韻，韻腳：苔、回、開、來。

〈長安送人〉為上平十一眞韻，韻腳：濱、人、春、巾。

〈旅懷〉為上平十一眞韻，韻腳：春、身、薪、鄰。

〈暮多長安旅舍〉為上平十一眞韻，韻腳：頻、人、身、春。

〈贈王道士〉為上平十一眞韻，韻腳：身、人、薪、銀。

〈送陸判官防秋〉為上平十二文韻，韻腳：軍、曛、聞、雲。

〈送僧歸江南〉為上平十二文韻，韻腳：分、雲、墳、聞。

〈題畫公院〉為上平十四寒韻，韻腳：寒、乾、端、看。

〈杪秋登江樓〉為上平十五刪韻，韻腳：還、閒、山、間。

〈送張諲之睦州〉為上平十五刪韻，韻腳：還、山、閒、間。

〈玉芝觀王道士〉為下平一先韻，韻腳：仙、煙、全、年。

〈京口贈崔固〉為下平一先韻，韻腳：泉、蟬、田、年。

〈送楊嶽歸巴陵〉為下平一先韻，韻腳：天、船、煙、年。

〈宿甄山南溪畫公院〉為下平一先韻，韻腳：年、禪、泉、邊。

〈寄姚合郎中〉為下平四豪韻，韻腳：曹、高、濤、騷。

〈秋思〉為下平五歌韻，韻腳：禾、多、過、波。

〈贈柏巖禪師〉為下平八庚韻，韻腳：行、生、平、名。

〈懷西峰隱者〉為下平十一尤韻，韻腳：愁、流、稠、休。

〈城中秋作〉為下平十二侵韻，韻腳：心、霖、吟、禽。

〈緱氏韋明府廳〉為下平十二侵韻，韻腳：心、陰、岑、吟。

（三）七言律詩

〈送韓評事〉為上平五微韻，韻腳：依、歸、飛、微。

〈贈僧〉為上平十一眞韻，韻腳：新、人、身、鄰。

〈寄韓司兵〉為上平十二文韻，韻腳：君、雲、墳、軍。

〈宿隱靜寺上人〉為上平十二文韻，韻腳：分、雲、文、濆。

〈寄新頭陀〉為下平一先韻，韻腳：邊、年、禪、然。

〈寄金陵僧〉為下平十蒸韻，韻腳：蒸、燈、冰、稜。

（四）五言排律

〈投江州張郎中〉為上平十一眞韻，韻腳：頻、旬、塵、新、貧、身、岷、人。

〈寄寧海李明府〉為下平八庚韻，韻腳：清、京、成、耕、情、呈、行、生。

　　周賀仄起式之詩中，首句入韻之七言絕句有三首、五言律詩有四首、七言律詩有十首，首句不入韻之七言絕句有二首、五言律詩有二十七首、七言律詩有六首、五言排律有二首。

參、其他用韻情形

（一）六言古詩

　　　　〈送李億東歸〉爲下平八庚韻，韻腳：城、生、鶯、聲。

　　由周賀九十三首詩用韻情形來看，不論是近體律絕和六古之用韻，皆嚴守規定、合乎標準，實屬用韻中規中矩之詩人。六言古詩僅有一首爲隔句入韻。七言絕句以首句入韻爲正格，有四首，占七絕之百分之五十。五言律詩以首句不入韻爲正格，有五十一首，占五律之百分之八十二點二六。七言律詩以首句入韻爲正格，有十三首，占七律之百分之六十五。五言排律以首句不入韻爲正格，共二首，占五排之百分之百。

　　周賀詩押韻情形，分成在上平聲與下平聲兩部分；上平聲十五個韻目，用了十一個。下平聲十五個韻目，用了十個。其分布情形如下：

　　上平一東韻：近體詩二首。

　　上平二冬韻：近體詩三首。

　　上平四支韻：近體詩二首。

　　上平五微韻：近體詩五首。

　　上平六魚韻：近體詩三首。

　　上平十灰韻：近體詩七首。

　　上平十一眞韻：近體詩十一首。

　　上平十二文韻：近體詩六首。

　　上平十三元韻：近體詩三首。

　　上平十四寒韻：近體詩一首。

　　上平十五刪韻：近體詩三首。

　　下平一先韻：近體詩十一首。

　　下平四豪韻：近體詩二首。

　　下平五歌韻：近體詩五首。

　　下平七陽韻：近體詩三首。

　　下平八庚韻：近體詩八首，古體詩一首，計九首。

下平九青韻：近體詩一首。

下平十蒸韻：近體詩六首。

下平十一尤韻：近體詩三首。

下平十二侵韻：近體詩六首。

下平十三覃韻：近體詩一首。

若依寬韻〔註2〕、中韻〔註3〕、窄韻〔註4〕、險韻〔註5〕區分，周賀使用寬韻之東韻、支韻、真韻、先韻、陽韻、庚韻、尤韻近體詩有四十首，古體詩一首；使用中韻之冬韻、魚韻、灰韻、元韻、寒韻、豪韻、歌韻、侵韻近體詩有三十首；使用窄韻之微韻、文韻、刪韻、青韻、蒸韻、覃韻近體詩有三十二首。從以上用韻情形觀之，周賀以使用寬韻較多，窄韻和中韻次之。

圖一：《全唐詩》周賀詩體裁分析

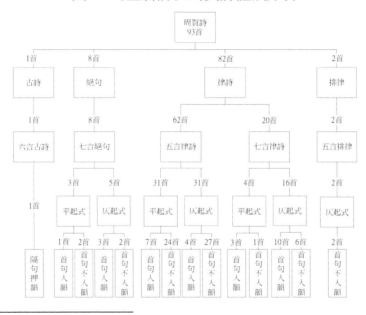

〔註2〕 寬韻——韻書中字數多的韻部。字多之韻，一般而言，在字數一百五十字以上的韻稱為寬韻，如支韻多達四五五字、虞韻三○四字、陽韻二七○字、尤韻二四七字、先韻二三一字、庚韻一八八字、東韻一七四字，支虞陽尤先庚東等皆為寬韻。

〔註3〕 中韻——介於寬韻與窄韻之間，如元、寒、魚、蕭、侵、冬、灰、齊、歌、麻、豪等韻。參考張夢機著：《古典詩的形式結構》，台北：尚友出版社，1981年12月初版，第49頁。

〔註4〕 窄韻——與"寬韻"相對，詩韻中字數較少的韻部，如微、文、刪、青、蒸、覃、鹽等韻。

〔註5〕 險韻——險僻難押的詩韻，如江、肴、咸、佳等韻。

第二節　意象塑造與特色

劉勰《文心雕龍‧神思》曰：「燭照之匠，窺意象而運斤。」〔註6〕意象是客觀外物經由作者內心觀照、運思、處理情景交融後所呈現、引生出來之藝術化現象、形象。黃永武先生云：「意象是作者的意識與外界的物象相交會，經過觀察、審思與美的釀造，成為有意境的景象。」〔註7〕更進一步指出：「詩是注重傳神的表現與生氣的躍動，所描寫的文字愈具體愈真切，形象更愈突出；所描繪的意象愈具活動力，在讀者潛在經驗世界中喚起的共鳴也便愈強烈。」〔註8〕由詩人心靈攝受真實景物，自然而然抒發真性情之意象所塑造出來的，一定可以讓人心領神會、感動萬分。

壹、意象類別

周賀詩中所選用之意象種類繁多，涵蓋面廣，大抵可分成八大類、十六小類，臚列如下：

一、天文時令

天文意象：風、雨、雲、日、月、雪、天、霜、煙、露、冰、霧、雷、電……。

時令意象：夜、秋、春、夕、夏、冬、春日、朝、暮、曉、冬日、重陽、暮冬……。

二、地理宮室

地理意象：山、水、泉、路、地、嶽、波、池、溪、潮、海、沙、江、瀑、岳、峰、峯、島、川、河、湖、浪、濤、澗、井、田、岸、潭、塘、土……。

宮室意象：城、寺、門、堂、閣、徑、壁、園、廊、臺、郡、窗、宅、屋、村、齋、軒、階、簷、院、驛、戶、庭、家、壇、牆、塵、觀、橋、樓……。

〔註6〕劉勰著，周振甫注：《文心雕龍注釋》，台北：里仁書局，1984年五月二十日，第515頁。

〔註7〕黃永武：《中國詩學‧設計篇》，台北市：巨流圖書，1996年5月一版十一印，第3頁。

〔註8〕同註7，第3頁。

三、文事武備

　　文事意象：書、詩、硯……。

　　武備意象：劍、兵、戈、壘、斧……。

四、人物形體

　　人物意象：人、僧、客、君、兄弟、仙、上人、禪師、法師、道士、
　　　　　　　道友、道人、中丞、郎中、秀才、侍卿、主簿、判官、評
　　　　　　　事、山人、野客、處士、隱者……。

　　形體意象：心、眠、鬢、面、髮、口、手、足、目、齒、膊……。

五、器用飲食

　　器用意象：石、燈、鐘、船、磬、舟、燭、枕、帆、衣、麻衣、鞋、
　　　　　　　瓶、扇、杖、帳、琴、砧、印、棋、鋤、玉、紗巾……。

　　飲食意象：茶、酒、飯、火、薪……。

六、草木花卉

　　草木意象：葉、松、竹、草、樹、林、木、柳、禾、桑、蘆、薜蘿、
　　　　　　　栗、蔬、杉、柏、檀、葦、蘚、萍、桐、蒹葭、蒲……。

　　花卉意象：花、菊、杏、梅、茱萸……。

七、飛鳥走獸

　　飛鳥意象：鳥、雁、禽、鶯、鵲、鷗……。

　　走獸意象：猿、馬、鹿、犬、鼠、狸、獼猴……。

八、鱗介昆蟲

　　鱗介意象：魚、龜……。

　　昆蟲意象：蟬、蟲、螢、蚤……。

　　就所有意象分佈情形來看，其涵蓋範疇，上至天文，下至地理，旁及人
事、器物，無所不包，各類比例除文事武備、飛鳥走獸和鱗介昆蟲外，多寡
相當，豐富多樣。依各類出現較為特殊之意象來觀察，其顯示意義，值得留
心。在天文時令類中，時令之出現，顯示當時社會習尚，詩人往往藉此作感
懷題材；地理宮室類呈現較多之意象，顯示詩人生活遊覽之頻繁；文事武備
類之文事意象，與詩人生活息息相關；人物形體類之人物意象，幾乎遍及社

會各個階層，可以看出詩人交遊廣闊；器用飲食類則是個人日常生活所見、所用、所食之物品，可以看出其生活情趣；草木花卉、飛鳥走獸和鱗介昆蟲之意象，可以以景託情，營造、烘託意境。由此可知，意象、題材、風格彼此間環環相扣，緊密相關。

若就個別意象來看，周賀詩中以「山」、「夜」、「人」、「客」、「水」、「秋」、「風」、「日」、「雨」、「雲」、「僧」、「城」、「月」、「空」、「泉」、「葉」、「寺」、「路」等意象最為顯著，其出現次數之多寡，據筆者統計依次為：

山：三十九次。

夜：三十四次。

人：三十二次。

客：二十七次。

水：二十三次。

秋：二十三次。

風：二十二次。

日：二十一次。

雨：二十一次。

雲：二十一次。

僧：二十次。

城：一十九次。

月：一十八次。

空：一十八次。

泉：一十八次。

葉：一十七次。

寺：一十六次。

高：一十五次。

路：一十五次。

這些遍佈在周賀詩中之意象，不斷重複出現，形成其詩獨特之風格；此外較常出現之意象，如：石與雪各出現一十四次，天、書與溪各一十三次，心、燈各一十二次，竹、松、春、草、鳥、禪與齋各一十一次，地、門、雁與嶽各十次等，顯示出周賀特殊之偏好與審美情趣。

貳、意象特色

　　由周賀整體意象之分佈，以及個別意象出現次數之多寡來看，是有作者鮮明之偏嗜傾向。「山」此意象出現多達三十九次，占所有詩作總數之百分之四十一點九四，幾乎是每二點三八首詩即有山之意象；又「夜」之意象多至三十四次，占所有詩作總數之百分之三十六點五六，幾乎是每二點七四首詩即出現夜之意象；「人」出現三十二次，占所有詩作總數之百分之三十四點四一，幾乎是每二點九一首詩就有人之意象；「客」出現二十七次，占所有詩作總數之百分之二十九點零三，幾乎是每三點四四首詩，即有客之意象；「水」和「秋」各出現二十三次，各占所有詩作總數之百分之二十四點七三，幾乎是每四點零四首詩即選用水或秋之意象；「風」出現二十二次，占所有詩作總數之百分之二十二點六六，幾乎是每四點二三首詩就選用風之意象；「日」、「雨」和「雲」各出現二十一次，占所有詩作總數之百分之二十二點五八，幾乎是每四點四三首詩即有日或雨或雲之意象；「僧」出現二十次，占所有詩作總數之百分之二十一點五一，幾乎是每四點六五首詩就有僧之意象。

　　由出現達二十次以上之山、夜、人、客、水、秋、風、日、雨、雲、僧幾個意象群之構成來看，山、夜、水、秋、風、日、雨、雲是描繪以山水素材為作者主要之生活情境，山、水、客、僧則表現其個人情志生活。若就上舉意象在十五次以上之意象作一觀察，月、空、泉、葉、寺等意象合觀，正是個人恬淡清靜之生活寫照。總之，出現較多之意象群，其性質皆傾向「閒靜」之特點，且構成周賀詩風格之主要基調，是相當明顯的。

　　若就出現達十次以上、十五次以下這一意象群，如石、雪、天、書、溪、心、燈、竹、松、春、草、鳥、禪、齋、地、門、雁、嶽等情形來看，則以描繪寺院、山居、大自然之景為主，其性質則有「清」之特點，且構成其詩風格另一種重要基調，是顯而易見的。

　　另外，有出現九次以上之其他意象，如夜、寒、落、病、疾、老、孤、獨、殘等字所形成之詞彙，此等有意識之大量運用，增添詩中陰冷色調，亦構成另一種風格的出現。

參、意象塑造

　　唐司空圖《詩品》云：「是有眞跡，如不可知。意象欲出，造化已奇。」

〔註9〕構想中之意象若未化爲文字，是無法知道的。因此意象必須透過詩人匠心獨運，才能化腐朽爲神奇。

詩是一種語言高度凝煉之藝術作品，它將作者情意內容融入到特定之形式、文學體裁中展現，倘若失去了語言作爲媒介，任何內容也無法表達出來。在人類思考的運作模式中，「形式」往往不單是被動地由主觀意識來決定，而完全依主觀思考來作自由選擇。〔註10〕只是因爲慣性作用，反而使得形式限制了思考，易流於制式化，缺少了創新和突破。因此，從語言形式之創新，可以看出詩人駕馭文字能力之深淺厚薄，可以讓讀者有耳目一新之感受。

意象塑造是必須透過語言形式之安排、呈現，才能使讀者產生共鳴，故「大凡一首詩，能令意象逼眞、栩栩欲動、玲瓏透徹、一層不隔，就是一首有神韻的好詩」。〔註11〕

周賀詩在意象塑造上頗爲用心，尤其是五、七律中間二聯或排律有關自然景物之描摹方面，能富有新穎、獨具巧思之鮮明、具體意象，使人讀之別有一番滋味在心頭。如〈逢播公〉：

　　　　帶病希相見，西城早晚來。衲衣風壞帛，香印雨霑灰。

　　　　坐久鐘聲盡，談餘嶽影迴。卻思同宿夜，高枕說天台。

此首詩之頷聯兩句是用倒裝句法，順裝應爲「風壞衲衣帛，雨霑香印灰。」把名詞往前提，可以讓名詞「衲衣帛」、「香印灰」分割成二部分「衲衣」、「帛」、「香印」、「灰」，物象更爲鮮明、具體，使讀者直接感受到「衲衣」、「香印」因「風」、「雨」而「壞」、「霑」其「帛」、「灰」，非常生動的刻畫，若爲順裝則爲平淡無奇。頸聯二句將動詞「坐」、「談」置於副詞「久」、「餘」之前，亦有異曲同工之妙。如〈寄新頭陀〉：

　　　　見說北京尋祖後，瓶盂自挈繞窮邊。相逢竹塢晦暝夜，一別茗
　　　　溪多少年。〔註12〕遠洞省穿湖底過，斷崖曾向壁中禪。青城不得師
　　　　同住，坐想滄江憶浩然。〔註13〕

〔註 9〕祖保泉著：《司空圖詩品注釋及譯文》，台北：文馨山版社，1975 年月出版，第 48 頁。

〔註10〕歐麗娟著：《杜詩意象論》，台北：里仁書局，1997 年 12 月 31 日初版，第 153 頁。

〔註11〕同註 7，第 3～4 頁。

〔註12〕《周賀詩集》爲「一別茗溪多少年」。

〔註13〕《周賀詩集》爲「青城不得師同住，坐想滄江意浩然。」

此首詩之頷聯、頸聯四句亦是倒裝句法，順裝應是「竹塢相逢晦暝夜，茗溪一別多少年。」、「省穿遠洞過湖底，曾向斷崖禪壁中。」頷聯把「相逢」、「一別」放置在句首，可讓讀者強烈體會聚散離合之感受。頸聯將名詞「遠洞」、「斷崖」置於句首，彷彿身臨其境般，引生出在特定地點下呈顯出特有動作、做法。

這些倒裝句法在周賀詩中常常出現，其目的是突顯主要意象，詩人將自己感受到之重點，或是最先被察覺到之對象，提置於句前，然後才繼起各種錯綜之感知印象。

有時詩中會出現將名詞或名詞片語放於句前，中間沒有其他語法串聯，使其各自孤立並置，產生直接而具體之意象。如〈山居秋思〉：

> 一從雲水住，曾不下西岑。落木孤猿在，秋庭積霧深。泉流通井脈，蟲響出牆陰。夜靜溪聲徹，寒燈尚獨吟。

此首詩之頷聯二句句首「落木」、「秋庭」，皆表所處所、空間之名詞，其與「孤猿」、「積霧」並列，中間雖無語法聯繫，卻可以延伸出在特定空間下特有之立體畫面景象，予人有親眼目睹之真實感。如〈秋思〉：

> 楊柳已秋思，楚田仍刈禾。歸心病起切，敗葉夜來多。細雨城蟬噪，殘陽嶠客過。舊山餘業在，杳隔洞庭波。

此首詩之頸聯二句，句首「細雨」、「殘陽」為表時間之名詞片語，而「城蟬噪」與「嶠客過」皆為主語與不及物動詞組成之正常句法，然將表時間之名詞置放於句首，與名詞片語之主語「城蟬」、「嶠客」並置，產生出在特定時間下之情景，清晰具體，且又鮮明。

凡詩中以富有人類動作、情感意志，來表達物象之生命動能者為擬人化。自然界中包括生命與非生命之物，皆可透過詩人移情作用，達到「擬人」活潑生動之效果，而其意象則予人有生機無限之感。如〈早秋過郭涯書堂〉：

> 暑消岡舍清，閒語有餘情。澗水生茶味，松風滅扇聲。遠分臨海雨，靜覺掩山城。此地秋吟苦，時來繞菊行。

此首詩之頷聯二句之「生」與「滅」，皆為有生命之萬物所共有之動作，用之於「澗水」與「松風」非生命之物象上，就好像是人類行為之表現，使詩人塑造之意象更加鮮明生動，透過使用擬人動詞，能拉近人與物之距離，讀者更能以人類同理心去揣摩，想像意象所塑造之意境。

第三節　藝術風格

　　凡文學、藝術作品都有其獨特風貌格調，即所謂藝術風格。詩人會因才性、情感、生活經歷、社會環境及政治氛圍等不同，體現在作品之中，使其呈多樣面貌。任何藝文作品，皆是作者苦心運思融入自身風采於其中，因此從作品特色、風貌、姿態，就可以看出作者是誰，故有字如其人、文似其人之說。

　　風格形成因素頗多，歷來看法不一。劉勰《文心雕龍・體性篇》〔註 14〕云：

　　　　夫情動而言形，理發而文見，蓋沿隱以至顯，因內而符外者也。
　　然才有庸儁，氣有剛柔，學有淺深，習有雅鄭，並情性所鑠，陶染
　　所凝，是以筆區雲譎，文苑波詭者矣。故辭理庸儁，莫能翻其才；
　　風趣剛柔，寧或改其氣；事義淺深，未聞乖其學；體式雅鄭，鮮有
　　反其習，各師成心，其異如面。

劉彥和以為決定作品風格有才、氣、學、習四要素。文學作品辭理或庸或儁、風趣或剛或柔、事義或淺或深、體式或雅或鄭，皆與作者才、氣、學、習有關。四者之中，又可析為二類，一為才與氣，即作者內在情性鎔鍊，是天生自然，非力強而致，二為學與習，即後天外來環境薰染，是人為薰陶習染可以奏功。緣此，詩人先天之才、氣，與後天之學、習交互作用，形成詩人獨一無二風格取向。如宋・嚴羽《滄浪詩話》云：「子美不能為太白之飄逸，太白不能為子美之沈鬱。」，〔註15〕即強調杜甫、李白風格之獨特性。風格之形成，不僅只是內在情性之因素，若從語言之寫作技巧，如音韻對偶、鍊字造句、意象塑造、體裁選用與題材選擇等，皆可見其獨特藝術風格。外來環境之因素，如詩人所處時代風尚、生活經歷等，亦可促使其在不同時期、不同經歷中，創作出富有時代意義、個人情緒色彩之作品，形成多樣化之藝術風格。

　　周賀詩之藝術風格，歷來多評其詩格清雅，詩與賈島、無可齊名。〔註16〕唐・張為《詩人主客圖》將其與姚合、無可同列「清奇雅正」〔註17〕派之「入

〔註14〕同註6，第 535 頁。
〔註15〕同註1，滄浪詩話，集部四一九，第 1408-817 頁。
〔註16〕見於《唐才子傳》、《唐摭言》、《唐詩紀事》、《郡齋讀書志》。
〔註17〕丁福保輯：《歷代詩話續編》，台北：木鐸出版社，1983 年九月初版，第 86 頁。

室」。〔註18〕清・李懷民《重訂中晚唐詩主客圖》將其與喻鳧同列「清眞僻苦」派之「入室」。

從《全唐詩》收錄周賀 93 首詩作探析，因曾爲僧侶，且喜居名山，故其詩清淡雅致，加上中晚唐時代風尙、個人交遊、生活經歷、藝術創作方式等因素影響，而呈現出閒靜平淡、清奇雅正、寒狹僻苦之藝術風格。

壹、閒靜平淡

周賀閒靜平淡詩風之形成，主要來自初爲浮屠，常居山林，因此性情清靜淡泊。這項特質，使其詩常用「閒」字，或富有悠閒意象山、水、秋、風、雨、雲、石、溪、竹、松、春、草等字入詩。

周賀喜用閒字入詩。閒字出現在周賀詩中共十六次，占所有作品總數百分之十七點二，約五點八一首即出現閒字。列舉如下：

> 多難喜相識，久貧寧自閒。(〈出關後寄賈島〉)
>
> 雨過北林空晚涼，院閒人去掩斜陽。(〈寺居寄楊侍御〉)
>
> 暑消岡舍清，閒語有餘情。(〈早秋過郭涯書堂〉)
>
> 要地無閒日，仍容冒謁頻。(〈投江州張郎中〉)
>
> 世情何處淡，湘水向人閒。(〈杪秋登江樓〉)
>
> 已許衲僧修靜社，便將樵叟對閒扉。(〈秋晚歸廬山留別道友〉)
>
> 到縣餘花在，過門五柳閒。(〈送張諲之睦州〉)
>
> 嵩陽舊隱多時別，閉目閒吟憶翠微。(〈送韓評事〉)
>
> 水石致身閒自得，平雲竹閣少炎蒸。(〈寄金陵僧〉)
>
> 何當閒事盡，相伴老溪邊。(〈宿甑山南溪晝公院〉)
>
> 吾宗尚無憀者，中夜閒吟生旅愁。(〈湘漢旅懷翁傑〉)
>
> 信是虛閒地，亭高亦有苔。(〈題何氏池亭〉)
>
> 稅時兼主印，每日得閒稀。(〈贈李主簿〉)

〔註18〕 入室——語出《論語・先進》：「由也升堂矣，未入於室也。」邢昺疏：「言子路之學識深淺，譬如自外入內，得其門者。入室爲深，顏淵是也；升堂次之，子路是也。」（同註1，論語注疏，經部一八九，第 195-629 頁。）後以「入室」比喻學問或技藝得到師傳，造詣高深。

> 玉帛已知難撓思，雲泉終是得閒身。（〈贈姚合郎中〉）

> 閒話似持咒，不眠同坐禪。（〈贈胡僧〉）

> 道情淡薄閒愁盡，霜色何因入鬢根。（〈贈神邁上人〉）

閒字有閒暇、悠閒、安靜、無關緊要之意，在周賀各類題材中，有不少詩篇是詩人真情流露、或企盼對方亦能過著閒靜生活之心情投射。如〈送張誕之睦州〉詩云：

> 遙憶新安舊，扁舟往復還。淺深看水石，來往逐雲山。到縣餘
> 花在，過門五柳閒。東征隨子去，俱隱薜蘿間。

「五柳」隱指五柳先生。晉陶潛著〈五柳先生傳〉，[註19]自稱五柳先生。此以陶潛喻張誕，來說明其超然、灑脫之性情。「薜蘿」是指薜荔和女蘿。《楚辭·九歌·河伯》：「若有人兮山之阿，被薜荔兮帶女蘿。」[註20]東漢王逸《楚辭章句》注：「女蘿，兔絲也。言山鬼仿佛若人，見於山之阿，被薜荔之衣，以兔絲爲帶也。」後用以稱隱者或高士服裝、或借指隱者居處。「東征」二句，點出周賀嚮往之隱居生活。「淺深」二句，一路上有水有山相伴，相當愜意。此首是送別之作，期待張誕能在睦州過著悠遊自得之生活。整首詩呈現一種閒適平淡之詩風，與自然合一之和諧意境。

周賀亦喜用靜字入詩。靜字出現在周賀詩中共九次，占所有作品總數百分之九點六八，約十點三三首即出現靜字。詳列如下：

> 已許衲僧修靜社，便將樵叟對閒扉。（〈秋晚歸廬山留別道友〉）

> 寄眠僧閣靜，贈別橐金空。（〈送朱慶餘〉）

> 家貧思減選，時靜憶歸耕。（〈寄寧海李明府〉）

> 幽鳥背泉棲靜境，遠人當燭想遺文。（〈宿隱靜寺上人〉）

> 趁風開靜戶，帶葉卷殘書。（〈酬吳之問見贈〉）

> 道從會解唯求靜，詩造玄微不趁新。（〈贈姚合郎中〉）

> 見說養真求退靜，溪南泉石許同居。（〈上陝府姚中丞〉）

> 夜靜溪聲徹，寒燈尚獨吟。（〈山居秋思〉）

> 遠分臨海雨，靜覺掩山城。（〈早秋過郭涯書堂〉）

[註19] 同註1，陶淵明集，集部二，第 1063-516 頁。
[註20] 同註1，楚辭章句，集部一，第 1062-22 頁。

靜字有靜止、寂靜、安靜、平靜等意涵，呈顯在周賀詩中，與其性情所展現之恬淡吻合一致。如〈上陝府姚中丞〉詩：

此心長愛狎禽魚，仍候登封獨著書。領郡只嫌生藥少，在官長

恨與山疏。成家盡是經綸後，得句應多諫諍餘。見說養眞求退靜，

溪南泉石許同居。

此首七言律詩，是周賀呈給姚中丞，即姚合之作，內容透露出心中所企慕之閒適生活。唐朝詩人入仕爲官者眾，要調適爲官和自由自在之閒居生活，需要靠詩人應變能力。整首詩將姚合爲官之途與自身心境做一對照，描繪出其在爲官之餘，仍嚮往閒靜自得之生活。

　周賀喜用山字入詩，山字出現在周賀詩中共三十九次，占所有作品總數百分之四十一點九四，約二點三八首即出現山字。詳舉如下：

領郡只嫌生藥少，在官長恨與山疏。（〈上陝府姚中丞〉）

樹寒稀宿鳥，山迥少來僧。（〈冬日山居思鄉〉）

歸人值落葉，遠路入寒山。（〈出關後寄賈島〉）

舊有山廚在，從僧請作房。（〈休糧僧〉）

屋雪凌高燭，山茶稱遠泉。（〈同朱慶餘宿翊西上人房〉）

瓦舍山情少，齋身疾色濃。（〈如空上人移居大雲寺〉）

野渡人初過，前山雲未開。（〈早春越中留故人〉）

遠分臨海雨，靜覺掩山城。（〈早秋過郭涯書堂〉）

借山年涉閏，寢郡月逾旬。（〈投江州張郎中〉）

空翠隱高鳥，夕陽歸遠山。（〈杪秋登江樓〉）

雁度池塘月，山連井邑春。（〈長安送人〉）

路遠少來客，山深多過猿。（〈春日山居寄友人〉）

過雨遠山出，向風孤鳥迴。（〈春日重至南徐舊居〉）

舊山餘業在，杳隔洞庭波。（〈秋思〉）

明月天涯夜，青山江上秋。（〈秋宿洞庭〉）

叢桑山店迥，孤燭海船深。（〈留辭杭州姚合郎中〉）

幕府罷來無藥價，紗巾帶去有山情。（〈送石協律歸吳〉）

舊里千山隔，歸舟百計同。(〈送朱慶餘〉)

龕燈度雪補殘衲，山日上軒看舊經。(〈送忍禪師歸廬嶽〉)

黃山遠隔秦樹，紫禁斜通渭城。(〈送李億東歸〉)

山水疊層層，吾兄涉又登。(〈送表兄東南遊〉)

淺深看水石，來往逐雲山。(〈送張諲之睦州〉)

鳥下獨山秋寺磬，人隨大舸晚江波。(〈送郭秀才歸金陵〉)

看經更向吳中老，應是山川似劍南。(〈送蜀僧〉)

草履初登南客船，銅瓶猶貯北山泉。(〈送僧〉)

坐禪山店暝，補衲夜燈微。(〈送靈應禪師〉)

覓句當秋山落葉，臨書近臘硯生冰。行登總到諸山寺，坐聽蟬
聲滿四稜。(〈寄金陵僧〉)

轉刺名山郡，連年別省曹。(〈寄姚合郎中〉)

山縣風光異，公門水石清。(〈寄寧海李明府〉)

獨樹倚亭新月入，城牆四面鎖山多。(〈宿李主簿〉)

暫來此地歇勞足，望斷故山滄海濆。(〈宿隱靜寺上人〉)

相過值早涼，松帚掃山牀。(〈尋北岡韓處士〉)

惟看洞庭樹，即是舊山春。(〈暮冬長安旅舍〉)

繞池逢石坐，穿竹引山回。(〈題何氏池亭〉)

野寺絕依念，靈山會遍行。(〈贈柏巖禪師〉)

草履蒲團山意存，坐看庭木長桐孫。(〈贈神邁上人〉)

辭歸幾別深山客，赴請多從遠處人。(〈贈僧〉)

山松徑與瀑泉通，巾舄行吟想越中。(〈贈屬玄侍御〉)

山疏、山迴、寒山、山廚、山茶、山情、前山、山城、借山、遠山、山深、
舊山、青山、山店、千山、山日、黃山、山水、雲山、獨山、山川、北山泉、
諸山寺、名山郡、山縣、鎖山多、故山、山牀、舊山春、引山回、靈山、山
意、深山客、山松等詞彙，意涵相當豐富，由此可知其對山之偏好，這與其
常居山林，平日生活周遭環境相符合，故常將所見所愛之景，融入於詩作之

中。如〈春日山居寄友人〉〔註21〕詩：

> 春居無俗喧，時立澗前村。路遠少來客，山深多過猿。帶巖松
> 色老，臨水杏花繁。除憶文流外，何人更可言。

在大自然懷抱裡，少了俗世之喧鬧聲，只有文士之流與之交往，簡單勾勒一幅有路、山、巖、松、水、杏之詩畫，詩景交融展現恬淡自適之詩風。

　　周賀詩中常融大自然之天文時令與景物入詩，如日、月、風、雨、雲、秋、春、水、石、溪、竹、松、草、鳥等，水和秋字各出現二十三次、風字有二十二次、日、雨和雲字各有二十一次、月字有十八次、石字有十四次、溪字有十三次、春、竹、松、草和鳥字各有十一次，充分展現其所居所見之地理環境，正是其閒靜平淡之藝術風格。

貳、清奇雅正

　　中晚唐苦吟詩人在藝術上的追求大致以清新峭拔、雅潔明麗爲主。〔註22〕清奇雅正詩風之形成，源自於詩聖杜甫之清雅，宋・孫僅〈讀杜工部詩集序〉〔註23〕云：

> 公之詩支而爲六家：孟郊得其氣焰，張籍得其簡麗，姚合得其
> 清雅，賈島得其奇僻，杜牧、薛能得其豪健，陸龜蒙得其贍博，皆
> 出公之奇偏爾，尚軒軒然自號一家，嚇世炫俗。

姚合詩之清雅取自杜甫，而周賀與之交遊，且又和有清洌之風之賈島有往來，故受二者詩風影響、相互學習是顯然可見的。

　　據筆者統計，周賀以清字入詩，共有七次，占所有作品總數百分之七點五。約每十三首即使用清字。例舉如下：

> 清夜蘆中客，嚴家舊釣臺。（〈早春越中留故人〉）
>
> 暑消岡舍清，閒語有餘情。（〈早秋過郭涯書堂〉）
>
> 貴邑清風滿，誰同上宰心。（〈緱氏韋明府廳〉）
>
> 風高寒葉落，雨絕夜堂清。（〈送僧還南岳〉）
>
> 山縣風光異，公門水石清。（〈寄寧海李明府〉）

〔註21〕〈春日山居寄友人〉詩於《周賀詩集》題爲〈春日寄友人〉。
〔註22〕趙榮蔚著：《晚唐士風與詩風》，上海：上海古籍出版社，2004年12月第一版，第132頁。
〔註23〕同註1，杜詩詳註，集部九，第1070-987頁。

> 夜清更徹寺，空闊雁衝煙。(〈同朱慶餘宿翊西上人房〉)
>
> 望重來爲守土臣，清高還似武功貧。(〈贈姚合郎中〉)

清字本身有清靜、清新、清涼、清淨、清澈、清淡等意涵，透過詩人苦吟、苦思之工夫，使其渾然天成，自然呈現一種潔淨脫俗之意境。如〈寄寧海李明府〉詩云：

> 山縣風光異，公門水石清。一官居外府，幾載別東京。故疾梅天發，新詩雪夜成。[註24]家貧思減選，時靜憶歸耕。把疏尋書義，[註25]澄心得獄情。夢靈邀客解，劍古揀人呈。守月通宵坐，尋花迴路行。從來愛知道，何慮白髭生。

此首詩爲五言排律，詩首二句，讚揚李明府爲官清廉，身處風光不同於東京之寧海，宮署之水和石頭是相當清澈潔淨的。「水石清」一語雙關，亦指其爲官清廉。「一官」二句，可知其上任已有一段時日，自從到京都以外的州郡當官，就揮別河南洛陽好多年。「故疾」二句，描繪其雖病仍致力於寫詩，對比鮮明，用「故疾」對「新詩」，一新一舊；「梅天」和「雪夜」皆爲冬季時間用語，一晝一夜；「發」與「成」，一始一末，令人印象深刻。「家貧」二句，表現其知足常樂、嚮往田園生活之心。「把疏」二句，刻畫其好讀書與認眞辦案之情況。「夢靈」二句，輕描淡寫其待客之趣及嗜好之樂。「守月」二句，將「守月」、「尋花」提置於句首，不著痕跡，描寫其生活閑情樂趣。「從來」二句，寫有自知之明，自得其樂，無須憂愁老之將至。整首詩，無典故堆砌，自然流暢，道出李明府清廉爲官之生活情境，詞清意遠，給人溫雅平和之感，中間六聯對句刻畫頗具巧思，大抵平正典雅，整體看來，有清奇雅正之風。

參、寒狹僻苦

「詩到元和體變新」，[註26]在貞元、元和時代，社會較安定，詩歌繼盛唐而中興，變爲新體，就是「新樂府運動」。當時，詩人張籍、王建、李紳、元稹、白居易都喜歡作此種新題樂府，突破前人窠臼，另闢蹊徑，如元輕白俗、郊寒島瘦，都是反映出此時期詩歌之新主流，打破大曆以來詩歌停滯狀

〔註24〕《周賀詩集》爲「新詩雪夜明」。
〔註25〕《周賀詩集》爲「抱跡窮書義」。
〔註26〕同註1，白氏長慶集，集部一九，第 1080-261 頁。

態，另外開闢新途徑。

　　姚合、賈島出自於韓、孟險怪之詩派，周賀之詩風近姚、賈，在時代文風趨勢下，加上個人生活、經歷、情緒、心理等因素不同，而走向與韓孟險怪崛奇不同之詩風——寒狹僻苦。周賀對題材內容傾向寒僻，多選用五律為其創作主體，不用典故，白描直陳，常以冷僻字入詩，而形成其獨特之藝術風格。

　　周賀詩以夜、寒等冷色系字和空、深、病、獨、孤、疾、隔、殘、背、迥、侵等僻字入詩，形成寒狹僻苦詩風之外顯語言形式，在周賀全部詩作中占有三成六左右之比例。以夜字為例，夜字出現在周賀詩中，共三十四次，占所有作品總數百分之三十六點五五，約二點七四首即出現夜字。顯示周賀喜用夜字入詩，此字非僅表示時間之用語，應有其心理、情緒之反映，亦有作者之審美趣向。舉例如下：

　　　　夜靜溪聲徹，寒燈尚獨吟。(〈山居秋思〉)

　　　　迢遞早秋路，別離深夜村。(〈出關寄賈島〉)

　　　　夜清更徹寺，空闊雁衝煙。(〈同朱慶餘宿翊西上人房〉)

　　　　扶病半年離水石，思歸一夜隔風雷。(〈同徐處士秋懷少室舊居〉)

　　　　十年多病度落葉，萬里亂愁生夜牀。(〈寺居寄楊侍御〉)

　　　　清夜蘆中客，嚴家舊釣臺。(〈早春越中留故人〉)

　　　　兼葭半波水，夜夜宿邊禽。(〈城中秋作〉)

　　　　夜蟲鳴井浪，春鳥宿庭柯。(〈春日重到王依村居〉)

　　　　歸心病起切，敗葉夜來多。(〈秋思〉)

　　　　明月天涯夜，青山江上秋。(〈秋宿洞庭〉)

　　　　凍髭亡夜剃，遺偈病時書。(〈哭閑霄上人〉)

　　　　殘秋螢出盡，獨夜雁來新。(〈旅情〉)

　　　　夜隨淨渚離蛩語，早過寒潮背井行。(〈送石協律歸吳〉)

　　　　挂帆春背雁，尋磬夜逢僧。(〈送表兄東南遊〉)

　　　　夜濤鳴柵鎖，寒葦露船燈。(〈送耿山人歸湖南〉)

　　　　風高寒葉落，雨絕夜堂清。(〈送僧還南岳〉)

　　　　坐禪山店暝，補衲夜燈微。(〈送靈應禪師〉)

相逢竹塢晦暝夜，一別苕溪多少年。(〈寄新頭陀〉)

故疾梅天發，新詩雪夜成。(〈寄寧海李明府〉)

去年今夜還來此，坐見西風裹鵲窠。(〈宿李主簿〉)

夜涼書讀遍，月正戶全開。(〈宿李樞書齋〉)

此愛東樓望，仍期別夜尋。(〈宿開元寺樓〉)

一宿五峰杯度寺，虛廊中夜磬聲分。(〈宿隱靜寺上人〉)

越島夜無侵閣色，寺鐘涼有隔原聲。(〈晚題江館〉)

卻思同宿夜，高枕說天台。(〈逢播公〉)

吾宗尚無愴者，中夜閒吟生旅愁。(〈湘漢旅懷翁傑〉)

高人留宿話禪後，寂寞雨堂空夜燈。(〈過僧竹院〉)

已當鳴雁夜，多事不同居。(〈酬吳之問見贈〉)

歸思緣平澤，幽齋夜話遲。(〈與崔弇話別〉)

臘近溪書絕，燈殘夜雪稠。(〈懷西峰隱者〉)

越信楚城得，遠懷中夜興。(〈贈朱慶餘校書〉)

自算天年窮甲子，誰同雨夜守庚申。(〈贈道人〉)

關分河漢秋鐘絕，露滴獼猴夜嶽空。(〈贈屬玄侍御〉)

夜靜、深夜村、夜牀、清夜、夜蟲、天涯夜、亡夜、獨夜、夜濤、夜堂、夜燈、晦暝夜、雪夜、今夜、夜涼、中夜、宿夜、鳴雁夜、夜雪、雨夜、夜嶽等夜字用法，其意涵相當豐富。有時間概念之夜，如中夜閒吟生旅愁、去年今夜還來此、別離深夜村；有天候之夜，如新詩雪夜成、誰同雨夜守庚申、相逢竹塢晦暝夜；有心理因素之夜，如獨夜雁來新；有情緒主導之夜，如寂寞雨堂空夜燈、夜濤鳴柵鎖、夜蟲鳴井浪、夜靜溪聲徹、夜隨淨渚離蛩語、凍髭亡夜剃。而由夜字所出現之詩中，其語言形式往往營造出僻冷、清靜之氛圍，試觀〈秋思〉詩云：

楊柳已秋思，楚田仍刈禾。歸心病起切，敗葉夜來多。細雨城
蟬噪，殘陽嶠客過。舊山餘業在，杳隔洞庭波。

首句即點出詩題，詩首二句寫出秋天所見之景致，《詩‧小雅‧鹿鳴》：「昔我往矣，楊柳依依。」〔註27〕「楊柳」，自古以來就易引人愁緒。收割後之「楚

〔註27〕同註1，毛詩注疏，經部六三，第 69-461 頁。

田」，呈現蕭瑟之面貌。頷聯「歸心」二句，承前聯之意，敘寫思緒之情起，讓內心所受所見皆有更深體會。頸聯「細雨」二句，用具體事物烘托，讓秋思有鮮明具象。末處「舊山」二句，將秋思具體歸納作結。整首詩在取材上，選用詞彙如「楊柳」、「楚田」、「病」、「敗葉」、「夜」、「細雨」、「殘陽」、「舊山」等都偏向寒狹、瑣細、清冷、寂苦之景與語彙，故詩風自然呈顯出與此相應之寒狹僻苦之藝術風格。

　　周賀喜用寒字入詩，可以營造出寒冷寂靜之世界。寒字出現在周賀詩中共二十三次，占所有作品總數百分之二十四點七三，約四點零四首即出現寒字。此字一般作形容詞使用，非僅表示節令、氣侯之用語，亦是其真性情之反映，融入作者之獨特審美觀。詳列如下：

　　　　夜靜溪聲徹，寒燈尚獨吟。（〈山居秋思〉）

　　　　樹寒稀宿鳥，山迥少來僧。（〈冬日山居思鄉〉）

　　　　歸人值落葉，遠路入寒山。（〈出關後寄賈島〉）

　　　　溪僧還共謁，相與坐寒天。（〈同朱慶餘宿翊西上人房〉）

　　　　平楚起寒色，長沙猶未還。（〈杪秋登江樓〉）

　　　　寒燈隨故病，伏雨接秋霖。（〈城中秋作〉）

　　　　澤雁和寒露，江槎帶遠薪。（〈旅懷〉）

　　　　夜隨淨渚離蛩語，早過寒潮背井行。（〈送石協律歸吳〉）

　　　　泉水帶冰寒溜澀，薜蘿新雨曙煙腥。（〈送忍禪師歸廬嶽〉）

　　　　寒僧迴絕塞，夕雪下窮冬。（〈送省己上人歸太原〉）

　　　　夜濤鳴柵鎖，寒葦露船燈。（〈送耿山人歸湖南〉）

　　　　衡陽舊寺秋歸去，門鎖寒潭幾樹蟬。（〈送僧〉）

　　　　風高寒葉落，雨絕夜堂清。（〈送僧還南岳〉）

　　　　飢鼠緣危壁，寒狸出壞墳。（〈送僧歸江南〉）

　　　　離岸游魚逢浪返，望巢寒鳥逆風飛。（〈送韓評事〉）

　　　　寒天仍遠去，離寺雪霏霏。（〈送靈應禪師〉）

　　　　齋牀幾減供禽食，禪徑寒通照像燈。（〈寄金陵僧〉）

　　　　晚柳蟬和角，寒城燭照濤。（〈寄姚合郎中〉）

寒扉關雨氣，風葉隱鐘音。(〈宿開元寺樓〉)

叢木開風徑，過從白晝寒。(〈題畫公院〉)

灌木藏岑色，天寒望即愁。(〈懷西峰隱者〉)

風泉盡結冰，寒夢徹西陵。(〈贈朱慶餘校書〉)

抱疾因尋周柱史，杜陵寒葉落無窮。(〈贈厲玄侍御〉)

寒燈、樹寒、寒山、寒天、寒色、寒露、寒潮、寒僧、寒葦、寒潭、寒葉、寒狸、寒鳥、寒城、寒扉、白晝寒、天寒、寒夢等，皆帶有寒字原有詞性之冷冽、肅殺之氣，在周賀詩各類題材中，相當集中、顯明地出現在「送別迎來」與「酬和寄贈」類之詩中。寒字之出現，符合周賀心境之投射，讓情感表達凍結在最低點，展現詩人特有韻味。如〈送省己上人歸太原〉詩云：

惜別聽邊漏，窗燈落爐重。寒僧迴絕塞，夕雪下窮冬。出定聞殘角，休兵見壞鋒。何年更來此，老卻倚階松。

整首送別之作，處處是寒冷殘壞之景致。周賀透過對省己上人未來將要面對之景物，做淋漓盡致刻畫，充分表達對其擔憂和關切之情。詩中「寒僧」、「絕塞」、「夕雪」、「窮冬」、「殘角」、「休兵」、「壞鋒」等詞彙，渲染出一幅上人回到天寒地凍中，眼前所見皆是戰亂後之殘景，有淒涼之感，呈顯出寒狹僻苦之藝術特色。

周賀詩中亦常出現空、深、病、獨、孤、疾、隔、殘、背、迴、侵等僻字入詩，空字出現十八次、深字有十四次、病字有十三次、獨字有十一次、孤、疾和隔字各有十次、殘字有九次、背字有七次、迴字有四次、侵字有二次，約占所有作品總數百分之十九點三五。其中如殘日、殘秋、殘書、殘雲、殘角、殘燈、殘衲、殘陽、病葉等，從對殘缺之物之特殊偏好，乃具體化其寒狹僻苦之藝術風格。

第五章　結　論

　　周賀所處時代，正是安史亂後，政治上，出現藩鎮割據、宦官專權、朋黨之爭、吏治敗壞之亂象；外交上，有吐蕃、回鶻與南詔之寇邊侵擾、叛亂無常，如此內亂外患交迭、政治日漸腐敗，國勢逐漸衰退；經濟上，受到政治外交影響而連年用兵，兵費龐大，國庫空虛，以致稅賦苛重，土地兼併盛行，造成貧者愈貧、富者愈富等貧富不均之現象；社會上，儒釋道三教並盛，普遍有熱中功名、禮佛誦經、服食丹藥之風氣。科舉之途，間接導致行卷風熾、士風敗壞。而唐人耽於逸樂，風習奢華，亦顯露出唐朝繁盛背後有其不堪之一面。相對於政治、經濟、社會之衰微，思想和文學則蓬勃發展，詩歌更呈現求新求變之局面。整個文學環境，受到社會風氣影響，文人與佛道交往密切，且相互唱和，形成酬酢唱和之風盛行。另外，受到時代環境影響，文人會以構思奇特、造語險怪來表達對時局之不平與不滿，這些對周賀詩歌創作，有程度不等之影響。

　　關於周賀生平事蹟，史料闕如，僅能從五代・王定保所撰《唐摭言》、宋・計有功所著《唐詩記事》和元・辛文房所寫《唐才子傳》拼湊出其大概，這些書籍中對於其家世、生卒年、生平事蹟均缺乏詳盡記載。筆者僅可以參酌各書所載，及周賀交遊往來之詩篇，作一粗陋之探索。從其〈贈皎然上人〉與〈贈柏巖禪師〉詩，可推測應與皎然上人、柏巖禪師有往來。依據大陸學者徐文明〈唐代詩僧皎然的宗系和思想〉之考證，判定皎然上人生於開元八年（720），卒於永貞元年（805），又據《增訂注釋全唐詩》注解柏巖禪師，疑即百岩禪師，其生卒年代為西元 756 至 815 年。而此可知周賀生於永貞元年之前，在貞元（785～805）初出生。

　　就交遊方面，從周賀詩中得知其交遊相當廣泛，上至名臣胥吏，下至僧道隱士，與之酬和、寄贈、送別之詩文數量相當可觀，與僧侶等酬酢詩文亦爲數不少。

　　在詩歌題材方面，周賀詩之題材，大致可分爲應酬、宗教、感懷、登臨四大類，內容豐富，主要集中在酬和、寄贈、送別之篇什，共四十九首，占所有作品總數百分之五十二點六八，此可反映出當時文學風氣，文士唱和之風盛行。另外，因周賀早年爲浮屠，故與僧侶道士往來密切，而所撰宗教詩凡十七首，占總數百分之十八點二八。

　　在寫作風格方面，周賀以五言律詩成就最大。在聲律用韻上，講究平仄和諧，用韻嚴謹，大抵嚴守常格，合乎標準，押韻皆爲平聲韻，且大多數爲寬韻，窄韻和中韻較少。在意象塑造上，周賀詩意象繁多，有天文、時令等十六類，就個別意象言，出現達二十次以上之山、夜、人、客、水、秋、風、日、雨、雲、僧幾個意象群之構成來看，其性質皆傾向「閒靜」之特點，且構成周賀詩風格之主要基調，是相當明顯的；其次就出現達十次以上、十五次以下這一意象群，如石、雪、天、書、溪、心、燈、竹、松、春、草、鳥、禪、齋、地、門、雁、嶽等意象，以描繪寺院、山居、大自然之景色爲主，其性質則有「清」之特點；另外，出現九次以上之其他意象，如夜、寒、落、病、疾、老、孤、獨、殘等詞彙大量運用，增添詩中陰冷色調，其性質有「寒」之特點。此三種意象特色，塑造出閒靜平淡、清奇雅正與寒狹僻苦三種不同之藝術風格。

　　周賀之詩風，歷來雖評其似姚合、賈島，但他沒有姚合描寫邊疆征戰生活之邊塞詩，亦沒有賈島以身邊瑣細事物爲題材之詠物詩，所以三人是各有不同的。他因早年爲僧居於山林，此與賈島頗爲相似，但心性恬淡，不慕名利，因此受姚合賞識而還俗，仍未萌做官之心。其自得其樂之心境，影響其詩風，以閒靜平淡爲主；用字新奇，使其列入「清奇雅正」；偶以僻字入詩，卻不流於詼詭險僻，而列爲「清眞僻苦」。

　　周賀不似李、杜等大家，光芒耀眼、燦爛奪目。他繼賈島之後，承接苦吟詩人一脈，其詩寫象痛切，饒有深意，實應在文學史給予適當的肯定與地位。

參考書目

（依人名筆劃順序排列）

一、相關書籍

1. 《全唐詩》，北京：中華書局，1960 年第一版。

2. 丁福保編，王夫之等撰：《清詩話》，台北：木鐸出版社，1988 年 9 月初版。

3. 丁福保輯：《歷代詩話續編》，台北：木鐸出版社，1983 年 9 月初版。

4. 上海古籍出版社編：《唐五代詩鑒賞》，上海：上海古籍出版社，1998 年 12 月第一版。

5. 王子武著：《中國詩律研究》，台北：文津出版社，1970 年 9 月出版。

6. 王定保撰：《唐摭言》，台北：世界書局，1975 年 4 月三版。

7. 王隆升撰：《唐代登臨詩研究》，台北：文津出版，1998 年 4 月一刷。

8. 王溥著：《唐會要》，台北：臺灣商務印書館，1968 年 3 月臺一版。

9. 王壽南著：《唐代士人與藩鎮》，台北：大化書局，1978 年 9 月初版。

10. 王壽南著：《唐代政治史論集》，台北：台灣商務印書館，1983 年 4 月二版。

11. 王讜著，周勛初校證：《唐語林校證》，北京：中華書局，1987 年 7 月第一版。

12. 司馬光編著，胡三省音注：《資治通鑑》，北京：中華書局，2005 年重印。

13. 平野顯照著，張桐生譯：《唐代文學與佛教》，台北：華宇出版社，1986 年 12 月初版。

14. 永瑢、紀昀等纂修：《景印文淵閣四庫全書》，台北：臺灣商務印書館，1986 年 3 月初版。

15. 任繼愈主編：《道藏提要》，北京：中國社會科學出版社，1991 年 7 月第 1

次印刷。

16. 朱越利著：《道經總論》，台北：遼寧教育出版社，1995 年 1 月分版一刷。

17. 江都・余照春亭著：《增廣詩韻集成》，高越：高雄復文圖書，1995 年元月初版二刷。

18. 吳錦順、吳承燕著：《詩句對仗押韻便覽》，彰化：大彰印刷，1991 年 12 月再版。

19. 李曰剛著：《中國詩歌流變史》，台北：文津出版社，1987 年 2 月出版。

20. 李季平主編：《全唐文──政治經濟資料匯編》，陝西：三秦出版社，1992 年 1 月第 1 次印刷。

21. 李德超著：《詩學新編》，台北：五南圖書出版，1995 年 12 月初版一刷。

22. 李樹桐著：《隋唐史別裁》，台北：臺灣商務印書館，1995 年 6 月初版。

23. 杜松柏博士著：《禪學與唐宋詩學》，台北：黎明文化，1980 年 10 月 20 日初版。

24. 辛文房著、李立朴譯注：《唐才子傳》，台北：臺灣古籍出版社，1997 年 11 月分版一刷。

25. 辛文房撰、周本淳校正：《唐才子傳校正》，台北：文津出版社，1988 年 3 月出版。

26. 孟二冬著：《中唐詩歌之開創與新變》，北京：北京大學出版社，1998 年 9 月第一版。

27. 林西郎著：《唐代道教管理制度研究》，四川：巴蜀書社，2006 年 12 月第一次印刷。

28. 周賀著：《周賀詩集》，北京：北京圖書館出版社，2002 年 10 月第一版第一次印刷。

29. 胡震亨著：《唐音癸籤》，台北：木鐸出版社，1982 年初版。

30. 計有功撰：《唐詩記事》，台北：中華書局，1981 年 9 月臺二版。

31. 卿希泰主編：《道教與中國傳統文化》，台北：中華道統出版社，1996 年 2 月 15 日初版。

32. 孫光憲著：《北夢瑣言》，台北：源流文化出版社，1983 年 4 月初版。

33. 孫昌武著：《唐代文學與佛教》，陝西：陝西人民出版社，1985 年 8 月第 1 版第一次印刷。

34. 孫映逵主編：《全唐詩流派品匯》，太原市：北岳文藝出版社，1998 年第一版。

35. 徐連達著：《唐朝文化史》，上海：復旦大學出版，2003 年 11 月第一版。

36. 晁公武著：四部叢刊廣編《金石錄、昭德先生郡齋讀書志》，台北：臺灣商務，1981 年初版。

37. 祖保泉著：《司空圖詩品注釋及譯文》，台北：文馨山版社，1975 年出版。

38. 袁行霈著：《中國詩歌藝術研究》，台北：五南圖書出版社，1989 年 5 月台灣初版。

39. 袁閬琨主編：《全唐詩廣選新注集評》，遼寧：遼寧人民出版社，1994 年 8 月第一次印刷。

40. 張宏生著：《中國佛教百科叢書‧詩偈卷》，台北：佛光文化，1999 年 6 月初版。

41. 張建業著：《中國詩歌史》，台北：文津出版社，1995 年 6 月初版一刷。

42. 張健著：《中國古典詩新論》，台北：五南圖書出版，1996 年 7 月初版一刷。

43. 張健著：《王士禎論詩絕句三十二首箋證》，台北：文史哲出版社，1994 年 4 月初版。

44. 張夢機著：《古典詩的形式結構》，台北板橋：駱駝出版社，1997 年 7 月初版一刷。

45. 郭紹林著：《唐代士大夫與佛教》，台北市：文史哲，1983 年 9 月。

46. 陳振孫撰：《直齋書錄解題》，台北：廣文書局，1979 年 5 月再版。

47. 陳寅恪著：《唐代政治史述論稿》，台北：臺灣商務印書館，1998 年 7 月臺二版第二次印刷。

48. 陳貽焮主編：《增訂注釋全唐詩》，陝西：文化藝術出版社，2001 年第一版。

49. 陳慧劍著：《寒山子研究》，台北：東大圖書，1984 年 6 月初版。

50. 章羣著：《唐史》，台北：華岡出版，1978 年 6 月四版。

51. 傅樂成著：《隋唐五代史》，台北：中國文化學院出版部，1980 年 7 月出版。

52. 傅樂成著：《隋唐五代史》，台北市：眾文圖書，1990 年 11 月二版二刷。

53. 傅璇琮等著：《唐五代人物傳記資料綜合索引》，台北：文史哲出版社，1993 年臺一版。

54. 曾進豐著：《晚唐詩的鋒芒與光彩》，台南：漢風出版社，2003 年 5 月。

55. 程仁卿著：《詩學津梁》，台北：臺灣商務印書館，1991 年 3 月初版。

56. 黃永武著：《中國詩學‧設計篇》，台北市：巨流圖書，1999 年 9 月初版十二印。

57. 黃美鈴著：《唐代詩評中風格論之研究》，台北：文史哲出版社，1982 年 2 月初版。

58. 黃麗貞著：《實用修辭學》，台北：國家出版社，1999 年 3 月初版一刷。

59. 黃懺華著：《中國佛教史》，台北：新文豐出版公司，1983 年 1 月再版。

60. 楊家駱主編：《新舊唐書合鈔》，台北：鼎文書局，1972 年 4 月初版。

61. 董誥等編：《全唐文》，北京：中華書局出版，1987 年 2 月北京第 2 次印刷。

62. 趙榮蔚著：《晚唐士風與詩風》，上海：上海古籍出版社，2004 年 12 月第一版。

63. 趙翼撰、杜維運考證：《廿二史劄記》，台北：華世出版社，1977 年 9 月新一版。

64. 劉大杰著：《中國文學發展史》，台北：華正書局，1998 年 8 月版。

65. 劉竹青著：《孟郊賈島研究》，台北：文史哲出版社，2003 年 4 月初版。

66. 劉伯驥著：《唐代政教史》，台北：中華書局，1954 年 8 月台初版。

67. 劉昫等撰：《舊唐書》，北京：中華書局，1987 年 11 月湖北第三次印刷。

68. 劉逸生主編、劉斯翰選注：《孟郊賈島詩選》，台北：遠流出版，2000 年 3 月 16 日台灣分版五刷。

69. 劉精誠著：《中國道教史》，台北：文津出版社，1993 年 7 月初版一刷。

70. 劉勰著，周振甫注：《文心雕龍注釋》，台北：里仁書局，1984 年 5 月 20 日。

71. 歐陽修、宋祁著：《新唐書》，北京：中華書局，1987 年 11 月湖北第三次印刷。

72. 歐麗娟著：《杜詩意象論》，台北：里仁書局，1997 年 12 月 31 日初版。

73. 潘百齊編著：《全唐詩精隽分類鑒賞集成》，南京：河海大學出版社，1995 年 9 月第 4 印刷。

74. 蔣復璁、宋晞著：《宋史》，台北：中華學術院出版，1972 年初版。

75. 蔣勵材編著：《二十四品近體唐詩選》，台北：國立編譯館中華叢書編審委員會，1981 年 4 月初版。

76. 鄭奠・譚全基編著：《古漢語修辭學資料彙編》，台北：明文書局，1984 年 9 月初版。

77. 鄭樵著、何天馬校：《通志略》，台北：里仁書局，1982 年 8 月臺一版。

78. 蕭水順著：《從鐘嶸詩品到司空詩品》，台北：文史哲出版社，1993 年 2 月初版。

79. 戴揚本注譯：《新譯唐才子傳》，台北：三民書局，2005 年 9 月初版一刷。

80. 魏慶之撰：《詩人玉屑》，台北：九思出版，1978 年 11 月 15 日台一版。

81. 鎌田茂雄著，關世謙譯：《中國佛教史》，台北：新文豐出版公司，1978 年元月再版。

82. 羅竹風主編：《漢語大詞典》，上海市：漢語大詞典出版社，1990 年第一版。

83. 嚴羽著：《嚮浪詩話校釋》，台北：河洛圖書出版社，1979 年 12 月 1 日印再版。

二、期刊論文

1. 李建崑：〈中晚唐苦吟詩人探論〉，《興大中文學報》第 13 期，民國 89 年 12 月，頁 11～28。
2. 李建崑：〈試論李懷民《重訂中晚唐詩主客圖》〉，《東海中文學報》第 17 期，民國 94 年 7 月，頁 31～59。
3. 馮國棟：〈《宋史‧藝文志》釋氏別集、總集考〉，《中華佛學研究》第 10 期，民國 95 年 3 月，頁 175～198。

三、學位論文

1. 陳鍾琇：《唐代和詩研究》，東海大學，碩士論文，民國 89 年。
2. 鄭紀眞：《賈島詩研究》，台灣師範大學，碩士論文，民國 81 年。
3. 顏寶秀：《推敲詩人——賈島詩藝探索》，中興大學，碩士論文，民國 93 年。
4. 簡貴雀：《姚合詩及其《極玄集》研究》，高雄師大，博士論文，民國 90 年 1 月。

附　錄

附錄一：周賀生平及著述資料

書 名 或 篇 名	記 載
《新唐書・藝文志》	《周賀詩》一卷
《唐摭言》	周賀，少從浮圖，法名清塞，遇姚合而反初。詩格清雅，與賈長江、無可上人齊名。
《唐詩紀事》	僧清塞 師東洛人，姓周氏。少從浮圖，法名清塞，遇姚合而反初，易名賀。初與長江、無可齊名。 唐有周賀詩，即清塞也。
《唐才子傳》	清塞，字南鄉，居廬嶽爲浮屠，客南徐亦久，後來少室、終南間。俗姓周名賀。工爲近體詩，格調清雅，與賈島、無可齊名。寶曆中，姚合守錢塘，因攜書投刺以丐品第，合延待甚異。見其〈哭僧詩〉云：「凍鬚亡夜剃，遺偈病中書。」大愛之，因加以冠巾，使復姓字。時夏臘已高，榮望落落，竟往依名山諸尊宿自終。詩一卷，今傳。
《昭德先生郡齋讀書志》	《清塞詩》一卷 右唐僧清塞，字南卿，詩格清雅，與賈島、無可齊名。寶曆中，姚合爲杭，因携書投謁。合聞其〈哭僧詩〉云：「凍湏亡夜剃，遺偈病中書。」大愛之，因加以冠巾，爲周賀云。
《直齋書錄解題》	《周賀集》一卷 唐周賀撰。嘗爲僧，名清塞，後反初服。別本又號《清塞集》

《宋史‧藝文志》	《周賀詩》一卷
明‧祁承㸁《澹生堂藏書目》	《清塞集》一卷
《徐氏家藏書目》	《僧清塞詩》一卷
《全唐詩》	周賀，字南卿，東洛人，初爲浮屠，名清塞。杭州太守姚合愛其詩，加以冠巾，改名賀。
《全唐詩流派品匯》	周賀（？），字南卿，東洛（今四川廣元）人。曾在廬山爲僧，後又來少室、終南間。大和末，還俗。周賀工近體詩，格調清雅，與賈島、無可齊名。寶曆中，姚合爲杭州刺史，因攜書投刺，甚得稱賞。又與方干、朱慶餘友善，頗多唱酬。晚唐張爲作《詩人主客圖》，將其列於「清奇雅正」目之「入室」中。《全唐詩》存詩一卷。
《唐五代詩鑒賞》	周賀，東洛（今四川廣元西北）人。少年爲僧，號清塞。姚合愛其詩，使其還俗，易名爲賀，字南卿。周賀詩與賈島、無可齊名，頗多清刻之句，然終嫌未脫僧氣。集中「澄江月上見魚擲，晚徑葉多聞犬行」（《晚題江館》）等，均爲人稱道。《全唐詩》存詩一卷。（黃坤）
《增訂注釋全唐詩》	周賀，字南卿，東洛（今河南洛陽市）人。早年居廬山爲僧，法名清塞。客潤州（今江蘇鎮江）三年，又曾隱居嵩山少室。文宗大和末（834、835），姚合任杭州刺史，愛其詩。傳合命其還俗。然其開成中作《贈厲玄侍御》詩，仍自稱「鄉僧」。賀詩格清雅，張爲將其與無可同列「清奇雅正」、「入室」（《詩人主客圖》）。與姚合、賈島、方干、朱慶餘友善，多所酬唱。今存詩一卷。生平見《唐摭言》卷一○、《唐詩紀事》卷七六、《郡齋讀書志》卷四、《唐才子傳》卷六。
馮國棟〈《宋史‧藝文志》‧釋氏別集總集考〉	《僧清塞集》一卷 清塞即周賀，字南卿，東洛（今屬河南）人，客南徐多年。曾隱居少室山，後又居廬嶽爲僧，法名清塞。大和末年，姚合任杭州刺史，見其詩，命其還俗。清塞工詩，與賈島、無可齊名。知爲同書異名。明祁承㸁《澹生堂藏書目》卷13載《清塞集》一卷，《徐氏家藏書目》卷5亦載《僧清塞詩》一卷，知明代此集傳本尚多。
《全唐詩廣選新注集評》	周賀，字南雲（《全唐詩》作「南卿」），洛陽（今屬河南）人。初居廬山爲浮屠，名清塞，後客南徐、居少室。杭州太守姚合愛其詩，加以冠巾，改名賀。後亦不得志，依名山終老。生平見《唐才子傳》、《唐詩紀事》。詩工近體，長於煉字，格調清雅，與賈島、無可齊名，屬賈島一派。《全唐詩》存詩1卷。

附錄二：清《全唐詩》周賀詩（凡九十三首，《增訂注釋全唐詩》佚句二）

全唐詩序號	全唐詩詩題	全唐詩內文
1	留辭杭州姚合郎中	波濤千里隔，抱疾亦相尋。 會宿逢高士，辭歸值積霖。 叢桑山店迥，孤燭海船深。 尚有重來約，知無省閣心。
2	酬吳之問見贈	已當鳴雁夜，多事不同居。 故疾離城晚，秋霖見月疏。 趁風開靜戶，帶葉卷殘書。 蕩槳期南去，荒園久廢鋤。
3	送分定歸靈夏	南遊多老病，見說講經稀。 塞寺幾僧在，關城空自歸。 帶河衰草斷，映日早沙飛。 卻到禪齋後，邊軍識衲衣。
4	與崔弇話別	歸思緣平澤，幽齋夜話遲。 人尋馮翊去，草向建康衰。 雨雪生中路，干戈阻後期。 幾年方見面，應是鑷蒼髭。
5	題何氏池亭	信是虛閒地，亭高亦有苔。 繞池逢石坐，穿竹引山回。 果落纖萍散，龜行細草開。 主人偏好事，終不厭頻來。
6	送表兄東南遊	山水疊層層，吾兄涉又登。 挂帆春背雁，尋磬夜逢僧。 雪溜懸衡嶽，江雲蓋秣陵。 評文永不忘，此說是中興。
7	送康紹歸建業	南朝秋色滿，君去意如何。 帝業空城在，民田壞塚多。 月圓臺獨上，栗綻寺頻過。 籬下西江闊，相思見白波。
8	再過王輅原居納涼	夏天多憶此，早晚得秋分。 舊月來還見，新蟬坐忽聞。 扇風調病葉，溝水隔殘雲。 別有微涼處，從容不似君。
9	送耿山人歸湖南	南行隨越僧，別業幾池菱。 兩鬢已垂白，五湖歸掛罾。 夜濤鳴柵鎖，寒葦露船燈。 去此應無事，卻來知不能。

10	送省己上人歸太原	惜別聽邊漏，窗燈落燼重。 寒僧迴絕塞，夕雪下窮冬。 出定聞殘角，休兵見壞鋒。 何年更來此，老卻倚階松。
11	宿甄山南溪畫公院	從作兩河客，別離經半年。 卻來峰頂宿，知廢甄南禪。 餘霧沈斜月，孤燈照落泉。 何當閒事盡，相伴老溪邊。
12	相次尋舉客寄住人	停橈因舊識，白髮向波濤。 以我往來倦，知君耕稼勞。 渚田臨舍盡，坂路出簷高。 遊者還南去，終期伴爾曹。
13	出關寄賈島	舊鄉無子孫，誰共老青門。 迢遞早秋路，別離深夜村。 伊流偕行客，岳響答啼猿。 去後期招隱，何當復此言。
14	暮冬長安旅舍	湖外誰相識，思歸日日頻。 遍尋新住客，少見故鄉人。 失計空知命，勞生恥為身。 惟看洞庭樹，即是舊山春。
15	贈胡僧	瘦形無血色，草履著行穿。 閒話似持咒，不眠同坐禪。 背經來漢地，祖膊過多天。 情性人難會，遊方應信緣。
16	贈李主簿	稅時兼主印，每日得閒稀。 對酒妨料吏，為官亦典衣。 案遲吟坐待，宅近步行歸。 見說論詩道，應愁判是非。
17	同朱慶餘宿翊西上人房	溪僧還共謁，相與坐寒天。 屋雪凌高燭，山茶稱遠泉。 夜清更徹寺，空闊雁衝煙。 莫怪多時話，重來又隔年。
18	寄姚合郎中	轉刺名山郡，連年別省曹。 分題得客少，著價買書高。 晚柳蟬和角，寒城燭照濤。 鄜溪臥疾久，未獲後乘騷。
19	休糧僧	一齋難過日，況是更休糧。 養力時行道，聞鐘不上堂。 惟留溫藥火，未寫化金方。 舊有山廚在，從僧請作房。

20	懷西峰隱者	灌木藏岑色，天寒望即愁。 高齋何日去，遠瀑入城流。 臘近溪書絕，燈殘夜雪稠。 邇來相憶處，枕上苦吟休。
21	贈柏巖禪師	野寺絕依念，靈山會遍行。 老來披衲重，病後讀經生。 乞食嫌村遠，尋溪愛路平。 多年柏巖住，不記柏巖名。
22	旅懷	不覺月又盡，未歸還到春。 雪通廬岳夢，樹匝草堂身。 澤雁和寒露，江槎帶遠薪。 何年自此去，舊國復爲鄰。
23	緱氏韋明府廳	貴邑清風滿，誰同上宰心。 杉松出郭外，雨電下嵩陰。 度雁方離疊，來僧始別岑。 西池月纔迴，會接一宵吟。
24	送朱慶餘	野客行無定，全家在浦東。 寄眠僧閣靜，贈別橐金空。 舊里千山隔，歸舟百計同。 藥資如有分，相約老吳中。
25	宿開元寺樓	西峰殘日落，誰見寂寥心。 孤枕客眠久，兩廊僧話深。 寒扉關雨氣，風葉隱鐘音。 此愛東樓望，仍期別夜尋。
26	送僧還南岳	辭僧下水柵，因夢嶽鐘聲。 遠路獨歸寺，幾時重到城。 風高寒葉落，雨絕夜堂清。 自說深居後，鄰州亦不行。
27	秋思	楊柳已秋思，楚田仍刈禾。 歸心病起切，敗葉夜來多。 細雨城蟬噪，殘陽嶠客過。 舊山餘業在，杳隔洞庭波。
28	旅情	黃葉下階頻，徐徐起病身。 殘秋螢出盡，獨夜雁來新。 別業去千里，舊鄉空四鄰。 孤舟尋幾度，又識岳陽人。
29	送靈應禪師	寒天仍遠去，離寺雪霏霏。 古跡曾重到，生涯不暫歸。 坐禪山店暝，補衲夜燈微。 巡禮何時住，相逢的是稀。

30	送陸判官防秋	匹馬無窮地，三年逐大軍。 算程淮邑遠，起帳夕陽曛。 瀑浪行時漱，邊笳語次聞。 要傳書札去，應到磧東雲。
31	山居秋思	一從雲水住，曾不下西岑。 落木孤猿在，秋庭積霧深。 泉流通井脈，蟲響出牆陰。 夜靜溪聲徹，寒燈尚獨吟。
32	贈皎然上人	竹庭瓶水新，深稱北窗人。 講罷見黃葉，詩成尋舊鄰。 錫陰迷坐石，池影露齋身。 苦作南行約，勞生始問津。
33	春日山居寄友人	春居無俗喧，時立澗前村。 路遠少來客，山深多過猿。 帶巖松色老，臨水杏花繁。 除憶文流外，何人更可言。
34	留別南徐故人	三年蒙見待，此夕是前程。 未斷卻來約，且伸臨去情。 潮迴灘鳥下，月上客船明。 他日南徐道，緣君又重行。
35	送僧歸江南	洗足北林去，遠途今已分。 麻衣行嶽色，竹杖帶湘雲。 飢鼠緣危壁，寒狸出壞墳。 前峰一聲磬，此夕不同聞。
36	早春越中留故人	此行經歲近，唯約半年迴。 野渡人初過，前山雲未開。 雁群逢曉斷，林色映川來。 清夜蘆中客，嚴家舊釣臺。
37	送友人	彈琴多去情，浮楫背潮行。 人望豐墻宿，蟲依蠹木鳴。 檣煙離浦色，蘆雨入船聲。 如疾登雲路，憑君寄此生。
38	春日重到王依村居	野煙居舍在，曾約此重過。 久雨初招客，新田未種禾。 夜蟲鳴井浪，春鳥宿庭柯。 莫為兒孫役，餘生能幾何。
39	入靜隱寺途中作	亂雲迷遠寺，入路認青松。 鳥道緣巢影，僧鞋印雪蹤。 草煙連野燒，溪霧隔霜鐘。 更遇樵人問，猶言過數峰。

40	送楊嶽歸巴陵	何處得鄉信，告行當雨天。 人離京口日，潮送岳陽船。 孤鳥背林色，遠帆開浦煙。 悲君惟此別，不肯話迴年。
41	贈朱慶餘校書	風泉盡結冰，寒夢徹西陵。 越信楚城得，遠懷中夜興。 樹停沙島鶴，茶會石橋僧。 寺閣連官舍，行吟過幾層。
42	逢播公	帶病希相見，西城早晚來。 衲衣風壞帛，香印雨霑灰。 坐久鐘聲盡，談餘嶽影迴。 卻思同宿夜，高枕說天台。
43	尋北岡韓處士	相過值早涼，松帚掃山牀。 坐石泉痕黑，登城蘚色黃。 逆風沉寺磬，初日曬鄰桑。 幾處逢僧說，期來宿北岡。
44	哭閑霄上人	林逕西風急，松枝講鈔餘。 凍髭亡夜剃，遺偈病時書。 地燥焚身後，堂空著影初。 弔來頻落淚，曾憶到吾廬。
45	城中秋作	已落關東葉，空懸浙右心。 寒燈隨故病，伏雨接秋霖。 客話曾誰和，蟲聲少我吟。 蒹葭半波水，夜夜宿邊禽。
46	玉芝觀王道士	四面杉蘿合，空堂畫老仙。 蠱根停雪水，曲角積茶煙。 道至心機盡，宵晴瑟韻全。 暫來還又去，未得坐經年。
47	出關後寄賈島	故國知何處，西風已度關。 歸人值落葉，遠路入寒山。 多難喜相識，久貧寧自閒。 唯將往來信，遙慰別離顏。
48	題畫公院	叢木開風逕，過從白晝寒。 舍深原草合，茶疾竹薪乾。 夕雨生眠興，禪心少話端。 頻來覺無事，盡日坐相看。
49	京口贈崔固	積雨晴時近，西風葉滿泉。 相逢嵩嶽客，共聽楚城蟬。 宿館橫秋島，歸帆漲遠田。 別多還寂寞，不似剡中年。

50	書實上人房	絕頂言無伴，長懷剃髮師。 禪中燈落燼，講次柏生枝。 沙井泉澄疾，秋鐘韻盡遲。 里閭還受請，空有向南期。
51	送張諲之睦州	遙憶新安舊，扁舟往復還。 淺深看水石，來往逐雲山。 到縣餘花在，過門五柳開。 東征隨子去，俱隱薜蘿間。
52	贈王道士	藥力資蒼鬢，應非舊日身。 一為嵩嶽客，幾葬洛陽人。 石縫瓢探水，雲根斧斫薪。 關西來往路，誰得水銀銀。
53	冬日山居思鄉	大野始嚴凝，雲天曉色澄。 樹寒稀宿鳥，山迥少來僧。 背日收窗雪，開爐釋硯冰。 忽然歸故國，孤想寓西陵。
54	如空上人移居大雲寺	竹溪人請住，何日向中峯。 瓦舍山情少，齋身疾色濃。 夏高移坐次，菊淺露行蹤。 來往溢城下，三年兩度逢。
55	送幻群法師	北京一別後，吳楚幾聽砧。 住久白髮出，講長枯葉深。 香連鄰舍像，磬徹遠巢禽。 寂默應關道，何人見此心。
56	春喜友人至山舍	鳥鳴春日曉，喜見竹門開。 路自高巖出，人騎大馬來。 折花林影斷，移石洞陰迴。 更欲留深語，重城暮色催。
57	春日重至南徐舊居	綠水陰空院，春深喜再來。 獨眠從草長，留酒看花開。 過雨遠山出，向風孤鳥迴。 忽思秋夕事，雲物卻悠哉。
58	早秋過郭涯書堂	暑消岡舍清，閒語有餘情。 澗水生茶味，松風滅扇聲。 遠分臨海雨，靜覺掩山城。 此地秋吟苦，時來繞菊行。
59	長安送人	上國多離別，年年渭水濱。 空將未歸意，說向欲行人。 雁度池塘月，山連井邑春。 臨岐惜分手，日暮一霑巾。

60	寄寧海李明府	山縣風光異，公門水石清。 一官居外府，幾載別東京。 故疾梅天發，新詩雪夜成。 家貧思減選，時靜憶歸耕。 把疏尋書義，澄心得獄情。 夢靈邀客解，劍古揀人呈。 守月通宵坐，尋花迴路行。 從來愛知道，何慮白髭生。
61	投江州張郎中	要地無閒日，仍容冒謁頻。 借山年涉閏，寢郡月逾旬。 驛徑曾衝雪，方泉省滌塵。 隨行溪路細，接話草堂新。 減藥痊餘癖，飛書苦問貧。 噪蟬離宿殼，吟客寄秋身。 鍊句貽箱篋，懸圖見蜀岷。 使君匡嶽近，終作社中人。
62	晚題江館	病寄曲江居帶城，傍門孤柳一蟬鳴。 澄波月上見魚擲，晚徑葉多聞犬行。 越島夜無侵閣色，寺鐘涼有隔原聲。 故園盡賣休官去，潮水秋來空自平。
63	秋晚歸廬山留別道友	病起陵陽思翠微，秋風動後著行衣。 月生石齒人同見，霜落木梢愁獨歸。 已許衲僧修靜社，便將樵叟對閒扉。 不嫌舊隱相隨去，廬岳臨天好息機。
64	同徐處士秋懷少室舊居	曾居少室黃河畔，秋夢長懸未得回。 扶病半年離水石，思歸一夜隔風雷。 荒齋幾遇僧眠後，晚菊頻經鹿踏來。 燈下此心誰共說，傍松幽徑已多栽。
65	贈神邁上人	草履蒲團山意存，坐看庭木長桐孫。 行齋罷講仍香氣，布褐離牀帶雨痕。 夏滿尋醫還出寺，晴來曬疏暫開門。 道情淡薄閒愁盡，霜色何因入鬢根。
66	贈道人	布褐高眠石竇春，逬泉多濺黑紗巾。 搖頭說易當朝客，落手圍棋對俗人。 自算天年窮甲子，誰同雨夜守庚申。 擬歸太華何時去，他日相尋乞藥銀。
67	贈屬玄侍御	山松徑與瀑泉通，巾舄行吟想越中。 塞雁去經華頂末，鄉僧來自海濤東。 關分河漢秋鐘絕，露滴獼猴夜嶽空。 抱疾因尋周柱史，杜陵寒葉落無窮。

68	送韓評事	門枕平湖秋景好，水煙松色遠相依。 罷官餘俸租田種，送客回舟載石歸。 離岸游魚逢浪返，望巢寒鳥逆風飛。 嵩陽舊隱多時別，閉目閒吟憶翠微。
69	宿隱靜寺上人	一宿五峰杯度寺，虛廊中夜磬聲分。 疏林未落上方月，深澗忽生平地雲。 幽鳥背泉棲靜境，遠人當燭想遺文。 暫來此地歇勞足，望斷故山滄海濆。
70	寄新頭陀	見說北京尋祖後，瓶盂自挈繞窮邊。 相逢竹塢晦暝夜，一別苕溪多少年。 遠洞省穿湖底過，斷崖曾向壁中禪。 青城不得師同住，坐想滄江憶浩然。
71	湘漢旅懷翁傑	一宿空江聽急流，仍同賈客坐歸舟。 遠書來隔巴陵雨，衰鬢去經彭蠡秋。 不擬為身謀舊業，終期斷穀隱高丘。 吾宗尙無慄慘者，中夜閒吟生旅愁。
72	寄韓司兵	多病十年無舊識，滄州亂後只逢君。 已知罷秩辭瀧水，相勸移家近岳雲。 泗上旅帆侵疊浪，雪中歸路踏荒墳。 若為此別終期老，書札何因寄北軍。
73	寺居寄楊侍御	雨過北林空晚涼，院閒人去掩斜陽。 十年多病度落葉，萬里亂愁生夜牀。 終欲返耕甘性拙，久慚他事與身忙。 還知謝客名先重，肯為詩篇問楚狂。
74	上陝府姚中丞	此心長愛狎禽魚，仍候登封獨著書。 領郡只嫌生藥少，在官長恨與山疏。 成家盡是經綸後，得句應多諫諍餘。 見說養眞求退靜，溪南泉石許同居。
75	贈僧	藩府十年為律業，南朝本寺往來新。 辭歸幾別深山客，赴請多從遠處人。 松吹入堂資講力，野蔬供飯爽禪身。 他年更息登壇計，應與雲泉作四鄰。
76	送石協律歸吳	僧窗夢後憶歸耕，水涉應多半月程。 幕府罷來無藥價，紗巾帶去有山情。 夜隨淨渚離蛩語，早過寒潮背井行。 已讓辟書稱抱疾，滄洲便許白髭生。
77	寄金陵僧	水石致身閒自得，平雲竹閣少炎蒸。 齋牀幾減供禽食，禪徑寒通照像燈。 覓句當秋山落葉，臨書近臘硯生冰。 行登總到諸山寺，坐聽蟬聲滿四稜。

78	送忍禪師歸廬嶽	浪匝溢城岳壁青，白頭僧去掃禪局。 竈燈度雪補殘衲，山日上軒看舊經。 泉水帶冰寒溜澀，薜蘿新雨曙煙腥。 已知身事非吾道，甘臥荒齋竹滿庭。
79	贈姚合郎中	望重來爲守土臣，清高還似武功貧。 道從會解唯求靜，詩造玄微不趁新。 玉帛已知難撓思，雲泉終是得閒身。 兩衙向後長無事，門館多逢請益人。
80	宿李主簿	獨樹倚亭新月入，城牆四面鎖山多。 去年今夜還來此，坐見西風裏鵲窠。
81	寄潘緯	楊柳垂絲與地連，歸來一醉向溪邊。 相逢頭白莫惆悵，世上無人長少年。
82	潯陽與孫郎中宴迴	別酒已酣春漏前，他人扶上北歸船。 潯陽渡口月未上，漁火照江仍獨眠。
83	送宗禪師	衡陽到卻十三春，行腳同來有幾人。 老大又思歸嶽裡，當時來漆祖師身。
84	送僧	草履初登南客船，銅瓶猶貯北山泉。 衡陽舊寺秋歸去，門鎖寒潭幾樹蟬。
85	送蜀僧	萬里獨行無弟子，惟齎筇竹與檀龕。 看經更向吳中老，應是山川似劍南。
86	過僧竹院	一生愛竹自未有，每到此房歸不能。 高人留宿話禪後，寂寞雨堂空夜燈。
87	憶潯陽舊居兼感長孫郎中	潯陽卻到是何日，此地今無舊使君。 長憶窮冬宿廬嶽，瀑泉冰折共僧聞。
88	送郭秀才歸金陵	夏後客堂黃葉多，又懷家國起悲歌。 酒前欲別語難盡，雲際相思心若何。 鳥下獨山秋寺磬，人隨大舸晚江波。 南徐舊業幾時到，門掩殘陽積翠蘿。
89	宿李樞書齋	小齋經暮雨，四面絕纖埃。 眠客聞風覺，飛蟲入燭來。 夜涼書讀遍，月正戶全開。 住遠稀相見，留連宿始迴。
90	杪秋登江樓	平楚起寒色，長沙猶未還。 世情何處淡，湘水向人閒。 空翠隱高鳥，夕陽歸遠山。 孤雲萬餘里，惆悵洞庭間。
91	秋宿洞庭	洞庭初葉下，旅客不勝愁。 明月天涯夜，青山江上秋。 一官成白首，萬里寄滄洲。 只被浮名繫，寧無愧海鷗。

92	重陽	雲木疏黃秋滿川，茱萸風裡一樽前。 幾回爲客逢佳節，曾見何人再少年。 霜報征衣冷針指，雁驚幽隱泣雲泉。 古來醉樂皆難得，留取窮通委上天。
93	送李億東歸	黃山遠隔秦樹，紫禁斜通渭城。 別路青青柳發，前溪漠漠花生。 和風澹蕩歸客，落日殷勤早鶯。 灞上金樽未飲，譙歌已有餘聲。
增訂全唐詩 94	贈盧長史	地深新事少，官散故鄉疏。
增訂全唐詩 95	游南唐寄王知白	楚水晚涼催客早，杜陵秋思傍蟬多。

附錄三：《周賀詩集》（宋臨安府陳宅書籍鋪刻本《周賀詩集》凡七十七首）

宋版本序號	宋 版 本 詩 題	宋 版 本 內 文
1	留辭杭州姚合郎中	波濤千里隔，抱疾亦相尋。 會宿逢高燒，辭歸值積霖。 叢桑山店迥，孤燭海船深。 尚有重來約，知無省閣心。
2	酬吳之問見贈	已當鳴鴈夜，多事不同居。 故疾離城晚，秋霖見月疏。 趁風開靜戶，帶葉卷閑書。 盥漿期南去，荒園久廢鋤。
3	寄姚合郎中	轉刺名山郡，連年別省曹。 分題得客少，著價買書高。 晚柳蟬和角，寒城燭照濤。 鄞溪臥疾者，未獲後乘騷。
4	送分定歸靈夏	南遊多夏疾，見說講經稀。 塞寺幾僧在，關城空自歸。 帶河衰草斷，映日旱沙飛。 却到禪齋後，邊軍識衲衣。
5	與崔弇話別	歸思緣平澤，幽齋夜話遲。 人尋馮翊去，草向建康衰。 雨雪生中路，干戈阻後期。 幾年方見面，應是鑷蒼髭。
6	送康紹歸建業	南朝秋色滿，君去意如何。 帝業空城在，民田壞塚多。 月圓臺獨上，栗綻寺頻過。 離下西江水，相思見白波。
7	再過王輅原居納涼	夏天多憶此，早晚得秋分。 舊月來還見，新蟬坐忽聞。 扇風調病葉，溝水隔殘雲。 別有微涼處，從容不似君。
8	同朱慶餘宿翊西上人房	溪僧還共謁，相與坐中天。 屋雪凌高燭，山茶稱遠泉。 夜清更徹寺，空闊鴈衝天。 莫悵多時話，重來又隔年。
9	送耿山人歸湖南	南行隨越僧，別業幾池菱。 兩鬢已垂白，五湖歸挂罾。 夜濤鳴柵鏁，寒葦露船燈。 此去已無事，却來知不能。

10	送省已上人歸太原	惜別聽邊漏，窗燈落燼重。 寒僧迴絕塞，夕雪下窮冬。 出定聞殘角，休兵見壞鋒。 何年更來此，老却倚堦松。
11	寄寧海李明府	山縣風光異，公門水石清。 一官居外府，幾載別東京。 故疾梅天發，新詩雪夜明。 家貧思減選，時靜憶歸耕。 抱跡窮書義，澄心得獄情。 夢靈邀客解，劍古揀人呈。 守月通宵坐，尋花迥路行。 從來愛知道，何慮白髭生。
12	宿招山晝公禪堂	從作兩河客，別離經半年。 却來峯頂宿，知廢井南禪。 積靄沉斜月，孤燈照落泉。 何當閑事盡，相伴老溪邊。
13	相次尋舉客寄住人	停橈因舊識，白髮向波濤。 以我往來倦，知君耕稼勞。 渚田臨舍盡，坂路出簷高。 遊者還南去，終期伴爾曹。
14	出關寄賈島	舊鄉無子孫，誰共老青門。 迢遞早秋路，別離深夜村。 伊流背遠客，岳響苔啼猿。 去後期招隱，何當復此言。
15	暮冬長安旅舍	湖外誰相識，思歸日日頻。 遍尋新住客，少見故鄉人。 失計空知命，勞生恥爲身。 惟看洞庭樹，即是舊山春。
16	贈胡僧	瘦形無血色，草履著行穿。 閑話似持呪，不眠同坐禪。 背經來漢地，祖膊過多天。 情性人難會，遊方應信緣。
17	贈李主簿	稅時兼主印，每日得閑稀。 對酒妨科吏，爲官亦典衣。 案遲吟坐待，宅近步行歸。 見說偏論道，應愁判是非。
18	休粮僧	一齋難過日，況是更休粮。 養力時行道，聞鍾不上堂。 唯留溫藥火，未寫化金方。 舊有山厨在，從僧請作房。

19	懷西峯隱者	灌木藏岑色，天寒望即愁。 高齋何日去，遠瀑入城流。 臘近溪書絕，燈殘夜雪稠。 邇來相憶處，枕上苦吟休。
20	栢巖禪師	野寺絕依念，靈山會遍行。 老來披衲重，病後讀經生。 乞食嫌村遠，尋溪愛路平。 多年栢巖住，不記栢巖名。
21	旅懷	不覺月又盡，未歸還到春。 雪通廬岳夢，樹匝草堂身。 澤鴈和寒露，江槎帶遠薪。 何年自此去，舊國有爲隣。
22	緱氏韋明府廳	貴邑秋風滿，誰同上宰心。 杉松出郭外，雨電下嵩陰。 度鴈方離壘，來僧始別岑。 西池月繞迴，會接一宵吟。
23	送朱慶餘	野客行無定，全家在浦東。 寄眠僧閣靜，贈別橐金空。 舊里千山隔，歸舟百計同。 藥資如有分，相約老吳中。
24	長安送人	上國多離別，年年渭水濱。 空將未歸意，說向欲行人。 鴈度池塘月，山連井邑春。 臨分惜携手，日暮一沾巾。
25	宿開元寺樓	西峯殘日落，誰見寥寂心。 孤枕客眠久，兩廊僧話深。 寒扉開雨氣，風葉隱鍾陰。 此愛東樓望，仍期別夜尋。
26	投江州張郎中	要地無閑日，仍容冒謁頻。 借山年涉閏，寢郡月逾旬。 驛徑曾衝雪，方泉省滌塵。 隨行溪路細，接話草堂新。 減藥疹餘癖，飛書苦問貧。 噪蟬離宿殼，吟石寄秋身。 鍊句貽箱篋，懸圖見蜀岷。 使君匡嶽近，終作社中人。
27	送僧還南岳	辭僧下水棚，因夢嶽鍾聲。 遠路獨歸寺，幾時重到城。 風高寒葉落，雨絕夜堂清。 自說溪居後，隣州亦不行。

28	秋思	楊柳已秋思，楚田仍刈禾。 歸心病起切，敗葉夜來多。 細雨城蟬噪，殘陽嶠客過。 舊山餘業在，杳隔洞庭波。
29	旅情	黃葉下堦頻，徐徐起病身。 殘秋螢出盡，獨夜鴈來新。 別業去千里，舊鄉空四隣。 孤舟尋幾度，又識岳陽人。
30	送禪僧	寒天仍遠去，離寺雪霏霏。 古跡曾重到，生涯不暫歸。 坐禪幽店暝，補衲夜燈微。 巡禮何時住，相逢的是稀。
31	送防秋人	疋馬無窮地，三年逐大軍。 籌程淮邑遠，起帳夕陽曛。 疊浪行時漱，邊笳語次聞。 要傳書札去，應到磧東雲。
32	山居秋思	一從雲水住，曾不下西岑。 落木孤猿在，秋庭積葉深。 泉流通井脉，蟲響出牆陰。 夜靜溪聲徹，寒燈尙獨吟。
33	贈然上人	竹庭瓶水新，深稱北窻人。 講罷見黃葉，詩成尋舊隣。 錫陰迷坐石，池影露齋身。 苦作南行約，勞生始問津。
34	春日重至南徐舊居	綠水陰空院，春深喜再來。 獨眠從草長，留酒看花開。 過雨遠山出，向風孤鳥廻。 忽思秋夕事，雲物却悠哉。
35	春日寄友人	春居無俗喧，時立澗前村。 路遠少來客，山深多過猿。 帶巖松色老，臨水杏花繁。 除憶文流外，何人更可言。
36	送僧歸江南	洗足北林去，遠途今已分。 麻衣行嶽色，竹杖帶湘雲。 飢鼠緣危壁，寒狸出壞墳。 前峯一聲磬，此夕不同聞。
37	早春越中留故人	此行經歲近，唯約半年迴。 野渡人初過，前山雲未開。 鴈群逢燒斷，林色映川來。 清夜蘆中客，嚴家舊釣臺。

38	送友人	彈琴多去情，浮檝背潮行。 人望豐壖宿，蟲依蠹木鳴。 檣煙離浦色，蘆雨入船聲。 如疾登雲路，憑君寄此生。
39	春日重到王依村居	野煙居舍在，曾約此重過。 久雨初招客，新田未種禾。 夜蟲鳴井浪，春鳥宿庭柯。 莫爲兒孫役，餘生能幾何。
40	入靜隱寺途中作	亂雲迷遠寺，入路認青松。 鳥道緣巢影，僧鞋印雪蹤。 草煙連野燒，溪霧隔霜鍾。 更遇樵人問，猶言過數峯。
41	送楊嶽歸巴陵	何處得鄉信，告行當雨天。 人離京口日，潮送岳陽船。 孤鳥背林色，遠帆開浦煙。 悲君惟此別，不肯話廻年。
42	贈朱慶餘校書	風泉盡結冰，寒夢徹西陵。 越信楚城得，遠懷中夜興。 樹停沙島鶴，茶會石橋僧。 寺閣連官舍，行吟過幾層。
43	逢播公	帶病希相見，西城早晚來。 衲衣風壞帛，香印雨沾灰。 坐久鍾聲盡，談餘嶽影廻。 却思同宿夜，高枕說天台。
44	尋北崗韓處士	相過值早涼，松箒掃山床。 坐石泉痕黑，登城蘚色黃。 逆風沉寺磬，初日曬隣桑。 幾處逢僧說，期來宿北崗。
45	多日山居思鄉	大野始嚴凝，雲天曉色澄。 樹寒稀宿鳥，山迥少來僧。 背日收窻雪，開爐釋硯冰。 忽然歸故國，孤想寓西陵。
46	如空上人移居大雲寺	竹溪人請住，何日向中峯。 瓦舍山情少，齋身疾色濃。 夏高移坐次，菊淺露行蹤。 來往湓城下，三年兩度逢。
47	送幻法師	北京一別後，吳楚幾聽砧。 住久白髮出，講長枯葉深。 香連隣舍像，磬徹遠巢禽。 寂默應關道，何人見此心。

48	春喜友人至山舍	鳥鳴春日晚，喜見竹門開。 路自高嚴出，人騎大馬來。 折花林影斷，移石洞陰廻。 更欲留深語，重城暮色催。
49	留別南徐故人	三年蒙見待，此夕是前程。 未斷却來約，且伸臨去情。 潮廻灘鳥下，月上客船明。 他日南徐道，緣君又重行。
50	玉芝觀王道士	四面杉蘿合，空堂畫老仙。 蠹根停雪水，曲角積茶煙。 道至心機盡，宵晴瑟韻全。 暫來還又去，未得坐經年。
51	出關後寄賈島	故國知何處，西風已度關。 歸人值落葉，遠路入寒山。 多難喜相識，久貧寧自閑。 唯將往來信，遙慰別離顏。
52	題畫公院	叢木開風徑，過從白晝寒。 舍深原草合，茶疾竹薪乾。 夕雨生眠興，禪心少話端。 頻來覺無事，盡日坐相看。
53	京口贈崔固	積雨晴時近，西風葉滿泉。 相逢嵩嶽客，共聽楚城蟬。 宿館橫秋島，歸帆遠漲田。 別多還寂寞，不似剡中年。
54	書實上人房	絕頂言無伴，長懷剃髮師。 禪中燈落燼，講次柏生枝。 沙井泉澄疾，秋鍾韻盡遲。 里閭還受請，空有向南期。
55	早秋過郭涯書堂	暑銷崗舍清，閑語有餘情。 石水生茶味，松風喊扇聲。 遠分臨海雨，靜覺捫山城。 此地秋吟苦，時來遶菊行。
56	晚題江館	病寄曲江居帶城，傍門孤柳一蟬鳴。 澄江月上見魚擲，晚徑葉多聞犬行。 越島夜無侵閣色，寺鍾涼有隔原聲。 故園盡賣休官去，潮水秋來空自平。
57	同徐處士秋懷少室舊居	曾居少室黃河畔，秋夢長懸未得回。 扶病半年離水石，思歸一夜隔風雷。 荒齋幾遇僧眠後，晚菊頻經鹿踏來。 燈下此心誰共說，傍松幽徑巳多栽。

58	秋晚歸廬山留別道友	病起陵陽思翠微，秋風動後着行衣。 月生石齒人同見，霜落木梢愁獨歸。 巳許衲僧修靜社，便將樵叟對閑扉。 不嫌舊隱相隨去，廬岳臨天好息機。
59	贈神邁上人	草履蒲團山意存，坐看庭木長桐孫。 行齋罷講仍香氣，布褐離床帶雨痕。 夏滿尋醫還出寺，晴來曬疏暫開門。 道情淡薄閑愁盡，霜色何因入鬢根。
60	贈道人	布褐高眠石竇春，迸泉多濺黑紗巾。 搖頭說易當朝客，落手圍碁對俗人。 自筭天年窮甲子，誰同雨夜守庚申。 擬歸太華何時去，他日相尋乞藥銀。
61	寄新頭陀	見說北京尋祖後，瓶盂自挈遶窮邊。 相逢竹塢晦暝夜，一別茗溪多少年。 遠洞省穿湖底過，斷崖曾向壁中禪。 青城不得師同往，坐想滄江意浩然。
62	湘漢旅懷翁傑	一宿空江聽急流，仍同賈客坐歸舟。 遠書來隔巴陵雨，衰鬢去經彭蠡秋。 不擬為身謀舊業，終期斷穀隱高丘。 吾宗尚作無為者，中夜閑吟生旅愁。
63	寄韓司兵	多病十年無舊識，滄州戰後始逢君。 巳知罷秩辭瀧水，相勸移家近岳雲。 泗上旅郵侵疊浪，雪中歸路踏荒墳。 若為此別終期老，書扎何因寄北軍。
64	寺居寄楊侍御	雨過北林空晚凉，院閑人去掩斜陽。 十年多病度落葉，萬里亂愁生夜床。 終欲返耕甘性拙，久慚他事與身忙。 還知謝客名先重，肯為詩篇問楚狂。
65	贈僧	藩府十年為律業，南朝本寺往來新。 辭歸幾別深山客，赴請多從遠處人。 松吹入堂資講力，野蔬供飯爽禪身。 他年更息登壇計，應與雲泉作四鄰。
66	送石恊律歸吳	僧窻夢後憶歸耕，水涉應多半月程。 幕府罷來無樂價，紗巾戴去有山情。 夜隨淨渚離蛩語，早過寒潮背井行。 巳讓辟書稱抱疾，滄洲便許白髭生。
67	寄金陵僧	水石致身閑自得，平雲竹閣少炎蒸。 齋床幾減供禽食，禪徑寒通照像燈。 覓句當秋山半落，臨書近臘硯生冰。 行登揔到諸山寺，坐聽蟬聲滿四稜。

68	送廬岳僧	浪匝溢城岳壁青，白頭僧去掃禪扃。 龕燈度雪補殘衲，山日上軒看舊經。 泉水帶冰寒溜澁，薜蘿新雨曙煙腥。 已知身事非吾道，甘臥荒齋竹滿庭。
69	贈姚合郎中	望重來爲守土臣，清高還似武功貧。 道從會解唯求靜，詩造玄微不趁新。 玉帛已知難撓思，雲泉終是得閑身。 兩衙向後長無事，門館多逢請益人。
70	宿李主簿林亭	獨樹倚亭新月入，城牆四面鑣山多。 去年今夜還來此，坐見西風裊鵲窠。
71	潯陽與孫郎中醮廻	別酒已酣春漏前，他人扶上北歸船。 潯陽渡口月未上，漁火照江仍獨眠。
72	送宗禪師	衡陽到却十三春，行脚同來有幾人。 老大又思歸嶽裡，當時來漆祖師身。
73	送僧	草履初登南客船，銅瓶猶貯北山泉。 衡陽舊寺秋歸去，院鑣寒潭幾樹蟬。
75	寄潘緯	楊柳垂絲與地連，歸來一醉向溪邊。 相逢頭白莫惆悵，世上無人長少年。
76	哭閑霄上人	林遠西風急，松枝講鈔餘。 凍髭亡夜剃，遺偈病時書。 地燥焚身後，堂空着影初。 弔來頻落淚，曾憶到吾廬。
77	城中秋作	巳落關東葉，空懸浙右心。 寒燈隨故病，伏雨接秋霖。 客話曾誰和，蟲聲少我吟。 蒹葭半波水，夜夜宿邊禽。

附錄四：《全唐詩》周賀詩近體詩上平聲用韻一覽表

韻類	詩體篇數	七言絕句	五言律詩	七言律詩	五言排律	總　計
上平聲	一　東		1	1		2
	二　冬		3			3
	三　江					0
	四　支		2			2
	五　微		3	2		5
	六　魚		2	1		3
	七　虞					0
	八　齊					0
	九　佳					0
	十　灰		6	1		7
	十一眞	1	6	3	1	11
	十二文	1	3	2		6
	十三元		2	1		3
	十四寒		1			1
	十五刪		3			3

近體詩上平聲用韻次數由多而寡依次為：

　　眞灰文微（冬魚元刪）（東支）寒（江虞齊佳）

附錄五：《全唐詩》周賀詩近體詩下平聲用韻一覽表

韻類	詩體 篇數	七言絕句	五言律詩	七言律詩	五言排律	總 計
下平聲	一 先	3	6	2		11
	二 蕭					0
	三 肴					0
	四 豪		2			2
	五 歌	1	3	1		5
	六 麻					0
	七 陽		2	1		3
	八 庚		5	2	1	8
	九 青			1		1
	十 蒸	1	4	1		6
	十一 尤		2	1		3
	十二 侵		6			6
	十三 覃	1				1
	十四 鹽					0
	十五 咸					0

近體詩下平聲用韻次數由多而寡依次爲：

　　先庚（蒸侵）歌尤豪（青覃）（蕭肴麻鹽咸）

附錄六：《全唐詩》周賀詩意象詞分析

意象詞	出現次數	意象詞	出現次數	意象詞	出現次數	意象詞	出現次數	意象詞	出現次數	意象詞	出現次數	意象詞	出現次數
山	39	鳥	11	磬	6	霜	4	杉	2	弟	1	漁	1
夜	34	禪	11	井	5	瀑	4	足	2	杏	1	蒲	1
人	32	齋	11	冰	5	廬	4	帛	2	杖	1	蒹葭	1
客	28	地	10	池	5	鬢	4	故國	2	岸	1	樓	1
水	23	門	10	舟	5	川	3	扇	2	斧	1	潭	1
秋	23	雁	10	峰	5	冬	3	桑	2	屋	1	蔬	1
風	22	嶽	10	庭	5	印	3	紗巾	2	栗	1	鋤	1
日	21	江	9	浪	5	村	3	院	2	桐	1	鞋	1
雨	21	君	9	海	5	柏	3	馬	2	狸	1	齒	1
雲	21	眠	9	茶	5	島	3	廊	2	砧	1	壇	1
僧	20	堂	9	陰	5	郡	3	硯	2	軒	1	橋	1
城	19	居	8	鄉	5	瓶	3	階	2	帳	1	螢	1
月	18	煙	8	詩	5	魚	3	園	2	梅	1	龜	1
空	18	蟬	8	閣	5	朝	3	臺	2	鹿	1	檀	1
泉	18	鐘	8	潮	5	菊	3	劍	2	棋	1	罍	1
葉	17	夕	7	濤	5	猿	3	樵	2	猴	1	禮	1
寺	16	木	7	燭	5	履	3	牆	2	琴	1	簀	1
高	15	岳	7	蟲	5	暮	3	薜蘿	2	萍	1	鵲	1
路	15	林	7	露	5	澗	3	蘆	2	飯	1	爐	1
石	14	波	7	帆	4	髮	3	蘿	2	蛩	1	蘚	1
雪	14	舍	7	沙	4	壁	3	土	1	塘	1	鶯	1
天	13	船	7	枕	4	曉	3	戈	1	楫	1	鷗	1
書	13	樹	7	河	4	薪	3	犬	1	瑟	1		
溪	13	藥	7	洞庭	4	霧	3	仙	1	葦	1		
心	12	柳	7	面	4	口	2	兄	1	雷	1		
燈	12	田	6	夏	4	戶	2	玉	1	電	1		
竹	11	衣	6	酒	4	手	2	目	1	鼠	1		
松	11	花	6	湖	4	火	2	吏	1	塵	1		
春	11	家	6	窗	4	布褐	2	宅	1	峯	1		
草	11	徑	6	禽	4	禾	2	兵	1	驛	1		

後　記

　　時光荏苒，轉眼已從研究所畢業半年多了，憶起讀研究所時，再三思量論文題目、大綱之擬訂，著實繞了好大一圈，最後還是回到了原點。

　　本文得以完成，承蒙恩師何廣棪教授悉心指導、諄諄教誨。教授在學術上的執著及遠見，讓學生受益匪淺，且對拙文逐字斧正，使文章流暢完備。感謝教授對學生的提攜及推薦，讓論文可以獲得花木蘭出版社採用。更由於教授對學生的愛護，注意到有宋版《周賀詩集》影印出版，讓學生在出書之前，可以進一步比對宋版和《全唐詩》周賀詩篇數、文字間的差異。

　　在華梵東研所求學的二年生涯中，感謝教授們的教導，感謝同窗、好友、同事和家人在學業上互相勉勵，在生活上加油打氣，有你們在背後支持使我更能專心的投入研究。

　　這篇論文初以《全唐詩》所錄之周賀詩 93 首為研究基礎，在蒐集、分析至整理資料的階段時，曾經一度想打退堂鼓，因周賀之生平未見於正史，無從考核，僅有《唐詩紀事》、《郡齋讀書志》和《唐才子傳》有較多著墨，故下筆誠惶誠恐，深怕有所差池。在時空背景方面，參酌各家史籍，因史學非我所深研，彙整書寫費時費力，只能求其梗概，恐亦難以周全；在生平方面，以徐文明先生所考證之皎然上人生卒年代來推敲周賀應生於貞元初，但其卒年則無從考得，遊蹤以其詩中所提及之地點配合書上記載之生平互為印證，交遊則考其寄贈、送別詩之對象，可知其交遊廣泛，但遲至今日能考得者寥寥無幾，文中以可考證者優先，絕大多數僅能以詩為憑；在題材類型方面，將其詩淺略區分，但未盡周延，因同一首詩可能同時符合不同題材類型，但透過分類可對其詩有較完整之認識；在寫作風格方面，分析、歸納聲律用韻

是較省力的，因其用韻中規中矩、合乎標準；但統計、舉例說明意象塑造和藝術風格則用心費力的，因不同之意象塑造連帶影響藝術風格，故大致可歸納出其閒靜平淡、清奇雅正、寒狹僻苦三種風格，但亦未能詳盡畫分。

　　前些日子拜訪恩師何廣棪教授，得知另有一冊由北京圖書館出版之宋臨安府陳宅書籍鋪刻本《周賀詩集》，因此特電至北京攻讀博士之同窗劉楚妍購得乙冊。經比對《全唐詩》後，發現二者在詩題及少數詩句上有所出入；惟《周賀詩集》之詩僅有 77 首，即據此於各章之註解中加以補說，並增訂論文不足之處，另立附錄三以詳其書全貌。

　　「文章千古事，得失寸心知。」，才疏學淺之我，竭盡所能完成這篇論文，深有疏漏仍多，敬請讀者諸君不吝指正。

2008 年 11 月　楊婷鈞撰於桃園龍潭

蘇曼殊詩析論

顧蕙倩　著

作者簡介

　　顧蕙倩，國立師範大學國文系畢業、淡江大學中文研究所碩士，佛光大學文學系博士。大學時期參與師大「噴泉」以及「地平線」詩社。曾任迴聲雜誌採訪編輯、中央日報副刊編輯、新觀念雜誌特約採訪編輯、國立台灣藝術大學兼任講師，現任國立師大附中國文科教師，兼任銘傳大學應用中文系教師。

　　文學作品曾獲師大噴泉詩獎、台北詩人節新詩即席創作首獎。

　　出版有劇本《追風少年》（1995．正中書局），散文集《漸漸消失的航道》（2001．健行文化）、《幸福限時批》（2007．唐山出版社），詩散文合集《傾斜／人間的喜劇》（2007．唐山出版社），論文集《蘇曼殊詩析論》（2009．花木蘭出版社）、《台灣現代詩的浪漫特質》（2009．佛光大學）等。

提　　要

　　蘇曼殊，他的個人生命與文學生命充滿多姿多來的獨特風格。身處於西方思潮與傳統文化猛力沖擊的時代，曼殊必然歷經許多掙扎與反省的過程。而此時，也是傳統詩發展為白話詩的重要過渡階段，作為此文學發展史上的重要詩人，曼殊在詩中記載下他在傳統習得的養分，以及試圖突破傳統語言束縛，自成境界、獨具新意的成績。因此，蘇曼殊實在是值得從事中國文學研究的人去深入發掘、探索。

　　本諸文共分結為、本論五章與結論，計約十萬字。首章緒論概言蘇曼殊詩的研究動機、現況、方法與架構。第二章則分別說清末民初的政治思潮、思想文化、社會環境及文學潮流諸方面加以論述。蓋時代背景是影響作品風格的關鍵之一，掌握時代的脈動，便能進一步了解詩人生命與作品的內涵。第三章由曼殊的童年、學習歷程、性情氣質各方面，試圖進入曼殊的內在生命，以呈現其多樣化的人格特質。論文的後半部，則是進入文學作品的內在研究，第四、五章分別探討蘇曼殊詩的語言與內容，這兩章的援例舉證，正可以呈現他在藝術與人生中的掙扎痕跡。第六章結合前面有關蘇曼殊的外緣、內在研究成果，從整體詩作歸納其詩的風格。最末一章結論，則是將其詩納入當時歷史、文學的演進歷程及其整體生命中，來評價曼殊及其詩的地位，以彰顯本論文研究的價值。

　　耐人尋味的文學作品能呈現出歷史環境的真象，而我們從蘇曼殊的詩歌中，不僅可以探尋到清末民初新舊衝突的痕跡，藉此更可以體會到一位知識份子憂心國事而徬徨無助的高貴心靈。曼殊的生命與詩歌，著實令人感動。

第一章　緒　論

第一節　蘇曼殊詩的研究動機

　　蘇曼殊，光緒十年（1884）中法戰爭進行時，生於日本；民國七年（1918）五四運動風起雲湧的前夕，他匆匆結束生命。短暫的三十四年歲月，相較於清末民初如許波瀾壯闊的歷史進程，或許渺小如浪花，但是蘇曼殊，他的個人生命與文學生命充滿多姿多采的獨特風格。假如以時代縱橫交錯的觀點來考察蘇曼殊，我們會發現：在縱方面函，不論是他的生命存在形態、或是文學的創作思維模式，都直接或間接的存有傳統的因子。也就是說，身處於西方思潮猛力沖擊的時代，曼殊對於傳統的承繼，必然歷經掙扎與反省的過程。

　　其次，在橫的方面，清末民初的時代特徵，便是政治社會的動盪不安、知識界的百花齊放、文學界的多姿多采。蘇曼殊對於西方文化的翻譯、引介，可以說頗見積極，他精通中、英、梵、日、法五種語言，也在西方文化中吸取養分。當時的知識份子若無法同時深入中國傳統的典籍與西方思潮，便容易造成思想的偏執而昧於一方，曼殊能在繼承傳統之餘，向西方及同時代的思維發展進行吸收、反省，形成了曼殊生命類型及文學風格的豐富性、矛盾性。

　　曼殊的個人生命與新生存的時代真是休戚相關，我們可以說，曼殊的生命是隨著時代的演變而發展生活的。因此，從曼殊的生命中，我們可以考察到整個晚清民初的大環境。而這也就是曼殊個人生命的存在亟待探索的原因。

　　曼殊在極有限的人生之中，以獨特的方式，為時代貢獻思想見識、行動

實踐。他年少出家爲僧，卻無法忘情紅塵；他積極投入革命組織、慷慨直言對抗當權，卻也對革命的遠景悲觀過、對生命的存在否定過。他的生命歷程，實實在在地反映出當時知識份子爲家國痛楚、矛盾的高貴心靈。

而晚清以降，也是傳統詩發展爲白話詩的重要過渡階段。〔註1〕詩在傳統中國，一直是文學表現的重要方式之一，隨著時代的改變，詩人對詩的形式、內容要求，正邁向一個嶄新的視野。這其中包括了詩歌文字的口語化、詩與政治宣傳的結合等時代聲音。所以，晚清的傳統詩，雖然是古典詩的結束，但並不是一個衰微的尾聲，而是肩負著承先與啓後的雙重意義，可以說是中國文學史上重要的里程碑。作爲此文學發展史上重要詩人之一，曼殊也有很精采的表現。在他的詩中，記載下他在傳統習得的養分，以及試圖突破傳統語言束縛，自成境界、獨具新意的成績。因此，蘇曼殊實在是值得從事中國文學研究者深入發掘探索。

第二節　蘇晏殊研究的現況

柳無忌先生在《蘇曼殊研究的三個階段》〔註2〕文中指出，蘇曼殊的研究工作自 1980 年起，已進入了第三階設。第一階段的學者主要著力研究曼殊的身世、血統的確認、年譜的修正與作品的匯整搜集，重要的成果有柳亞子的《蘇曼殊年譜及其他》（1927），《曼殊全集》五冊（1928～1929）、《蘇曼殊傳略》與《重訂蘇曼殊年表》（1933）等。

第二階設的蘇曼殊研究（1960～1957）從國內發展到英、美、日本等國，不少國外學者非常重視，紛紛投入研究的行列。日人研究者有增田涉、米澤秀夫、池田孝、村上知行、飯塚朗諸人；英人麥克阿萊維撰寫英文本《蘇曼殊：一位中、日天才》；柳無忌也在美國撰寫了英文本《蘇曼殊傳》、編輯《曼殊大師紀念集》等。

在 1980 年代開始了蘇曼殊研究的第三階段，這個階段的研究工作，主要在於以客觀的態度、批判的眼光，評論曼殊的著作、翻譯，從而爲他在文學上的貢獻、地位，作出深刻的評估。到目前爲止，大陸方面有施蟄存、劉斯

〔註1〕見司馬長風《中國新文學史》（台北：駱駝，民國 76 年），頁 16。

〔註2〕以下參考柳無忌《從磨劍室到燕子龕》（台北：時報，民國 75 年），頁 176～195。

奮、馬以君曾編註曼殊的詩集、曾德珪編注曼殊的詩歌雜文、裴效維校點《蘇曼殊小說詩歌集》、馬以君以西方批評理論論述曼殊的文章、人格，合集爲《蘇曼殊析論》等。而台灣方面，則較爲零散、除少數單篇論文外，另有林佩芬、劉心皇、唐潤鈿等爲曼殊成書立傳。

　　第三階段的研究是基於一、二階段的研究成果上，加以超越，其中有融合西方心理學、社會學、美學等批評理論，評論曼殊的悲劇意識、文化衝突、人格矛盾、作品主題等內在的探索、開闊了研究的角度與方法，更深化曼殊作品、生命的內在意涵。然而綜觀目前研究曼殊詩歌的成果，仍普遍呈現出支節、零散的論述方式，有的研究者將作品的形式與內容截然劃分，一味以西方理論爲架構，而跳脫出曼殊創作的媒介——語言，反以個人主觀的臆測爲憑；而有的研究者仍徘徊在外緣身世、時代的分析上，對作品的核心卻不去觸及，只作印象式的批評。在這種情況下，曼殊的詩歌價值，因而無法呈顯出來。總之，曼殊的詩歌研究現況，頗有值得突破之處，亟須超越過去的研究途徑，以完整、富邏輯性的文學研究架構、對曼殊的作品進行主觀、客觀兼其的分析與整合，以求呈現全面而正確的認識。

第三節　研究的方法與架構

　　本論文研究蘇曼殊詩所採取的方法，其基於下述的觀念研建立而成的：文學研究的方法大致可以歸納爲兩類，一是文學作品的內在研究（intrinsic study），一是文學作品的外緣研究（extrinsic study）。〔註3〕文學作品的內在研究，主要是把重點放在作品的本身，分析作品的形式、內容，旨在於研究作品的題材選擇、語言表現、主題與境界的呈現等。如果我們要對詩歌作藝術價值的判斷，必須同時兼顧到語言的表層與意涵的內層。至於作品的外緣研究，則是集中於作品外在關係的探討上，這其中包括了作者存在的歷史、文化、及作者的身世、交遊、學習、性情等範疇。

　　本論文便是先由曼殊詩歌的外緣研究著手，逐章討論曼殊的時代背景、人格形成的因素及特質；下來則是進入曼殊詩歌作品的內在研究，分別就曼殊詩的語言、內容、風格等主題加以分析。風格是「作家使用文字的一種特

〔註3〕R. Wellek & A. Warren 的《Theory of Literature》一書即將文學的研究如此區分。見王夢鷗、許國衡《文學論》（台北：志文，1980）。

殊方式，不僅可顯示他的詞彙和修辭傾向，同時亦可表露他的內在人格。」，
〔註4〕經由曼殊的時代、人格、詩歌藝術性諸方面的著手，方能全面透視曼殊
詩歌的獨特風格。最後一章是爲總結，綜合以上各類研究討論的結果，而作
成的結論，評定曼殊其人、其詩的存在價值與歷史定位。

〔註 4〕 見 W. L. G.等著《文學欣賞與批評》（徐進夫譯，台北：幼獅，77 年 3 月 11
版），頁 260。

第二章　蘇曼殊的時代背景

在既有的文學現象中，社會都佔有一個不可或缺的地位。在文學產生之先，社會早已存在，作者無可避免地要生活在社會裡，爲社會所制約、限制、影響；作家總是努力反映它、解釋它、表達它，甚至於設法改變它。我們也可以在文學作品中看到「社會」的存在蹤跡。。〔註1〕

蘇曼殊生在晚清，這是一個新舊交替、內憂外患頻仍的關口。從道光二十年（1840）的中英鴉片戰爭嚴重失利之後，中國便開始了前所未有的歷史大變局。曾經引以爲豪的五千年文化，在西方帝國主義的船堅炮利蹂躪下，一點點地在中國人心靈中瓦解。這「三千餘年來未之有也」的中國情節，身在其間的蘇曼殊，和當時的知識份子一樣，他憂心國事，以自己的方式投身革命，爲時代思索出路；他在傳統禮教與個人主義的道路上反覆掙扎，我們可以說，是這個時代塑造了他，也可以從他身上看到這個時代的狀況。

第一節　政治思潮的動向不定

清朝末年的政治思想，基本上是由洋務論、變法論及革命論等三個階設爲主軸而形成的。〔註2〕洋務論的特色是在於輸人西洋的機器，以謀求中國的自強，其目的乃是承認「夷」之長處，並師夷學，藉充實軍備以圖謀自強。

〔註 1〕　見何金蘭《文學社會學》（台北：桂冠，民國 78 年），頁 2。
〔註 2〕　見林明德、黃福慶合譯小野川秀美著《晚清政治思想研究》原序（台北：時報，民國 74 年 11 月 2 版），頁 1。

而以魏源的「海國圖志」爲代表。〔註3〕在這本書發刊之初，幾乎爲一般讀書人所忽略，及至太平軍之說（1850～1864）及亞羅船事件（1858）的發生爲契機，而受到重視。前者使曾國藩、李鴻章、左宗棠等留意洋務，而後者則是直接震撼北京的主因。自光緒十一年（1885）中法戰爭以後，鐵路及其他各項洋務才引起了清朝的關心，洋務日益高漲，除了李鴻章的北洋海軍以開礦及鐵路作爲兩翼以外，張之洞在武漢方面也積極推展洋務工作。〔註4〕

到了後期，從洋務分出了兩個方向，探討西學的內容從機器逐漸轉變爲制度。而對於古代的檢討，則孔孟之教與西學之間已發生緊密性，於是乃有清末變法論的成立。清末的政治思想從洋務論轉爲變法論，一般都認爲是以甲午戰爭（1894～1895）爲轉變。自甲午戰爭以後，識者之間已多認清以機器爲中心的洋務不能自強，而主張自強的根本，在於制度的改革，〔註5〕他們由西洋政體與中國傳統政治思想中企圖超越的改革思想，無非是在於爲「內政」思圖自強。

變法論者從經書及諸子中探求「軍備爲末，內改爲本」、「君民一體、上下一心」的政治態度，而且對於西政也是從這個觀點上去注意的。他們認爲講求西政，必須將本源溯至古代、並求其合致之跡。然而無論如何，變法論者的前提仍是在肯定清朝，依然設有踰越「君民合治，滿漢不分」的範圍。

而「革命論」乃是以「排滿」爲第一前提，除了以消除專制政權之外，更要革掉滿清王朝的君權命脈。洋務論、變法論的付諸實行是於內政、外交、國防上輸入西方思想、技術，而以孫中山先生爲首的「革命論」，則是以實際的革命行動，包括起義、設立革命組織、辦機關報紙刊物等來達成。經過十次革命，至辛亥革命起義成功，成立亞洲第一個民主共和政體——中華民國以來，革命派內部雖然也發生對立，彼此之間的意見縱然也有相左，然而自晚清以來，革命論終成爲時代潮流的先鋒，改變了中國五千年的專制君主政體，使中國的傳統政治、社會產生了極大的變局。

然而眞正的革命是永無止境的，民國以後，中國又再次遭遇西方政治制度與中國社會型態的差距問題。知識分子的思想與作爲，勢必受到如許強烈的政治思潮衝突的影響。而蘇曼殊，在投身革命行列、接觸西方文化、主張

〔註3〕同上，頁2。
〔註4〕見張玉法《中國近代現代史》（台北：東華，民國73年7月6版），頁126。
〔註5〕同註2，頁49。

「無政府主義」，〔註6〕對革命產生消極的思想這一連串的歷程，充滿了矛盾與變數，無非是當時政治思潮交相衝擊而產生的典型知識份子。

第二節　思想文化的「求變」與「拒變」

基本上，晚清的思想文化，是呈現著二元化的文化趨勢。我們可以說，晚清思想是受到「西方」與「傳統」的兩方衝擊，也可以說，晚清，是一段化合成新觀念、新思潮的一段歷史。〔註7〕在一八九五年之前，由於晚清社會並存著兩種經濟型態：「通外商埠」的現代型經濟，和內陸的傳統型經濟。也可以說，當時的中國文化思想有著類似的現象；一方面是受到西方文化影響的「混血文化」，另一方面是「傳統文化」。〔註8〕這種二元性的趨勢，到一八九五年以後開始有了極大的轉變。「西學」的輸入由開始零星的引介，逐漸在知識份子之間廣泛地流傳。而更重要的是，在思想內容上也起了激烈的變化。「西學」已蔚為一股洪流，正激烈地撼動著傳統儒家在中國新建立的社會倫理基礎，為五千年來的禮教、思想文化、甚至是「人格」的自覺提供了諸多的懷疑空間。〔註9〕但實際上，「傳統」一如「人格」一般，不可能一下子連根拔起，「傳統」，尤其五千年的延續，具有其複雜位和發展性。從歷史的脈絡來看，十九世紀到二十世紀中國變局的重要契機，確實是由於「西風」的激盪，使得世變日亟，但我們須知，大至一個社會的思想結構，小至一個人的文化意識，其間的變化，不但要經過長久的時間過程，也須有適當的社會經濟基礎才能生根。〔註10〕

梁啓超曰：

> 因政治的劇變，釀成思想的劇變，又因思想的劇變，致釀成政治的劇變，前波後波展轉推盪，至今日而未已。〔註11〕

〔註6〕曼殊有一篇雜文〈女傑郭耳縵〉（1903年）郭耳縵生於俄國，後至美國投身鼓吹無政府主義。曼殊稱其思想為「卓見」。

〔註7〕見張灝等著《近代中國思想人物論——晚清思想》（台北：時報，民國74年），頁22。

〔註8〕同上，頁25。

〔註9〕見王爾敏《中國近代思想史論》（台北：華世，民國71年3版），頁111。

〔註10〕見鄭培凱《一九○○年的中國》（下），收入「當代」第11期，1987年3月1日。頁93。

〔註11〕見梁啓超《中國近三百年學術史》（台北：華正，民國63年），頁32。

思想的劇變，導因於政治上有許多亟待突破、補救之處，無論是主張模仿西法的學人，或是擁護傳統、主張復古的國粹派，皆是以「求變」爲目的。魯迅二十三歲時（1903）寫的《自題小傳》云：「靈台無計逃神矢，風雨如磐晴故園，寄意寒星荃不察，我以我血薦軒轅。」充分道出清末民初的知識份子，在西方勢力入侵及覆壓之下的困境與恐懼。在那樣無奈的困境之下，如何愛國強國，成爲當時大多數知識份子的一個共同思索目標。〔註12〕

在這樣一個西方知識猛力叩關之際、在這樣一個「傳統」根基極爲深厚的中國，我們實在不能單只是用「傳統」或「前進」，「新」或「舊」來描述當時知識份子的複雜思維。因爲我們經常可以在這一個時期的知識份子身上同時看到全盤反傳統，與在某些層面上意執傳統的情形在互相矛盾。其實這些皆是在「救亡圖存」的終極之目標之下，「目的」與「手段」間的緊張與兩難。〔註13〕

在如此「兩難」的思潮衝擊之下，身爲知識份子的蘇曼殊，雖未留下浩如煙海、深奧獨特的學術立說，一生也從未具有明顯的學者風範與學問旗幟，但觀其一生的行誼與創作，在傳統與反傳統、中西文化的道路上，他也有屬於自己的反省與困惑痕跡！一個人吸取什麼、擯斥什麼思想，歸根結柢，還是取決於他所處的歷史條件、生活環境和他從長期的社會實踐中所形成的世界觀。作爲一個始終徘徊在東西方文明之間的近代知識份子，曼殊所接受的西方思潮，常常與他新接受的舊傳統文化觀念體系發生矛盾。兩者撞擊的結果，便鑄成了他那種非恆定狀態的畸型性格。對西方風格文化，曼殊曾細心觀察過，如：「西人以智性識物，東人以感性悟物」，〔註14〕「牛乳不可多飲，古人性類牛，即此故」；〔註15〕他還留心到中西方文學風格的差異：「英人詩句，以師梨最奇詭而兼流麗。嘗譯其含羞草一篇，峻洁無倫，其詩格蓋合中土義山、長吉而熔治之者。」，〔註16〕「衲謂文詞簡麗相俱者，莫若梵文、漢文次之，歐洲番書，瞠乎後矣。」。〔註17〕然而，在對中西文化的選擇上，曼殊畢竟沒有深入研究中西文化深層結構的差異，更缺乏在更高的層次上建構

〔註12〕見王德威《魯迅之後》，收入「當代」第 13 期 1987 年 5 月 1 日，頁 51。
〔註13〕同上，頁 52。
〔註14〕見蘇曼殊《燕子龕隨筆》。
〔註15〕見《與鄭桐蓀柳亞子書》。
〔註16〕同註 14。
〔註17〕見蘇曼殊《文學因緣自序》。

新的文化形態的主動精神。〔註 18〕眼見西方文化進入中國社會，產生重重虛偽的假象，而傳統實際上又直接或間接、積極或消極地影響並塑造其基本信念、人生態度，曼殊這個「對中國文化的精粹懷有更加強烈的思慕之情」〔註 19〕的知識份子，其實始終無法擺脫傳統的思維。他在《華洋義賑會觀》一文中曾明白表露中國女子勿效西方女子的保守思想：

> 此後勿仿效高乳細腰之俗，當以「靜女嫁德不嫁容」之語爲鏡
> 台格言，即可耳。

在小說《碎簪記》中，也說到：「方今時移俗易，長婦姹女，皆競佻邪，心醉自由之風。其實假自由之名而行越貨，亦猶男子借愛國主義，而謀利祿。自由之女，愛國之士，曾遊女市儈之不若，誠不知彼輩性靈果安在也？」。還在作品中一再表示「天下女子皆禍水也」、「女子無才便是德」的傳統禮教思想。甚至對女子就學亦極反對，以爲「吾國今日女子，殆無貞操，猶之吾國，殆無國體之可言。此亦由於黃魚學堂（即對女子學堂之蔑稱）之害，〔註 20〕至若「女子必賢而后自緣」，「女子之行，唯貞與節，世有妄人，含華夏貞專之德，而行夷女猜薄之習，向背速于反掌，猶學細腰，終餓死耳」〔註 21〕之類的說教，居然是出自這位負笈異國、積極投身中西文化交流的知識份子所言。

　　這是在面臨著中西文化強烈衝擊下，無法對南方文化進行深刻把握而達到理性認知的心態失衡。這種失衡，使得他原本充滿矛盾的個性，更加無法等待另一立足點，而承擔起這個過渡時代所具有的新舊兩極與自我突破的契機。也由此而反映出歷史轉折的急遽、和時代進程的迂曲，更昭示出一個「近代人」走向「世界人」行列的艱難。〔註 22〕

第三節　社會環境的動盪不安

　　原本清朝嘉慶、道光時，國勢已經衰退日甚，叛亂四起，自 1860 年起，中國全面開放、進口激增、糧食不僅不敷自食，出口又減少；〔註 23〕如上水

〔註 18〕見馬以君《蘇曼殊新論》，頁 78。
〔註 19〕同上，頁 69。
〔註 20〕見《與柳亞子書》（乙卯三月）。
〔註 21〕見《焚劍記》。
〔註 22〕同註 18，頁 85。
〔註 23〕見郭廷以《近代中國史綱》（上），頁 313。

旱災頻仍、民不聊生，偏偏政府財政拮据，再加上對外賠款、負荷超重，於是便扣廉俸、增釐金、折漕米、土藥、加重稅捐等，加強對人民的搜刮，使得人民流離失所，〔註24〕為了生存，惟有挺而走險，內部益加地動亂不已。另外，由於人民對傳教士在內地的所作所為感到痛恨，教案在各地不斷發生。而與教案無關的動亂，自光緒十八年（1892）至光緒三十年（1894），屢起於湖南、江西、廣東、廣西、四川、雲南、河南諸省。光緒二十一年（1895）的甘肅回亂，歷時一年七個月始定。〔註25〕廣西、廣東的天地會亦紛紛舉事。而光緒二十一年中日甲午戰敗，簽定馬關條約，中國的變法運動正式揭開，孫中山的革命起義自是開始。

光緒二十四年至二十五年（1898～1899），列強在華的掠奪最為猛烈，國內動亂亦最為嚴重，反教滅洋的運動愈演愈烈，終於釀成了震撼中外的義和團事變，由於慈禧的庇護、宣戰，終於導致了光緒二十六年（1900）的庚子事變。列強在中國境內的暴行更加激烈化。雖迫使慈禧推行新政、預備立憲，以消除革命排滿日益瀰漫的氣焰，但實際並無作為。張之洞曾失望地說：「京朝門戶已成，廢弛如故，蒙蔽如故，秀才派如故，窮益為窮，弱益加弱……餉竭債重，民愈怒。」

革命黨人在光緒三十三年（1907）至光緒三十四年（1908）間，至少八次起義，均告失敗，加之官方搜捕日益緊張，流亡海外的革命黨人生活艱難，宣統元年（1909）革命的氣氛至為消沈。至宣統三年（1911）黃花岡之役，革命黨人捐軀殉國者七十六人，久蟄的人心因此大為振奮。加上清朝政府財政措施的不當，益加入不敷出，而導致民變的普遍性，或為抗捐，或為搶糧。武昌起義，方終一舉推翻滿清。

在光緒十六年（1890）至光緒三十年（1904）的十餘年之間是一個轉捩點，上層階級的某些成員明顯地感覺到社會改變正在進行中，張謇就曾評道：「此十年中風雲變幻殆如百歲」。〔註26〕傳統士人階級已逐漸瓦解，他們對朝廷國家的認同亦日漸微弱。而下層階段，尤其是鄉間的普遍貧困，似乎是清末許多社會變遷特徵的種因，所以有手工業情況的改變、移民、赤貧階級的

〔註24〕見《劍橋中國史──晚清篇》（台北：南天，民國76年），頁662。

〔註25〕同註23，頁316。

〔註26〕見張春《柳西草堂日記》，1904年10月25日。引自《劍橋中國史──晚清篇》。頁599。

出現。〔註27〕

在晚清末期，由於持續不斷的外來衝擊對抗內在因素、農業狀況的惡化使寒微的老百姓陷入更深的困境（辛亥革命前夕比 1840 年農民財政的負擔增加即使不到三倍，至少也有兩倍之多），以及各地興起的民變（根據上海東方雜誌統計，宣統元年有一百一十三次叛亂，宣統三年有二百八十五次），促使商人、企業家、都市知識份子的興起，最重要的是思想運動的勃興。〔註 28〕傳統社會的形態與內在結構，逐漸在解體之中，舊制度還未完全隨著清朝的日落西山消失，而新的社會制度又還未成形、茁長，夾在新舊社會過渡時期的知識份子，由於認同的不確定、和精神文化的極度不穩的情況下，而新中國的建立又如此波譎雲變。面對如此動盪不安的社會趨勢，知識份子必袋要先能安身立命，才能進一步投身社會、發展所長。而蘇曼殊、短暫的青春歲月其實還在摸索生命的階段，他還沒有找尋到安身立命的渡口，畢竟這個多動盪的社會，也沒有給予他可依尋的內在制度，更加深了他生命意識的徬徨感。

第四節 文學思潮的變革

隨著西學的輸入，不僅中間近代的思想文化、社會結構、政治局勢產生了動搖，亦勢必會影響到以文字為媒介的文學發展。晚清的文學，與晚清的思想革命、政治革命，有著密不可分的關係。一方面它是思想革命傳播的工具，同時又是革命風雷的呼喚者和描繪者。〔註29〕

一般學者都將中國近代文學史的上限，定在鴉片戰爭處發的 1840 年。〔註30〕鴉片戰爭使得中國由一個閉關自守的國家，變成半殖民地的犧牲者，大批商品的輸入，使得經濟結構發生了變化，自給自足的自然經濟遭到了破壞，加速了農業社會的解體。而反映在文學上的主題，也隨之改變。清中葉以來，在文壇上是完疏無物、標務「義法」的桐城派獨霸散文界；在詩壇上則是「性靈說」、「肌理說」兩派籠罩詩壇。在這一個時期的文學創作中，固然不乏具

〔註27〕同上，頁 649。
〔註28〕同上，頁 665。
〔註29〕見任訪秋〈晚清西學輸入與中國近代文學的發展〉，收入《中國近代文學研究》
　　　　（第 3 期）（廣東中山大學，1985 年），頁 44。
〔註30〕同上，頁 49。

有一定社會內容的作品，但總的說來，不外吟詠「山水」、「花鳥」，宣揚「忠愛」、「和平」〔註31〕鴉片戰爭之後，晚清文學便比較能朝向反映這二階段急劇動盪著的歷史現實和廣大人民的悲苦。

隨著文學內容的變化，在形式上也有某些改變的跡象。首先表現在語言方面，鴉片戰爭之前，由於創作內容的空虛，作家們多注意文辭的雕琢、平仄的協調，到了戰後，語言逐漸傾向於質樸、平實。其次在風格上，有些作品的調子由低沉轉向高昂，由清麗委婉、平和淡雅轉向慷慨悲壯，蒼涼頓挫。〔註32〕爾後一連串的西方帝國的入侵，作家們紛紛提出文藝革新的見解。在詩歌方面，黃遵憲、譚嗣同、夏曾佑等人，提倡所謂的「詩界革命」。黃遵憲非常重視時代發展中語言的變化，他說：

> 黃土同摶人，今古何愚賢，即今忽已古，斷有何代前。……我
> 手寫我口，古豈能拘牽。即今流俗語，我若登簡編。五千年後人，
> 驚爲古斕斑。（雜感）

雖然他的詩歌形式仍是沿襲傳統，但其語言用字已有新意。而更重要的是，詩的內容眞實地反映了晚清政治外交等方面的巨大事變。〔註33〕

嚴復、夏曾佑的〈『國聞報』附印說部緣起〉一文、梁啓超的〈論小說與群治之關係〉，則是開啓了晚清「小說界革命」。梁啓超曾云：

> 欲新一國之民，不可不先新一國之小說。故欲新道德必新小說，
> 欲新宗教必新小說，欲新政治必新小說，欲新風格必新小說，欲新
> 學藝必新小說，乃至欲新人心，欲新人格，必新小說。

而嚴復、夏曾佑則提出：

> 百餘年來，大彼得、華盛頓、拿破崙奪匹夫、建大業，固以兵
> 得天下矣；其後有南北花旗之戰、俄土之戰、普法之戰，器械之精、
> 士卒之練、攻戰之慘、勝負之速，皆爲古之所無。……雖曰文治，
> 抑亦未嘗不由師武臣力也。至於路德之改教、倍根之叛古、哥白尼
> 之明地學，奈端之詳力理，達爾文之考生物，皆開闢鴻蒙，流益後
> 苦，視拿破崙、華盛頓爲更進一解矣。蓋血氣之世界，已變爲腦之
> 世界矣，所謂天衍自然之運也。

〔註31〕同上，頁 51。
〔註32〕同上，頁 55。
〔註33〕見任訪秋《中國近代文學作家論》，頁 50。

蓋「小說界革命」的理論是以「教」為本，文學為「政治服務以便於教化民心」，也就是在「善為教育，則因人之情而利導之」，〔註34〕藉小說為工具，來「幫助統治階級的政治復興」。〔註35〕小說經由如此大力的提倡，遂由末流小技，堂而皇之地走入了文學的前哨。小說儼然成為改良羣治的利器。它，使得政治革命走入了文學革命，讓兩者作了結合。然而理論雖是「石破天驚」〔註36〕之論，其間仍然充滿了矛盾性。周作人對梁啓超的評價頗有啓示，他說：

> 他是從政治方面起來的，他所注意的是政治的改革，因為他和文學運動的關係也較為異樣。……他從事于政治的改革運動，也注意到思想和文學方面。在「新民叢報」內有很多的文學作品。不過那些作品都不是正路的文學，而是來自偏路的，和林紓所譯的小說不同。他是想藉文學的感化力作手段，而達到其改良中國政治和中國社會的目的的。〔註37〕

以梁啓超的《新中國未來記》為例，這只是一部對話體的「發表政見、商榷國計」的書而己，「使讀者有非小說之感」。〔註38〕在一片實用主義工具論為取向的實踐中，小說的娛樂性、言情性與論政性的功能產生了混淆。爾後小說的發展，幾乎汗牛充棟，而相繼問世的「小說林」、「新新小說」、「月月小說」等小說期刊，在某種意義上可視為「小說界革命」的產物，但終不免為黑幕、偵探、言情小說所充斥。〔註39〕這實在是「小說界革命」的倡導者所始料未及的。

本文雖以蘇曼殊的詩歌為探討主題，然略觀其小說的形式、內容，在言情說愛的傳統小說主題中，仍不忘說上幾句感時憂國的評論語。此種違背小說內在結構獨立性的作法，實與當時小說界的發展極為有關。

梁啓超亦曾對散文的革新多所貢獻。他運用各種字句語詞，來做宣傳維新變法的時論文章。他不避排偶、不避長比、不避佛書名詞、詩詞典故、以

〔註34〕見梁啓超〈譯印政治小說序〉，收入《晚清文學叢鈔小說戲曲研究卷》（台北：新文豐，民國78年），頁13。
〔註35〕見阿英《晚清小說史》（台北：天宇，民國77年），頁87。
〔註36〕見司馬長風《中國新文學史》（台北：駱駝，民國76年），頁21～23。
〔註37〕見周作人《中國新文學的源流》（台北：里仁，民國71年，頁95）。
〔註38〕同註35，頁75。
〔註39〕同註29，頁154。

及外來名詞。他打破了當時統治文壇散文的桐城派的「古文義法」，加上他在行文時往往滲入個人激烈的感情，所以使得文章雖然是「文盲」，而具親和力的感人魔力。〔註40〕

縱觀晚清以降，至民國八年五四運動前的文學革命狀況，眞是千頭萬緒、新舊交陳。然而若無晚清以來的嘗試，五四文學運動是無法立即水到渠成的。朱自清在追溯新詩發展的淵源崊，也認爲清末的「詩界革命」，雖然在詩歌創作上是失敗了，但「在觀念上」，卻對五四時期的新詩運動產生了極大的影響。〔註41〕所以，清末以降的文學過渡時期，各家的文學作品，其間風格、形式內容固然充滿了新舊的矛盾與突兀，或許文學題材是新的，而文學思想、文學風格卻呈現舊有的；或許依創作法則、審美觀點而言多所紕漏，然如此文學變革的二重性，〔註42〕「過渡時期，必有革命。然革命者，當革其精神，非革其形式」〔註43〕、「以舊風格合新意境」的各類作品，其實便已先爲五四的登高一呼預作實驗的道路。

當我們對當時的文學現象作一了解，了解它就是顯示了和古代文學體系截然不同、並開創了五四文學革命的發展，是具有啓蒙時期的過渡形態，〔註44〕再回首檢視蘇曼殊富於「近代味」的詩作，便較能掌握到當時整個大時代的文學趨勢：爲何他曾經明示以但丁、拜倫爲師，但是創作詩歌和翻譯西方文人的詩作都選擇古體；爲何儘管他的題材和主題已具有某種程度的時代性，但是作品的結構、形式和文字思想卻的脫不去傳統的痕跡了。

綜言之，蘇曼殊處於如此政治思潮波濤洶湧、中西文化猛烈撞擊、新舊制度交替運作、傳統與革新的臨界點上，雖然他長期生活於異邦，受到西方思潮似乎較爲強烈，但這也足以證明，爲何他的作品充滿了吶喊與矛盾感。畢竟他人生與藝術的種種追求，在如此錯亂的歷史下，是需要更多的嘗試「接受」與學習「擯棄」的！

〔註40〕同註33，頁47。
〔註41〕見朱自清《中國新文學大系·詩集導言》（台北：大漢，民國66年），頁1。
〔註42〕見《中國近代文學研究集》（北京，中國文聯，1986年），頁12。
〔註43〕見梁啓超《飲冰室詩話》（台北：廣文，民國71年），卷二，頁9。
〔註44〕同註42，頁29。

第三章　蘇曼殊的人格分析

第一節　人格的形成因素

　　作品的風格是一位創作者的標記，乃是作者透過語言文字的運作而顯現的藝術特質。風格的形成要素與時代的背景、作者的人格及作品的形式內容有關。宋文天祥跋周汝明《自鳴集》言：

> 天下之鳴多矣：鏘鏘鳳鳴，雕雕雁鳴，喈喈雉鳴，嘒嘒蟬鳴，
> 呦呦鹿鳴，蕭蕭馬鳴，無不等鳴者，而彼此各不相爲，各一其性也。
> 其於詩亦然。……，然子能爲予以言，使于髣髴性初一語，不可得
> 也。予以子鳴，性初以性初鳴，此之謂自鳴。〔註1〕

天下飛禽走獸各有異音，一如詩因爲創作者之性情不向而有異。蓋出身、氣質不同，各作家所表現的作品風格當然也會有差異。

　　所謂「人格」，弗洛姆解釋爲「所有象徵個人先天和後天的心理性質。」；〔註2〕李序僧的《人格心理學》則進一步說明人格形成的因素：

> 決定人格發展的因素，一方面是個體內在的生涯組織與心理動
> 機；在另一方面卻是環境外在的社會影響與文化模式，此二者構成
> 人格因素又互影響的往爲複雜的動力過程。

簡單地說，人格，無非是個人身世、情性、學習與文化陶冶的結晶。以《文心雕龍·體性篇》的說法，就是：

〔註1〕　見文天祥《文文山全集》（台北：河洛，民國 64 年），頁 245。
〔註2〕　佛洛姆《Man of himself》，陳秋坤譯，大地出版社，頁 62。

才有庸儁，氣有剛柔，學有淺深，習有雅鄭，並情性所鑠，陶
染所凝。是以筆區雲譎，文苑波詭者矣。

其中所言，才、氣乃本之於情性，而學習乃後天的陶染所成。〔註3〕

「家庭」是一個人血脈之所繫，亦是涵養個人人格最初的環境。人格形
成的第一步，除了秉承血親的遺傳外，家庭的教育與環境，更能陶染個人性
情。「遺傳」對個體人格的重要作用，英國心理學家卡特爾曾詳細地分析母親
行為對胎兒的生理影響以至產生人格形成的巨大作用。但是有關於蘇曼殊的
遺傳資料極為闕如，〔註4〕故先從其身世著手論之。

心理學家十分重視童年的經歷，因其對人格具有決定性的作用。而蘇曼
殊不幸的身世和無法享受家庭溫暖的童年，是鑄成其人格的原因之一。〔註5〕
曼殊常感慨地說：「思維身世，有難言之恫。」〔註6〕可見家鄉、童年、家人
給他的記憶，對他無疑都具有一定的影響。

第二節　一個在自我與時代間激盪的靈魂

一、蘇曼殊生平概述

蘇曼殊，原名戩，字子穀，後更名玄瑛，〔註7〕改字子谷，曼殊是他出家
以後自取的法號。〔註8〕原籍廣東香山縣人，光緒十年（1884）生於日本橫濱，
光緒二十九年（1903）至惠州某寺，落髮為僧，〔註9〕民國七年（1918）卒於
上海。著作有《梵文典》八卷，〈梵書磨多體文〉、〈沙昆多邏〉、〈法顯佛國記、
惠生使西域記、地名今釋及旅程圖〉、〈泰西羣芳名義集〉、〈泰西羣芳譜〉、〈埃

〔註3〕　見黃侃《文心雕龍札記》（台北：新文豐，民國68年），頁20。
〔註4〕　見毛策《變形的人格再塑——蘇曼殊人格論》，收入《南社學會會訊第一期》，
　　　　頁3。
〔註5〕　同上。
〔註6〕　見《題拜倫集》。
〔註7〕　柳亞子《蘇曼殊傳略》記為「後來改名玄瑛」；唐潤鈿《革命詩僧——蘇曼殊
　　　　傳》則為「一名『玄瑛』，後改為『元瑛』」、裴效維《蘇曼殊小說詩歌集》記
　　　　的是「後更名元瑛」。
〔註8〕　見唐潤鈿《革命詩僧——蘇曼殊傳》（台北：近代中國，民國69年），頁3。
〔註9〕　據柳亞子《重訂蘇曼殊年表》（收入柳無忌著《從磨劍室到燕子龕》）、文公直
　　　　編撰《曼殊大師年譜》（收入文公直編《曼殊大師全集》），比自記載蘇曼殊出
　　　　家年代為光緒二十九年（1903），時年二十。而李蔚的《蘇曼殊評傳》卻記載
　　　　為「十二歲出家」（頁20～24）。

及古教考〉、〈粵英辭典〉、〈無題詩三百首〉、〈人鬼記〉、〈英譯燕子箋〉等，現已不知下落。〔註 10〕留傳下來，而收入柳無忌所編的《曼殊全集》中的有詩集一卷、譯詩集一卷、文集一卷、書札一卷、雜著二卷、小說集六卷、譯小說集二卷，共十四種。〔註 11〕

二、身世乖舛的蘇曼殊

生於日本的蘇曼殊，自小身世不僅迷離複雜，境遇也極為坎坷。據曼殊同父異母妹妹蘇惠珊的陳述，曼殊既是「私生子」，又是「混血兒」。他的生母為生父蘇傑生長妾河合仙的妹妹，名叫若子，〔註 12〕她到蘇傑生家裡時，只有十九歲，胸前有一顆紅痣，蘇傑生說照中國的相法書上講，她是「當生貴子」的。爾後果然和她生了曼殊，但生育後不到三個月，她就跑回她的老家，往後便不知下落。〔註 13〕如此「不光彩」的命運，注定了他童年的孤獨與倍受歧視。而這些，就是他既謂「身世有難言之恫」的原因吧！

蘇曼殊在六歲時隨父親正室黃氏回到瀝溪的故鄉，〔註 14〕一直到十二歲離家，這其間的六年，他都是在故鄉度過的。回鄉的第二年，曼殊開始入私塾讀書，九歲時，父親經商失敗，蘇家破產，從此一蹶不振。〔註 15〕光緒二十二年（1896），曼殊開始過著寄人籬下的生活，他先在上海姑母家寄食，十五歲時，接受表兄林紫垣的資助，東渡到日本求學，先後在橫濱華僑新辦的大同學校學習四年，東京早稻田文學高等預科學習一年、成城學校學習數月。在將近六年的留學期間，蘇曼殊一直過著極其清苦的生活。〔註 16〕在他東京早稻田大學高等預科學習時，「因林氏只月助十元，僅敷下宿屋膳宿兩費。乃刻苦自勵，遷於最低廉之下宿屋，所食白飯和以石灰，日本最窮苦學生始居

〔註 10〕見柳亞子《蘇曼殊傳略》，載柳無忌著《從磨劍室到燕子龕》（台北：時報文化，民國 75 年），頁 119。

〔註 11〕同上，頁 120。

〔註 12〕見蘇惠珊《亡兄蘇曼殊的身世》，載柳無忌著《從磨劍室到燕子龕》，頁 143。

〔註 13〕據裴效維校點《蘇曼殊小說詩歌集》序言：「他剛剛出世，母子二人便被趕出了蘇家之門，母親帶他在外祖父家居住三年。」與胞妹蘇惠珊所言「暫依外祖父母居住，撫養三年。」大致相同。而柳亞子《蘇曼殊傳略》則記載為：「產後不到三個月，她就跑回她的老家去了，以後是不知下落。」

〔註 14〕見柳亞子《蘇曼殊傳略》。

〔註 15〕見裴效維《蘇曼殊小說詩歌集》序，頁 2。

〔註 16〕同上，頁 3。

之。曼殊竟安之若素，不以爲苦。每夜爲省火油費，竟不燃燈。」〔註17〕成年之後的蘇曼殊，生活景況並未見改善，在他給朋友的書信中，常提及「借錢」籌生活費、旅費事宜，可見他生活並不安定。他沒有固定的職業，以上海爲中心，足跡遍佈江蘇、浙江、湖南、安徽、廣東、香港以及日本、東南亞各地。有時以教書爲生，有時「貲絕窮餓不得餐，則擁衾終日臥」，有時甚至把金牙敲下來換煙抽。〔註18〕再加上身體狀況一直欠佳，又在暴飲暴食的自我折磨之下，終於在五四運動前夕的一九一八年病逝，享年僅三十五歲。

三、革命黨人蘇曼殊

在清末乙未（光緒二十一年）興中會失敗之前，中國革命黨人還未採用「革命」二字爲名稱。從太平天國一直到興中會，黨人都沿用「造反」、「起義」或「光復」等名詞。而在光緒二十一年（1895）九月興中會在廣州失敗，孫總理（即國父）、陳少白、鄭弼臣三人從香港東渡日本，輪船經過神戶的時候，三人上岸買了份日本報紙，發現有一則新聞，題名爲「支那革命黨首領孫逸仙抵日」。國父看了，便與陳少白說：「革命二字出於易經。『湯武革命，順乎天而應乎人』一語。日人稱吾黨爲革命黨，意義甚佳，吾黨以後即稱革命黨可也。」，〔註19〕從此以後就決定用「革命」二字，來指從事政治與社會的大變革之事。〔註20〕

蘇曼殊正式參加革命活動，是在光緒二十八年，即民國前十年他加入「青年會」開始。「青年會」是中國留日學生的第一個革命團體。由於它以排滿興漢的民族主義爲宗旨，「留學界中贊成者極爲少數」。〔註21〕而曼殊的加入，似正說明在清末留日學生之中，曼殊對於以革命解決中華民族前途的認同，是較早覺悟的分子之一。〔註22〕自此之後，他的交遊廣泛了，才思也爲之大進，愛國主義和民族主義的思想待以萌芽。

二十歲那年，蘇曼殊的革命熱情達到了最高峯。當時，他尚在成城學校

〔註17〕見馮自由《蘇曼殊之真面目》，載《革命逸史》第一集（台北：商務，民國58年），頁235。
〔註18〕見柳亞子《『燕子龕遺詩』序》，載《蘇曼殊年譜及其他》（上海，北新書局，1927），頁275。
〔註19〕見馮自由《革命逸史》第一集，頁1。
〔註20〕見廣潤鈿《革命詩僧——蘇曼殊傳》，頁114。
〔註21〕見馮自由《革命逸史》第一集，頁155。
〔註22〕裴效維《蘇曼殊小說詩歌集》，頁4。

學習初等陸軍，面對帝俄無理侵略東三省的卑劣行徑，蘇曼殊毅然參加了「拒俄義勇隊」，被編入甲區隊第四分隊。〔註23〕它的宗旨本來是「在政府統治之下」，「代表國民公憤」，「擔荷主戰責任」，〔註24〕不料清政府反誣他們是「名為拒俄，實則革命」，〔註25〕一方面又密諭各地方的官吏搜捕回國活動的留日學生。在清政府的壓迫之下，拒俄義勇隊的成員，一部分退出該組織，而另一部分則藉此認清了清廷的猙獰面目，改原組織為「軍國民教育會」。〔註26〕曼殊加入該組織，為救國救民奔走呼號，後雖遭表兄的反對，斷其經濟援助而被迫輟學歸國，亦不稍減其銳氣。到了蘇州之後，他在吳中公學任教，時以寫詩作畫，直抒胸臆。在轉到「國民日日報」擔任翻譯之後，他結識了革命人士陳獨秀、何靡施、章行嚴等人，在短短的數月間，寫出了〈女傑郭耳縵〉、〈嗚呼廣東人〉、〈以詩並畫留別湯國頓〉等革命意念極旺盛的詩文，並且翻譯了法國大文豪囂俄（雨果）的社會小說〈慘世界〉。〔註27〕這是一部翻譯而兼創作的獨特小說，雨果的原著是以貧民出身的工人冉阿讓的悲慘生活史為骨幹，穿插了當時法國各種社會政治事件，反映了十九世紀前半期法國的社會政治生活，深刻地揭示了窮苦人民的悲慘生活。〔註28〕曼殊的翻譯，吸取了雨果原作中的精神主旨，明寫法國，實敘漢土，表現了曼殊革命思想的激昂，對當時的革命行動，無疑起了鼓舞的作用。〔註29〕

　　同年冬，「國民日日報」被查封，〔註30〕蘇曼殊到了香港，經由同學馮自由的介紹，結識主持「中國日報」的陳少白，當時曼殊曾產生用手槍暗殺保皇黨魁康有為的企圖，〔註31〕後經陳少白極力勸阻才設有實行。光緒三十年（1904）秋，曼殊又在湖南長沙加入了黃興領導的華興會，並參與了該會準備在長沙舉行武裝起義的策劃工作。起義因事先洩露而告終後，曼殊又參加

〔註23〕見黃福慶《清末留日學生》（台北：中研院近史研專刊（34），民國72年再版），頁265。

〔註24〕見《學生軍規則》（《湖北學生界》第4期，1903年4月27日出版），引裴效維《蘇曼殊小說詩歌集》，頁4。

〔註25〕見《密喻嚴拿留學生》（《蘇報》，1903年6月5日）引裴效維《蘇曼殊小說詩歌集》，頁4。

〔註26〕見裴效維《蘇曼殊小說詩歌集》，頁4。

〔註27〕見馬以君《燕子龕詩箋註》（四川，四川人民，1983年），頁2。

〔註28〕見李蔚「蘇曼殊評傳」，頁64。

〔註29〕同上，頁65。

〔註30〕見劉心皇《蘇曼殊大師新傳》（台北：東大，民國77年），頁30。

〔註31〕見柳無忌著，王晶垚、李芸譯《蘇曼殊傳》手稿影本，頁3。

了華興會部分會員在上海舉行的秘密會議。〔註32〕

　　光緒三十三年（1907）蘇曼殊在日參加了革命團體「亞洲和親會」。〔註33〕「亞洲和親會」是於同年四月「由中、印兩國革命志士」，在日本東京發起組織的，會長是章太炎，入會的中國人有張繼、劉師培、何震、陶冶公、陳獨秀等人。該會是以「反抗帝國主義，期使亞洲已失主權之民族，各得獨立」爲宗旨，但因成員情況複雜、組織渙散，約活動了十八個月便中輟。〔註34〕

　　辛亥革命之前，蘇曼殊不僅在行動上支持革命，亦在文字上熱烈鼓吹反滿情緒。在〈燕子龕隨筆〉中，他極力頌揚歷史上漢族的民族英雄，如宋末蹈海殉國的陸秀夫、明末客死日本的朱舜水、起兵抗清的鄭成功等人。另又寫成了敘述明末忠臣烈女遺事的《嶺海幽光錄》、《秋瑾遺詩序》、並翻譯了印度人亡國的嘶吼——《婆羅海濱遁跡記》、拜倫爲希臘人爭取自由的血淚史——《哀希臘》長詩。總結曼殊在辛亥革命前的活動，可稱爲一個典型的、懷著滿腔熱血的革命青年。〔註35〕

　　辛亥革命爆發時，他正在爪哇教書。〔註36〕勝利的消息傳來後，他「欣喜若狂」，〔註37〕並打算典衣賣書，「北旋漢土」。〔註38〕誰知回國後，國內政局的紊亂，令他大大地失望，袁世凱弄權竊國、政治腐敗、軍閥割據。隨著革命理念的嚴重挫敗，曼殊的人生觀，也有如中國的政局一般，從光明臨入了黑暗。正當英年有爲的歲月，他逐步落入了悲觀、厭世，甚至趨於自戕的生活。〔註39〕雖然他日後的寫出〈討袁宣言〉、〈三次革命軍題辭〉等時文，仍可見其心中洞悉國事是非的敏銳，以及不屈從權勢的剛正性格，但畢竟心情已大不同於辛亥革命之前。字裡行間留下的是對時代的悲情與個人的深沈絕望，而昔日對建設家園的美好憧憬已隨之藏在內心深處的最底層。

　　一直到去世之前，蘇曼殊的生命一直在病魔與悲傷的心情中消磨，即使

〔註32〕見裴效維《蘇曼殊小說詩歌集》，頁 16。

〔註33〕見《南社》（影本，中華書局），頁 88。

〔註34〕見章念馳編《章太炎生平與思想研究文選》，（浙江：浙江人民，1986 年），頁 84～88。

〔註35〕同註 25，頁 3。

〔註36〕見曾德建《蘇曼殊詩文選註》（陝西：陝西人民，1986 年），頁 3。

〔註37〕見裴效維《蘇曼殊小說詩歌集》，頁 12。

〔註38〕見宣統三年（1911）10 月〈與柳亞子・馬君武書〉及 11 月〈與柳亞子書〉，載柳亞子編《蘇曼殊全集》第一集（北京：中國書店，1985 年），頁 238～239。

〔註39〕柳無忌著《蘇曼殊傳》手稿，頁 4。

在病入膏肓時，當他知道國家前途突然展露一線希望，他仍不忘心繫國家。在他給友人丁景深信上說：「且急望天心使吾病早癒，早日歸粵，盡吾天職，吾深悔前此之虛度也。」〔註40〕這句話似有弦外之音。據柳亞子爲此所作的箋注：「時中山先生正住粵都，誓師北伐，曼殊即不能爲班定遠，猶當爲王仲宣，情乎其無命也！」〔註41〕由此可知，曼殊晚年生活形態的消極、頹廢，並非無視於家國，實乃心繫家國卻歌哭途窮的無奈反應！

四、文學家蘇曼殊

蘇曼殊是一位極富於感情的作家，由於身世的不幸，時代的曖昧不明、革命情懷的屢遭挫敗，以及佛門出世與人世理念的矛盾等人生境遇，沖激成一頁頁眞摯動人的文學結晶。

蘇曼殊的小說多以戀愛悲劇爲題材，纏綿悱惻、委婉動人，在心理描寫和景物描寫方面都有許多獨到之處。由於傷感頹唐之氣濃厚，〔註42〕有些史學家以爲他開了「鴛鴦蝴蝶派」的先河，〔註43〕但也有學者認爲曼殊小說中題材狹窄雖是其創作的弱點，然仔細閱讀，其內容不乏對時下社會、政治諸類的寫實批判，〔註44〕〈斷鴻零雁記〉以第一人稱的敘事方式，亦是古代第一人稱小說向現代發展的重要橋樑，〔註45〕這絕不只是一個哀豔的故事，而是一個在東西文化、俗聖生活的矛盾中苦苦掙扎的心靈自白。〔註46〕

曼殊的散文明顯地表現了更多，更鮮明的革命思想，大約可分爲序跋、雜文、筆記、書札、譯文五種，爲數雖不多，但最足以看出他的思想與人生觀。畫跋三十三篇，簡鍊有力，實是最妙的小品文。〔註47〕雜文、筆記多簡潔流麗，穠纖得中，間有慷慨激憤之作。〔註48〕而他的書信，篇篇彷如短賦，

〔註40〕見蘇曼殊民國 6 年（1917）10 月〈與丁景深書〉，載《蘇曼殊全集》（台北：大中國，民國 63 年），頁 C70。

〔註41〕引自柳無忌著《蘇曼殊傳》手稿，頁 5～6。

〔註42〕見馬以君《燕子龕詩箋註》，頁 7。

〔註43〕見復旦大學中文系 1956 級《中國近件文學史稿》（香港：達文社，1978 年），頁 346。

〔註44〕見曾德建《蘇曼殊詩文選註》，頁 11。

〔註45〕見章明壽《古代第一人稱小說向現代發展的橋樑》（《文學評論》1989 年第 1 期，1989 年 1 月）。

〔註46〕見陳平原《中國小說敘事模式的轉變》（台北：久大文化，民國 79 年），頁 76。

〔註47〕見劉心皇《蘇曼殊大師新傳》，頁 178。

〔註48〕見馬以君《燕子龕詩箋註》，頁 6。

頗具特色。

　　至於曼殊的詩歌，散佚頗多，是其所有文學作品中，最富於藝術價值的類型，他的才華在詩作上得到了充份的發揮。〔註49〕從光緒二十九年（1903）最早發表的「以詩並畫留別湯國頓」，到民國五年（1916）九月發表在名家小說內「芳草」一詩，〔註50〕這其間創作的詩歌，都是他隨著自己的生活和思想的變化，抒寫於國於民於己的感受。〔註51〕這些詩或許有些具有消極的色彩，題材受到個人性格的侷限，但這一些缺點，畢竟是每個詩人創作必經的琢磨歷程，它們真真實實地反映了曼殊一生的心路痕跡、更記錄下當時知識份子身處時代的彷徨心靈。

　　曼殊取名為〈燕子龕詩〉，因為「燕子龕者，曼殊所以自名其飄泊無定之位所也。」〔註52〕作為一個飄零終身，卻又早歿的詩人，藝術上能有如此造詣與特色，實值得加以深入研究。然而就曼殊已散佚的著作名稱觀之，其在有生之年，曾投注不少心力從事佛學、梵文、中西文化等方面的學術研究。惜多已散佚，無法親見，故無法了解「直到為學者的蘇曼殊」。所以本文在曼殊既有的文學遺產中，選擇「詩歌」為曼殊研究的入門途徑。

第三節　童年的影響

　　歷來研究蘇曼殊的學者專家，對於他的身世、家族、甚至籍貫，都曾發生過許多的爭議和誤解。柳亞子、柳無忌父子曾誤信〈潮音跋〉，以為此篇作品係曼殊的自傳，而認定曼殊的父母都是日本人，也因而弄錯了他少年時代的生活與學歷。爾後這些誤，獲得了進一步的訂正。柳亞子所著的《蘇曼殊傳略》與《重訂蘇曼殊年表》兩篇文章，奠定了日後研究曼殊身世的基礎。

　　關於曼殊的家族歷史，一共有三個序。第一序是同治元年（1862）撰寫的，未署作者名字；第二序是同治四年（1865）秋蘇曼殊的父親蘇傑生所寫；第三序不署年份及作者。在《瀝溪蘇氏族譜》中，記載了家族的來源與遷徙經過，茲將其主要內容綜述於下：

〔註49〕見林佩芬《天女散花——民國詩僧蘇曼殊傳》（台北：時報文化，民國75年），頁15。
〔註50〕見柳亞子《蘇曼殊年譜及其他》，頁165。
〔註51〕見馬以君《燕子龕詩箋註》，頁6。
〔註52〕同上。

　　予姓自漢朝蘇武牧於武安越十載，蒙戴聖恩封贈武功郡望歷代
參焉。至宋朝蘇洵父子，身爲榮顯貴，眷屬眉山。這今亦以眉山，
亦以武功世家，歷代考焉。」〔註53〕始遷祖宗遠，原系廣東省廣州
府順德縣是江鄉北堂房九世。明朝初年，常這與其弟宗岳同到香山
作商賈，「見深灣之地堪居，安處義貧，可以謀食，生能守富貴，進
乎城廓，亦可以求利求名。斯境無瘴屬之疾、水旱之災，遂置田數
十畝，造廬而居焉。耕讀漁樵，優遊自樂，任其所娛。」〔註54〕到
了三世祖積全，方遷至白瀝港，爲落籍廣東省、廣州府、香山、恭
常都、戎屬司、白瀝港、良都四圖五甲的第一代。蘇姓自難碧江後，
惟祖祭省墓乃歸順邑故里，以供子孫之職，由明而迄至乾隆、嘉慶
仍歸故里，以親諸族人。至於道光年間，清朝時節，各子孫回碧江
省墓，半海中途，舟覆浸沒，劫四十人，自始之後，未有回故里，
則宗支日遠日疏矣。〔註55〕

以上記載史料翔實與否，仍須進一步查核。畢竟曼殊的身世童年，對其創作
的意義必大於他的家族背景。關於他的身世，前已有述，不再贅言。曼殊幼
年時，曾誤以爲他人爲己父，〔註 56〕九妹蘇惠珊曾回憶曼殊小時候受到的不
平等遭遇，她說：

　　……時或嬸嬸輩言語不檢，有重此輕彼之分，使三兄感懷身世，
抑鬱不安。聞他十三歲在鄉居，偶患疾病，頗得嫂嫂照顧，爲其醫
治並戒口菜肴等。但有嬸嬸輩，預定其病不能治，將其置之柴房以
待斃。過些時病漸痊可，三兄即整裝往滬與其父母重敘，故將這一
段苦衷訴諸父母，並說一家數十八，最愛他看，是我的祖母也。

　　……祖母最愛他則表明除祖母外俱是冷眼者，不得溫暖，而有
些邈視異國人所生之子女，以至純潔無邪的小孩子當作陌路人，甚
至以爲自己是無人所認的日本人，誤將自己高貴之身世，作爲流浪
客，故有說『難言之恫』。……

家庭、親情、是一個人奔波世事之後的避風港，尤其身處於價值觀曖昧，傳

〔註53〕《瀝溪蘇氏族譜》第二序。
〔註54〕《瀝溪蘇氏族譜》第三序。
〔註55〕《瀝溪蘇氏族譜》第三序。
〔註56〕見《從磨劍室到燕子龕》，頁143。

統禮教制度面臨瓦解的歷史時代，孑然一身的生命，極需要一處可以安身的處所。這處所可以是一個真理、一個目標，也可以是一個溫緩的家、一句親人的慰藉。然而蘇曼殊的一生卻選擇了浪跡天涯，與家族完全斷絕關係，甚至父親去世時，他都沒有回去送終，﹝註 57﹞或許可以說是與其在不大理解人事的童年，便親眼見到、親身經歷到冷漠反常的家庭氣氛，刻印在他的潛意識中非常有關。甚至已默默地左右著他的人生觀，而隱伏為人格的因子。詩裡的他，是「芒鞋破缽無人識，踏過櫻花第幾橋？」「無端狂笑無端哭」、「行雲流水一孤僧」的孤獨放逸形象，在小說裡的他，藉著人物，則隱隱表現了極端渴望親情、愛情的心事：

> 計余居此，忽忽三旬。今日可下山面吾師；復此掃葉焚香，送我流年，亦復何憾！如是思維，不覺墮淚，嘆曰：「人皆謂我無母，我豈真無母耶？否，否。余自養父見背，雖煢煢一身，然常於風動樹梢、零雨連綿、百靜之中，隱約微聞慈母喚我之聲，顧聲從何來，余心且不自明，恆結凝想耳。繼又嘆曰：「吾母生我，胡弗使我一見，亦知兒身世飄零，至於斯極耶？」

「身世之恫」的背景，使得他的人格特質多了一抹落寞、孤獨的色影，而善感、陰柔的性情，也多與此息息相關。

第四節 學習歷程的影響

一、佛教思想

蘇曼殊雖為佛門弟子，然其一生終在入世與出世、俗與僧之間徘徊，他「誠不頤棲遲於此五濁惡世」，﹝註 58﹞欲藉佛教經義，將「本我」的貪嗔癡愛加以超越，看淡世事，得本我與自我的平衡。他曾在佛法的學習上下過功夫，在民國三年（1914）〈與劉三書〉，中他曾提到：

> 頃至來京，專攻三論宗，以一向隨順，住心觀淨，是病非禪；
> 所謂心如虛空，亦無虛空之景。

而〈日本僧飛錫潮音跋〉則曰：

> 年十二，從慧龍寺主持贊初大師，披鬀於廣州長壽寺，法號博

﹝註 57﹞同上，頁 28。
﹝註 58﹞〈與劉三書〉。

經，由是經行侍師惟謹，威儀嚴肅，缽無聲。旋入博羅，坐關三

月，詣雷峯海雲寺，具足三壇大戒。嗣受曹洞衣缽，任知藏於高樓

古刹。

此段所言當屬「禪宗」。然從「徹告十方佛門弟子啓」、「告宰官白衣啓」等文
章來看，他又似受律宗的影響。〔註 59〕考其一生，無論是對禪宗或律宗，其
實他都不太虔誠。佛門戒律的學習，反映在他詩作裡，不是頓悟之後的大徹
大悟，反而是禁錮自由與犯殺情愛的矛盾點。「佛學思想」的學習不但無法成
爲生命的彼岸，反而是「個人主義」戰勝了「四大皆空」。因而他的作品，所
呈現的不是「禪詩」，而是斬不斷萬千情縷的「文學作品」。

二、中西學的薰陶

生於憂患、長於憂患的蘇曼殊，其求學習業的過程極爲不定。七歲在家
鄉的私塾念書，依據其妹蘇惠珊的敘述，曼殊的老師，名爲蘇老泉，是一清
朝舉人，學識淵博。曼殊自幼喜愛文學，書法極端整齊。所讀的書，一圈一
點，無不注重，文學也甚佳。〔註 60〕由於家道中落，僅十三歲的曼殊便終止
家塾的學習。而且他在塾就讀期間，「一年而大半爲病魔所困」。十三歲時，
從西班牙羅弼、莊湘處士治歐洲詞學，年十五，便負笈東渡日本，開始異鄉
的求學生涯，入華僑所辦的大同學校。光緒二十八年（1902）畢業後轉入東
京早稻田大學高等預科。光緒二十九年（1903）進入成城學校。在日本及回
鄉期間，章太炎、劉師培、陳獨秀諸好友都曾教其研讀古詩，陳獨秀還說：「他
漢文的程度實在不甚高明。他忽然要學做詩，但平仄和押韻都不懂，常常要
我教他。他做了詩要我改，改了幾次，便漸漸的能做了。在日本的時候，又
要章太炎教他做詩，但太炎也並不曾好好兒的教。只出著曼殊自己去找他愛
的詩……讀了這許多東西以後，詩境便天天的進步了。」〔註 61〕

光緒三十年（1904），曼殊從香港回到上海，決定了南遊的計劃，周遊暹
羅、錫蘭等處，開始學習梵文。精通中、英、法、梵、日五種文字的他，對
外來文化能夠直接涉獵原典。而對於中國傳統文化，因爲受到影響較少，所
以能具備一種較爲開放的眼光。比較那些背負傳統包袱太重的士大夫而言，
曼殊可以說是相當幸運了。但這種「幸運」，同時也意昧著曼殊作爲一個置身

〔註 59〕見《佛學與中國近代詩壇》，頁 39。
〔註 60〕同註 561，頁 143。
〔註 61〕同註 18。

於二十世紀初中西文化碰擊的近代知識分子，在尋求文化歸宿，實現自我更新時，無法避免於經歷一場極爲痛苦的蛻變過程。

三、交遊對象

朋友對於一個人的成長影響極大，荀子曰：「蓬生麻中，不扶自直，白沙在涅，與之俱黑。」（〈勸學篇〉）；《禮記》言：「獨學而無友，則孤陋而寡聞。」（卷十一「學記」），凡此均說明了朋友對於個人學行上的重要。而俗諺亦曰：「不知其人，視其友」，如果我們想了解曼殊的人格、行爲，其「交遊對象」是一重要的媒介。

曼殊一生閱歷豐富，故交遊也極爲廣闊，今依柳無忌〈蘇曼殊及友人〉一文，及曼殊遺留下的書信集、隨筆、詩文等資料，當選析數位交往較密者概述之。

（一）長沙實業學堂時代的朋友

楊性恂：民國前九年，曼殊主講長沙實業學堂，與楊性恂同事。楊性恂名德鄰，湖南長沙人。在性恂所著的〈錦笈珠囊筆記〉中，有這麼一段描寫：「香山曼殊居士，姓蘇，名玄瑛，十年前與余同任湖中實業學堂講席。除授課外，鎮日閉戶不出，無爐無淨，與人無町蹊。嫻文詞，工繪畫，然亦不常落筆，或畫竟，輒焚之。忽一日，手節杖，著僧服，雲遊衡山，則飄然去矣。」

（二）蘇州吳中公學時代的朋友

包天笑：吳中公學設在蘇州，是由學生自己組織的學校，包天笑是曼殊在校中當教授時認識的。包天笑名公毅，號朗生。曼殊曾將靜女調箏圖的明信片給天笑，並題識於上。他在〈與劉半農書〉中亦云：「朗生兄時相敘首否？彼亦纏錦俳惻之人，見時乞爲不慧道念。」

湯國頓：曼殊離開蘇州，後就到上海「國民日日報社」當翻譯。在國民日日報上，有他的〈以詩並畫留別湯國頓〉詩二首，湯氏可能也是曼殊在蘇州時的朋友。湯國頓，可能也就是廣東人湯覺頓，在民國五年開珠海會議時，被龍濟光刺死。〔註62〕

（三）上海國民日日報時的朋友

章行嚴：在章行嚴用「爛柯山人」爲名所作的小說〈雙枰記〉內，曾提及蘇曼殊：「後麋施復來自閩，余方經營某新聞社，即約與同居……。獨秀山

〔註62〕見劉斯奮《蘇曼殊詩箋註》，頁2。

民性伉爽，得靡施恨晚。吾三人同居一室，夜抵足眠，日促膝談，意氣至相得。時更有社友燕子山僧喜作畫，亦靡施劇譚之友。」章行嚴名士釗，號秋桐，又號孤桐，湖南長沙人。章太炎對其頗爲器重，經太炎推薦，被聘爲「蘇報」主筆，從此「蘇報」大爲改觀。辛亥革命後歸國，任總統府常年顧問，後任參議院議員。民國二年（1914），因反對袁世凱稱帝，逃亡日本，在東京主編《甲寅雜誌》，猛烈抨擊帝制。其文慷慨激昂，〔註63〕「出其凌空之筆，抉發政情，語語爲人所欲出而不得出，其文遂入人心，爲人人所誦，不管英倫之於艾狄生焉。」

　　陳仲甫：曼殊與陳仲甫的交情較章行嚴爲深。他倆認識於光緒二十八年曼殊加入青年會時。爾後曼殊赴滬，與仲甫同事於「國民日日報」。鄭相荐曾說：「曼殊的朋友，恐怕要算仲甫最久最厚。」柳亞子亦以爲曼殊生平第一個得力的朋友，是仲甫，大抵漢文和英文、法文都曾受他指導。〔註64〕曼殊所譯的〈慘世界〉，曾經由仲甫潤飾過；曼殊開始學詩，也由仲甫指導。所以曼殊在〈文學因緣自序〉中，稱他爲「畏友仲子」，且常有詩相往來。

　　陳仲甫名仲，一名由己，號仲子，又號獨秀，安徽懷寧人。其早年由於不滿八股文，曾轉向「康黨」；後由於百日維新流血結束，再由「康黨」轉入「亂黨」。因藏書樓演說反清被通緝逃滬，與章士釗、張繼等人創立革命報紙「國民日日報」。在日時，以通日、英、法三國文字，除了研究政治還研究文學。日本思想界給其最大的影響，是社會主義與文藝理論。他在民國前，就介紹歐洲文學思潮，又工古詩，章行嚴贊其「文學固有賈生不及之歎」。光緒三十三年（1907）加入「亞洲和親會」，民國四年九月創刊「青年」（翌年改爲「新青年」），前期（至1919年4月15日）爲止是啓蒙運動的刊物，反孔、宣揚民主和科學、提倡「文學革命」。〔註65〕

（四）南京陸軍小學時代的朋友

　　曼殊到南京陸軍小學教書，是在民國前七年。這時期有二位重要的朋友，趙伯先與劉三。

　　趙伯先：名聲，江蘇丹徒人，同盟會重要分子，在黃花岡失敗之後，嘔血而死。在〈燕子龕隨筆〉中，曼殊記曰：

〔註63〕見任訪秋《中國近代文學史》，頁376。
〔註64〕見鄭學稼著《陳獨秀傳》（下）（台北：時報，民國78年），頁1221。
〔註65〕同上，上冊。頁27～160。

趙伯先少有澄清天下之志，余教習江南陸軍小學時，伯先為新軍第三標標統，始與相識，余歎為將才也。每次過從，必命兵士攜壺購板鴨黃酒；伯先豪於飲，余亦雄於食。既醉，則按劍高歌於風吹細柳之下，或相與馳騁於龍蟠虎踞之間，至樂也。倩劉三為題定菴絕句贈之曰：「絕域從軍計惘然，東南幽恨滿紙箋。一簫一劍平生意，負盡狂名十五年。」

〈答蕭公書〉中有：「今託穆弟奉去飲馬荒城圖一幅，敬乞足下為焚化於趙公伯先墓前，蓋同客秣陵時許趙公者；亦昔人掛劍之意，此畫而後，不忍下筆矣。」

劉三：號季平，別號江南，上海人，曼殊在日本東京成城學校習陸軍時，即與同學，此時又是南京陸軍小學的同事，和曼殊的交誼甚切。在曼殊的書札中，和劉三往來的頻率最高，存著有四十餘通，其中並知劉三時常以金錢周濟曼殊，曼殊詩亦有經劉三修飾者。民前五年十月，曼殊在給劉三的信中，曾囑劉三為作傳，其信中云：

如兄肯為曼作傳，若贈序體，最妙；因知我性情遭遇者，舍兄而外，更無他人矣。千萬勿卻。知己之言，固不必飾詞以為美，第摹余平生傷心事實可耳。

由曼殊之言，可知二人交誼之深了。

其曼殊的詩、隨筆中也數處提及劉三，隨筆中有則：「劉三工詩善飲，余東居，畫文姬圖寄之……」「有懷」二首有云：「多謝劉三問消息，尚留微命作詩僧。」〈西湖韜光菴夜聞鵑聲簡劉三〉的詩：「劉三舊是多情種，浪跡煙波又一年。近日詩腸饒幾許，何妨伴我聽鵑啼。」互相應答的詩亦許多，其中充滿真摯深切的情誼。

（五）蕪湖皖江中學時代的朋友

鄧繩侯：曼殊到蕪湖皖江中學教書，於民國前六年，鄧繩侯是在此時認識的，曼殊當時有畫贈鄧繩侯，書上的題跋云：「懷寧鄧繩侯先生蓺孫，為石如老人之曾孫，於其鄉奔走教育。余今夏至皖江，就申叔之招，始識先生，與共晨夕者彌月。」繩侯名蓺孫，安徽懷寧人。

（六）日本民報和天義報時代的朋友

柳亞子《蘇玄瑛新傳》云：「丁未，在日本，從章炳麟、劉師培遊。若梵文典八卷，自為序……師培為天義報，倡無政府主義。邀玄瑛同居，刊其畫

於報端。師培婦何震則從玄瑛習續事，號稱女弟子。」章太炎和劉師培是曼殊這一個時期最重要的朋友。章太炎主持民報、劉師培創辦天義報。1905 年8 月「同盟會」正式成立現本決定以宋教仁籌辦的「二十世紀之支那」作爲同盟會的機關報，後突遭日警押收該報，於是同盟會幹部改名爲「民報」。自民報發刊後，「方興之革命潮流得一統一機關以資進行，急需之革命宣傳，得一鮮明旗幟以資號召，」革命思潮一日千里，留日學生以及國內知識階級之觀念，爲之一新。使不少徬徨於革命與保皇之間的留日學生紛紛投向同盟會，1906 年，章太炎任命民報主編，革命派勢力更爲高漲。〔註66〕

　　曼殊和太炎的關係最深，在文字上得太炎的幫助亦更多。有淚紅生在〈記曼殊上人〉一文中云：「與太炎居尤久，其文字常得太炎、潤色，故所譯英文擺輪詩，中多奇字，人不識也。」而曼殊與劉三書中亦曾說：「前譯拜輪詩，恨不隨吾元左右，得聆教益；今蒙末底居士（太炎）爲我改正，亦幸甚矣。」可見太炎對曼殊的影響甚大。爾後章太炎變節擁護袁世凱任臨時大總統，曼殊對他當時的行爲非常不滿，有文字指陳。

　　章太炎名炳麟，又名絳，號枚叔，別號末底，斯江餘杭人。1910 年 3 月4 日，孫中山先生離日時，同盟會的分裂趨於表面化。1906 年，清政府命駐日公使楊樞向日政府交涉，驅逐中山先生，日政府勸其出境，並餽程儀五千元，東京殷商鈴木久五郎亦餽贈一萬元。因中山先生接受日政府的餽金，未經眾議，致離日未久，同盟會員章太炎、張繼、宋教仁、譚人鳳等大起非議，而太炎爲憤激。1910 年，章太炎任光復會東京本部會長，與同盟會正式分裂。〔註67〕

　　而在近代文學領域裡，章太炎的文學觀也是一個頗爲複雜的現象。他曾認爲革命宣傳文學應該「叫咷恣肆」、「跳踉搏躍言之」。但他又認爲文學應有「澹雅之風」、主張以「博約」「閎雅」之文以「說典禮」、「窮遠致」。章太炎又一向倡導魏晉文風，作爲鼓吹革命的「義師先聲」。但是，他對於近代啓蒙思想家龔自珍、魏源敢於宣揚叛逆之音的文章，卻貶爲「近于怪迂」。以上種種，使得章太炎具有一個矛盾的印象，他既被人尊爲辛亥革命前的「革命文化大師」，又被視爲文學上的復古主義者。他的文學觀，顯現了新舊嬗替的痕

〔註66〕見黃福慶《清末留日學生》，頁240。
〔註67〕同上，頁243。

跡。〔註68〕

劉申叔名師培，一名光漢，號少甫，別號無畏；其妻何震，號志劍，二人同是江蘇儀徵人。章太炎在〈書蘇元瑛事〉上有這一設記載：「元瑛與劉光漢有舊，時時宿留其家；然諸與光漢陰謀者，元瑛輒罜之，或不同坐。『礪而不鄰，涅而不梓』其斯之謂歟？用弁急不隸黨籍，持黨見者多嗛之。光漢為中詗事發，遂以誣文瑛，顧談者不自量高下耳。」陳仲甫在與柳亞子的談話中，亦說過劉師培把曼殊認作傻子，他夫婦倆與端方的關係，都不避曼殊面談。馮自由在〈蘇曼殊之真面目〉一文中曾回憶到：

　　曼殊與申叔夫婦同寓東京牛込區祈小川町時，偶患精神病，有
　一夜忽一絲不抖赤身闖入劉室，手指洋燈大罵，劉夫婦咸莫明其妙。

此事雖不知是否真有其事，但似可知道他那「不肯隨時俯仰，只裝點做巔瘋病」的樣兒。

爾後且曼殊遭到革命黨人的誤會，被指為清室偵探，就是因為曼殊與劉師培在日的關係。

劉師培短暫的一生（884～1919），在思想與行動上充滿多變與矛盾。在他二十歲（光緒二十九年，1923）赴京會試不第，赴上海識章炳麟、蔡元培開始，到二十四歲（光緒三十二年，1907）以黨禍避地日本為止，為「排滿革命運動」時期；〔註69〕到達日本後，為民報撰稿，遂醉心於無政府主義，其具體的表現便是與妻何震發行「天義報」，並與張繼（溥泉）合組「社會主義講習會」，成為當時留日學界的無政府主義的中心人物。光緒三十四年（1908）劉氏與章太炎之間的關係漸趨不和，接著「天義報」停刊，另成立的「衡報」又遭禁，劉氏在這種處境之下，為江督端方所收買，於同年冬，偕妻返上海，投向清廷的懷抱，〔註70〕人入國後，為袁世凱帝制籌安會六君子之一。其變節叛變，為人所詬病。

（七）上海國學保存會時代的朋友

黃晦聞：曼殊在民國前五年秋天，曾到上海頗有一段時日，住在國學保存會的藏書樓內。和他同在一起者，有黃晦聞、陳佩忍等人。

黃晦聞名節，廣東順德人，贈曼殊詩甚多。〈燕子龕隨筆〉中有一則云：

〔註68〕見時萌《中國近代文學論稿》，頁355。
〔註69〕見李瑞騰《晚清文學思想之研究》（台北：文化大學76年博士論文），頁85。
〔註70〕同註66，頁252。

－30－

「晦聞見寄七律一章，溫柔敦厚，可與山谷詩並讀。……後一年，余經廣州，留廣雅書院，一醉而去。抵日本，居士復追贈一律。……居士有蘼蕪樓，余作風絮美人圖寄之。」此外曼殊有書跋一則，云：「晦聞居士客余於藏書樓，寒風蕭瑟，落葉打肩。居士命畫，作此質之，居士得毋有夕陽無限好之感耶？」

黃節在光緒三十年（1904）與鄭實、陳去病等在上海成立「國學保存會」和「國粹學社」。後在「國粹會報」等處發表許多詩文，反清反袁，名振一時。他也是南社最早參加籌備活動的人，他的舊詩功力，對提高南社聲譽有積極意義。因此有人認為，南社詩人，「若言詩學最深，成功最大的，要數黃節的『蘼蕪樓詩』。」（盧冀野《民族詩歌論集》）〔註71〕

陳佩忍：名去病，號巢南，別號病倩，江蘇吳江人。他和曼殊相識，是在民國前九年留學日本時，此時留學界因拒俄事件，發起「拒俄義勇隊」，陳佩忍和曼殊都是隊員。他也是南社的主要發起人之一，也先後參加過《警鐘日報》、《江蘇》、《國粹學報》等刊物的編輯工作，所至均組織文社，在安徽組織黃社，在杭州組鐵秋社，在紹興組織匡社、越社。他在中國傳統文化方面有較深的造詣，其活動體現了《國粹學報》派的特點，即企以學術作革命的宣傳。〔註72〕

（八）南京祇坦精舍時代的朋友

楊仁山：民國前四年秋天，曼殊在南京祇坦精舍教書，楊仁山為祇坦精舍的創辦人，是當時有名的佛學研究者。曼殊的佛學觀念，可能頗受仁山的影響。在曼殊〈與劉三書〉中云：

> 瑛于此亦時得聞仁老談經，欣幸無量。仁老八十餘齡，道體堅固，聲音宏亮；今日謹保我佛餘光，如崦嵫落日者，惟仁老一人而已。

在另一信上，則提及：「仁山老居士創設學林，實士世勝事，未敢不應赴耳。」

清末民初，肩負佛教傳說家業的僧眾們，如滿清政府一般，閉關自守、故步自封。祇有知識份子的學者居士們，能隨時代潮流演變，溫故知新，開啟佛教復新機。而開啟此一機運的耆德元勛，首推楊仁山先生。仁山先生，名文會，安徽石埭人，近代學者尊之為楊仁山大師。他曾到日本，發現許多唐宋遺留於日本的佛學寶典。回國以後，便絕意仕進，立志畢生弘揚佛學。

〔註71〕同註63，頁419。
〔註72〕見《南社》影本，頁73。

譚嗣同、梁啓超、章太炎等，都深受影響致力佛學。〔註73〕

（九）上海太平洋報時代的朋友

柳亞子：民國元年，太平洋報在上海印行，經理是朱少屏，總領輯是葉楚傖，文藝編輯是劉亞子，爾後柳亞子因事離滬，由胡寄塵繼續編輯。柳亞子名棄疾，號安如，別號亞盧，江蘇吳江人。爲南社創辦人之一，柳亞子不僅爲曼殊生前好友，曼殊死後，爲曼殊的作品收集、編輯、研究者亦不遺餘力。

（十）安慶高等學堂時代的朋友

鄭桐孫：民國元年冬天，曼殊到安慶教書，鄭桐孫爲當時的同事。鄭桐孫名之蕃，別號焦桐，江蘇吳江人。安徽高等學堂的生活，曼殊信札中數次提及，其中有數云：「抵皖百無聊賴，無書可讀，無花可觀；日與桐兄劇譚斗室之中，或至小蓬萊吃燒賣三四隻，然總不如小花園之八寶飯也。」而在桐孫與柳無忌的信中，亦寫有下面一段：「我們在安慶，每天上小蓬萊吃點心、或吃飯……現在回想當時的每天『上蓬萊』，亂談今古，覺得生平快樂，莫過于此。」這就是他們在安慶時的一段友誼。

（十一）日本民國雜誌時代的朋友

居覺生：民國三年（1915），曼殊在日本，恰值民國雜誌社在日本東京成立，覺生爲民國雜誌的發行兼緝輯。曼殊〈與鄧孟碩書〉云：「吾自十月，即遷來覺生先生處」，下署「宣統六年十一月十四日」，正是此年。爾後（民國5年，1917），居覺生在東北起兵獨立，曼殊也曾到青島去看他。

居正，原名之駿，字覺生、嶽崧、別號梅川居士，光緒三十年（1905）負笈東京，加入同盟會。辛亥武昌起義之前，常撰文闡發革命大義，與保皇黨之總匯報筆戰。辛亥革命初期樹立武昌軍政規模；民國二年以書生從戎討伐袁世凱；民國三年至八年擔任中華革命黨及中國國民黨主幹。〔註74〕

四、創作觀念

一個文學家的創作過程，一方面包括了創作主體對自己的心理活動之體驗，一方面又包括對外在於創作主體的客觀世界的認知與關懷。而創作觀念的內在意涵，亦與創作過程，具有一種互爲因果的積極關係，亦會影響一位

〔註73〕見南懷瑾《中國佛教發展史》（台北：老古，民國76年），頁170。
〔註74〕見吳相湘《民國百人傳》（三）（台北：傳記文學），頁83。

作家的作品風格。

　　關於蘇曼殊的創作觀念，因其本身少有屬於對詩、藝術等方面的明確論點，故惟從其言論文字中一探究竟。曼殊常言「人謂袥天生情種，實則別有傷心之處耳。」（馮春航談）；亦曾提到對詩的看法，他說：「詩亦尋愁覓恨之具也」（與鄧慶初書），〈燕子龕隨筆〉中亦記載著：「雖今出家，以情求道是以憂耳。」蓋蘇曼殊的創作觀念，很明顯地，與其性格、人生觀極為類似。他不把詩當作一嚴肅的創作主課，他不藉詩記載歷史時事，詩乃是他生命的另一扇窗口，他可以藉詩作為渲洩個人感情的一項途徑。故他的詩，其體裁無浩浩長篇，多是精緻洗鍊的七言絕句。較適合於捕捉意境，留有餘味。而強烈的是非觀念，曼殊則表現於雜文書信之中。

　　「詩」對他而言，無須如佛教般，作為超越「五濁惡世」（〈與劉三書〉）、欲於「蒲團上具有華那，梵音中能造一新世界」的真如世界，詩真實地反應了他的人生，洗淨了他的靈魂，記錄了生命當下的「存在本質」。因為在詩中，他不以佛學教義為指導，而是讓「本我」與「自我」在詩裡相遇、融合。

　　曼殊常在一人獨處的時候，份外能感受到大自然的脈動，進而感受到個人生命的脈動，而因對客體世界的認知，輕易地掌握到屬於詩的傷感境界，隱隱成為他的詩觀、審美觀。「情根未斷，觸此落葉青燈，蟲聲在壁，伏機書此，聊當話別」（與盧仲農、謙之書）、「聽風望月，亦足以稍慰飄零！」（與柳亞子書）、「寒日節到滬，杏花春雨，滴瀝增悲。獨坐吳姬酒肆，念諸故人鸞飄鳳泊，采酒壓愁，又欷歔不置耳。」（〈與黃晦聞蔡哲夫書〉），雖然曼殊對詩在其生命中的影響，亦有所反省，而語重心長地說：

　　　　　亡友篤生曾尼不慧曰：「此道不可以之安身立命。」追味此言，
　　　　吾試不當以閒愁自戕也！
然「惟留餘命作詩僧」的絕路心情，真是惟有詩能「隨緣消歲月」了！

第五節　性情氣質

　　才氣或與性俱來、或受後天環境、學識的薰陶。孟子曰人性本善，荀子云人性本惡，而告子卻說性無善惡之分。蓋本性因人而殊，而人格亦因之而有別。參考曼殊有關的書傳詩文、經歷，略有鉤勒出曼殊之性情才氣有以下數端：（一）浪漫氣質、（二）率直天真、（三）孤高耿介：

一、浪漫氣質

郁達夫曾有段話形容蘇曼殊，其云：

> 蘇曼殊的名氏，在中國的文學史上，早已經是不朽的了，……
> 他的譯詩，比他自作的詩好，他的詩比他的畫好，他的畫比他的小
> 說好，而他的浪漫氣質，由這一種浪漫氣質而來的行動風度，比他
> 的一切都好。〔註75〕

這裡所說的「浪漫氣質」和「行動風度」，其實也即可以作「人格」的理解。
蘇曼殊的「浪漫」，是他的生活風範與強烈個性的表現，在他一生的行徑中，
有許多的言行舉止及人生抉擇，真切地展現出曼殊富於浪漫主義的特質。他
以拜倫為師，並盛舉拜倫為希臘人民爭自由而捐軀的高貴行誼，「拜倫以詩人
去國之憂，寄之吟詠，謀人家國，功成不居，雖與日月爭光，可也！」，〔註
76〕面對豆剖瓜分的山河，以殷殷憂國之思，曼殊翻譯了拜倫慷慨激昂的〈去
國行〉、〈大海〉、〈哀希臘〉，藉拜倫之言一澆胸中塊壘，常至於「歌拜倫『哀
希臘』之篇，歌已哭，哭復歌」的深沈境地。不僅如此，他還以身效之，將
革命的理想情操，化為實際的行動，這其中包括他參加青年會、拒俄義勇軍、
軍國民教育會、光復會、華興會、同盟會、南社，以及辛亥革命之後擁護張
中山先生反對袁世凱稱帝等等一連串革命實踐，這些都是他浪漫氣質訴之於
憂國思民的一面。

至於他不拘禮教、浪漫多變的生活行為，則可從朋友對他的追憶中想見
一斑：

（一）楊性恂《錦笈珠囊筆記》：「曼殊居士十年前與余同任湘中實業學堂講席，
　　　除授課外，鎮日閉戶不出。……忽一日，手筇杖，著僧衣，雲遊衡山，則
　　　飄然去矣。」

（二）章太炎《曼殊遺書弁言》：「蘇曼殊數以貧困，從人乞貸，得銀數餅，即冶
　　　食，食已銀亦盡。嘗在日本，一日飲冰五六斤，比晚不能動，人以為死，
　　　視之猶有氣。明日飲冰如故。」

（三）柳亞子《燕子龕序》：「君工愁善病，顧健飲啖，日食摩爾登糖三袋，謂是
　　　茶花女酷嗜之物。余嘗以芋頭餅二十枚餉之，一夕都盡，明日腹痛弗能起。」

（四）胡韞玉《曼殊文鈔序》：「性善啖，得錢即冶食，錢盡則堅臥不起，嘗以所

〔註75〕見《雜評曼殊的作品》。
〔註76〕見《拜倫詩選自序》。

鑲金牙敲下，易糖食之，號曰：『糖僧』。」

（五）薛慧山《蘇曼殊畫如其人》據注東云：「曼殊喜啖牛肉，一日與宋遁初等集東京民報社，曼殊入浴，予揚言：『吃牛肉料理去』，故作拔關覓履聲。曼殊從室中呼曰：『勿！勿！待我！』遠倉皇出，令座大笑。曼殊張目四顧，徐自話曰：『誑言邪？』眾益大噱。」

（六）馬仲殊《曼殊大師逸事》：「一日，從友人處得紙幣十數張。興之所至，即自詣小南門購藍布架裟，不問其價，即付以二十元。店伙將再啓齒，欲告以所付者過，而曼殊已披衣出門十數武。所餘之幣，于途中飄落。歸來問其取數十元，換得何物？難惟舉舊袈裟一件，雪茄煙數包示耳。」

在傳統禮教受到南方文化思潮衝擊的時代，曼殊以「浪漫主義」、「個人主義」的我行我素，在道德、倫理等包袱壓制下企圖尋求新的突破。而這一些似怪異，似特立的行為，無非是他作為一個徘徊在東西方文明的知識份子，產生矛盾待所呈現的反應。

閱讀他的《潮音序》，更可看出他實擁有一顆奔放自由的心：

> 他（拜倫──筆者注）是一個熱烈的、真誠的為自由而獻身的人，不論在大事業和小事業之，也不論在社會的或政治的每件事情上，都敢于要求自由，他以為自己無論怎樣做，無論做到什麼程度，都不過份。

> 拜倫的詩，像是一種使人興奮的酒，──飲得越多，就越覺得它甜美、迷人的力量，他的詩裡，到處都充滿了魅力、美感和真誠。

> ……他是一個性格奔放、心靈高尚的人。他到希臘去，和正在為自由而戰的希臘愛國者咱們站在一起。當他正在從事這項壯麗事業的時候，竟不幸去世。他的整個生命、經歷和作品，都是用愛國和自由的理想編織起來的。

文中，曼殊反覆強調者拜倫的為「愛國」、「自由」而獻身的情操，很明顯地，曼殊在對拜倫的讚譽中，也隱含著對「自我」的某種肯定。易言之，曼殊在拜倫的身上發現了「我」，又把「我」的氣質灌注到拜倫身上。〔註77〕由拜倫和曼殊的身上，我們看到的是在歷史逆流中，追求自由、理想的浪漫心靈遭受挫折的悲劇。曼殊所憑藉的，只是個人的一腔孤憤和浪漫激情，這就注定

〔註77〕見馬以君《蘇曼殊與拜倫》，頁72。

了他的反抗不能深入和持久。當革命處于高潮時，曼殊人格的局限尚能為政治熱情所掩蓋。而當革命落潮後，曼殊浪漫的局限性便顯露出來，他頹廢狂放，卻又遁跡空門，而他的生命，也就在矛盾無助、出世又入世的自我戕伐中結束了一生。〔註78〕

二、率直天真

曼殊的「率直天真」，處處反映在他與朋友的交往之中。茲舉數例如下：

（一）胡寄塵《曼殊文選序》：「美利堅有肥女，重四百斤，脛大如汲水瓮。子谷視之，問：『求偶耶？安得肥重與君等者？』女曰：『吾故欲瘦人。』子谷曰：『吾體瘦，為君偶何如？』其行事多如此。」

（二）何世玲：《關于曼殊大師的幾句話》：「一日，曼殊從報紙上看到一則推銷德國新製玩具的廣告，遂請友人以置衣之資（曼殊此時因衣盡而不能出院）購得，于病榻上摩挲不已。此時適值一友人前來探視，見狀乃大贊其手中之物。曼殊于是將此物慨然奉貽，並對執意不肯領受的友人說道：你如果不受，便不是誠心贊賞，你就不能不收下。友人堅辭不得，乃攜之而去。曼殊又復臥于病榻，依舊因衣盡而不能出院。

（三）費公直《題曼殊大師譯蘇格蘭人頹頹赤薔靡詩直幅》：「忽隔籬狹有呼余者，音甚稔，行近乃大師。……大師欲得生鰻，遣下女出市。大師啖之不足，更市之再，盡三器，余大恐禁弗與。急煮咖啡，多入糖飲之……是夕夜分，大師急呼曰：『不好，速為我秉火，腹痛不可止，欲如廁。』」「遂扶之往，暴洩幾弗及登。」

（四）馬仲殊《星殊大師軼事》：「曼殊得錢，必邀人作青樓之遊，為瓊花之宴。至則對其所召之妓，瞪目凝棍，曾無一言。食時，則又合十頂禮，毫不顧其座後尚有十七八妙齡女子，人多為其不歡而散。……曼殊善繪事，每於清風明月之夜，振衣而起，勿卒間作畫。既成，即揭友人之帳而授之。人則僅受之可耳；若感其盛意，見於言詞，語未出口，而曼殊已將畫分為兩半矣。」

（五）胡寄塵：《曼殊文選序》：「一日，余赴友人酒食之約，路遇子谷，余問曰：『君何往？』子谷曰：『赴友飲。』問：『何處？』曰：『不知。』問：『何人招？』亦曰：『不知』。子谷復問余：『何往？』余曰：『亦赴友飲。』子

〔註78〕同上，頁75。

　　谷曰：『然則同行耳。』至則唉，亦不問主人，實則余友並未招子谷，招子
　　谷者另有人也。」

　　以上所載，雖然有些爲雜記式的回憶，未可全信，但使我們見到這麼一
個對友人全然率直赤誠的曼殊。他的率直，使他對朋友的好不須假藉言辭，
在自然中呈顯其人性的光輝。或許他因爲不加修飾、不隨流俗，表現於行爲
的可能是嬉笑怒罵、不知所云、不按牌理出牌，如同「嬰兒」般未涉世事，
所以有人誤以爲他「不解人事，至不辨稻麥」的無知，〔註79〕但只要知曉他
一生耿介孤高的性格，便知，「於人情事故上面，曼殊實在也是十分透徹，不
過他只肯隨時俯仰，只裝點做瘋瘋癲癲的樣兒……當曼殊傻子的人，他們在上
曼殊的大當呢！」。〔註80〕他並非未涉世事的小兒，相反地，還比同時代的人
多一些不愉快的遭遇，對他而言，世事所見的是苦多於樂、負面多於正面的。
然而他卻能淡泊一切挫折磨難，長留「赤子之心」。他的「赤子之心」，也是
他爲自己性靈尋求平衡的另一種方式。在「無端狂笑無端哭，縱有歡腸已成
冰」的強烈悲傷的侵蝕之下，在「還卿一缽無情淚，恨不相逢未鬢時」的取
捨之間，他的「率直」、「眞摯」的至性至情，使他終無法成爲「無愛無嗔」
的佛門戒規弟子。而自內在流露出來的眞、善、美人格，也因而令人感動不
已！

三、孤高耿介

　　蘇曼殊對率直的追求，當他在面對友人時是無私的眞誠與關懷，而在面
對社會的污泥與國家的興亡命運時，便化成了「骨髓快一吐」的憤世之情及
孤高的行誼。

　　當他得知劉師培、何震夫婦爲「籌安會」的發起人，竟爲喪心病狂的袁
世凱賣命時，他毅然決然地與他們斷絕關係；爲了反抗袁世凱禍國殃民的醜
行，除了以個人名義撰寫「討袁宣言」之以表明心跡外，在與朋友鄧孟碩的
信末，把民國三年（1914）的紀年，改寫爲「宣統六年」，另一信還寫著「皇
帝宣統六年十一月二十日，洋皇帝四年一月五號」，這表面上像在開玩笑般的
玩世不恭，實際上是曼殊憤世嫉俗的抗議表現。

　　另外，當他得悉章太炎擁護袁世凱擔任臨時大總統，並接受袁政府東三

〔註79〕見章炳麟《曼殊遺畫弁言》。
〔註80〕見柳亞子《記陳仲甫先生關於蘇曼殊的談話》。

省籌邊使之職時，對他的老師仍直接表現內心的不滿。他說：「居士持節臨邊，意殊自得矣！」爾後在致蕭公的書信中，亦再次諷刺：「此次過滬，與太炎未嘗相遇。此公興致不淺，知不慧進言之緣未至，故未造訪，聞已北上矣。」

他的耿介孤高，展現於民族的情感、歷史的使命感，或展現爲愛國行動、或化爲涓滴的文字思想。他曾經大罵某些廣東人是「細崽洋奴」、「亡國賊種」，他說：

> 我廣東人才天然媚外的性質，看見了洋人，就是爺天祖，也沒有這樣巴結……當那大英大法等國的奴隸，並且仗著自己是大英大法等國奴隸，來欺虐自己祖國神聖的子孫……「中國不亡則已，一亡必先廣東；我廣東不亡則已，一亡必亡在這班入歸化籍的賊人手裡。」〔註81〕

他也曾譴責菊蘭殖民者「以淫威戮我華胄，罵我國旗。嗚呼，菊蘭者，眞吾國人九世之仇也！」，並提出「非廢卻一切苛則弗休」的嚴正要求（南洋話）。亦曾一片苦心地藉明末有志之士的光風霽月，來喚起世道人心的日昧，而撰寫《嶺海幽光錄》。「吾亦欲與古人可謂之詩，可讀之書，相爲浹洽而潛逐其氣，自有見其本心之日昧，是以亦可以悔矣！」

對於佛門的流弊，曼殊雖身爲佛門弟子，亦直言不諱地指出其中弊端，〈儆告十方佛弟子啓〉一文云：

> 唐宋以後，漸入澆漓。取爲衣食之資，將作販賣之具。嗟夫異哉！自既未度，焉能度人，譬如從井救人，二俱陷溺。且施者，與而不取之謂，今我以法與人，人以財與我，是謂貿易，云何稱施？……禪宗雖有傳燈，然自六祖滅後，已無轉付衣缽之事。若計內證，則得法看來如竹林竿蔗，豈必局在一人？若計俗情，則衣缽所留，爭端即起，懸絲示戒，著在禪書。然則法藏所歸，宜令學徒公送。……何取密示傳承、致生諍訟，營求嗣法，不護譏嫌？……吾土諸德，猶有戒香。不務勇猛精進，以弘正法。而欲攀援顯貴，藉爲屏牆，何其左矣？

也有論及佛教崇拜木偶的陋習：

> 崇拜木偶，誠劣俗矣……夫偶像崇拜，天竺與希臘羅馬所同，天竺民間常教，多雕刻獰惡神象，至婆羅門與佛教，其始但雕刻小

〔註81〕見《嗚呼廣東人》。

形偶像，以爲紀念，與畫像相去無幾耳；逮後希臘侵入，被其美術
之風，而築壇刻象始精矣；然觀世尊初滅度時，弟子但寶其遺骨，
貯之婆墖，或巡拜聖迹所至之處，初非以偶象爲雯，曾謂如彼僞仁
矯義者之淫犯也哉！〔註82〕

面對社會家園等橫逆四起的亂象，他的覺醒，使他看不慣諸多的昏暗現況，
或許有人以掩耳鼻的方式苟活一生，或許有人從此依附權貴，然而曼殊卻不
畏權貴、不附流俗、敢言敢行，試圖以個人來「沖決世事的網羅」、「不向他
人行處行」。他畢竟在這個歷史的漩渦中便不著力、尋不著知音。他的耿介孤
高仍在內心，偶有頹喪消極的陰影襲之於心，形於外表的便如同晚明士人的
行徑一般，以奇特不羈的離俗生活，來作爲反抗的另一種方式。於是他流連
妓院，狂歌狂飲，滿腹的心事惟有「相逢莫問人間事」、「寂對河山叩國魂」，
在詩文中一覽無遺；眞的是「我本將心托明月，誰知明月照溝渠」。

〔註82〕《答瑪德利嫣湘處士》（1912 年 7 月）。

第四章　蘇曼殊詩的語言

　　詩是一種語言的藝術，詩的創作也就是語言藝術的創造，惟有通過對詩語言的掌握，才能真正明瞭詩的真實意義。所以，研究詩必須從詩的語言著手。詩的語言不同於一般日常的語言，只要求傳情達意即達到目的，詩的語言是想像、模擬的語言，具有暗示性，主要在「表現普通一般邏輯所不能表現的世界，即要表現隱蔽在通常的意識下難予捉摸的感情世界。」，〔註1〕所以內含的意義愈複雜愈有張力就愈理想。法國詩人梵樂希（Paul Val'ery）以「舞蹈」比喻「詩的語言」、「步行」比喻「日常語言」，〔註2〕就是正確說明了詩語言是超越實用的目的，在於藝術表現之美感上。

　　語言本身具有兩大機能：表義與形聲。一般而言，語言的「意義」是訴諸人的知性，指示意涵的方向；而語言的「聲音」，則直接訴諸人的情緒，顯示意涵的態度。既以，語言的意義，必須透過聲音的表態，才能完全而明確的顯示出來。而詩人創造詩的語言，便是要將這兩種機能互相配合，加強發揮，一發展為詩的繪畫性，一發展為詩的音樂性。詩的繪畫性也就是靠「意象」來表現，而詩的音樂性則是「節奏」的安排。由此可知，要研究詩的語言表現，必須研究詩的意象與節奏。本章對於蘇曼殊詩的語言表現，即是從這兩方面加以說明的，末節再言曼殊詩的語言特性。

第一節　意　象

〔註1〕　村野四郎著，陳千武譯《現代詩的探求》（台北：田園，民國58年），頁41。
〔註2〕　同上，頁55。

　　「意象」一詞原是起源於心理學，是指「意識的記憶」，也就是「當原來那種知覺的刺激不在眼前時，它可以將這種知覺再產生出來」。〔註3〕站在詩歌創作的角度而言，我們可以這麼說：詩人的情思與外界的物象相交、作用，通過一番審思或聯想作用，使作品成為有意境的景象再現，這便是「意象」。〔註4〕「意象」是詩的主要構造成分，詩人表達內心世界所體驗到的感受，有賴於具體而明確的意象呈現。也就是將個人的感覺與外在觀察到的事物，連繫一起，繪成一幅幅「心靈的圖畫」，〔註5〕就是「意象」。

　　那麼，詩人的情思與外界的客體物象，是如何相互發生有機性的結合呢？在作者有意識地與外界物象相交會後，經過視覺、聽覺、嗅覺、觸覺等感官的運作，產生了觀察、審思與審美的意識，慢慢醞釀，便成為有意境的景象。爾後一再透過文字，將各種感官意象的經營結果，清晰地傳達出來，這便是「意象的浮現」〔註6〕了。所以意象便有所謂的「視覺意象」、「聽覺意象」等；又因為外界的物象有動態、靜態之別，所以作者在意象的經營上，便可區分為「動態意象」與「靜態意象」。往往詩人在語法的構成上，以「名詞」造成「靜態意象」，而以「動詞」造成「動態意象」，「名詞」與「動詞」是構成意象的兩大要素。〔註7〕意象產生來源經由作者主體與外在客體的結合，再透過詩的語法與用字的安排，成為一首首美妙動人的詩篇，所以，以下將分別從蘇曼殊詩的色彩設計、麗藻、象徵、語法諸方面加以論述，以呈現曼殊對於意象塑造的成就。

一、色　彩

　　蘇曼殊不僅能詩、能文、繪畫亦為其既擅長。從留傳下來的畫作中，我們可略見曼殊在繪畫方面的才情。觀其畫，如讀其詩文，〔註8〕而一位擅於繪畫的藝術家，不僅對於形象觸感敏銳，對於色彩的舖陳亦有獨到的創見。從蘇曼殊遺留的詩作中，也可以發現他善於以色彩的搭配運用，來傳達內心抽象曼妙的情緒與思維。

〔註3〕見陳紹鵬《詩的想像與意象》，收於《詩的欣賞》（台北：遠景，民國65年）。
〔註4〕見黃永武《中國詩學設計篇》（台北：巨流，民國70年），頁3。
〔註5〕見姚一葦《文學論集》（台北：書評書目社，民國63年），頁37。
〔註6〕同註4。
〔註7〕見張淑香《李義山詩析論》（台北：藝文印書館，民國63年），頁13。
〔註8〕見蔣健飛《情僧蘇曼殊其人其重》（雄獅美術，58期：民國64年12月），頁55。

　　色彩為我們日常生活中不可或缺的元素之一。色彩，雖然不預設任何文字或語言，但是不同的色彩，會傳達出各異的直接感受。色彩不含文字卻指陳感情，而詩的語言是一種意象式的語言，表現了「心象的內容」，〔註9〕從「色彩」新產生的意念感受，往往使詩語言更能蘊含言有盡而意無窮的情緒暗示。當我們閱讀中國古典詩歌時，常會發現色彩與意象的關連性隨處可見。如溫庭筠喜用「紅色」，《茗溪漁隱叢話》說他的詩「殊有富貴佳致」、《漫叟詩話》說「言富貴不及金玉錦繡，惟說氣象」，或與紅色的喜事、幸福象徵有關。〔註10〕每位詩人對不同色彩的嗜好度，是隨著詩人自身的性格而差異的，換句話說，色彩的偏好，就是性格的表現。〔註11〕不僅如此，色彩的選擇，也在不知不覺中，反映了詩人的心情。不論是鮮明的或晦暗的，如果細心體會，便會發掘出音韻或言語之外，屬於圖象的直接感受。

　　蘇曼殊的詩作中出現色彩字，或運用色影舖陳的比率極高，茲舉例的表現曼殊詩中色彩的設計情形。如〈以詩並畫留別湯國頓〉二首之一：

　　　　海水龍戰血玄黃，披髮長歌覽大荒。

　　　　易水蕭蕭人去也，一天明月白如霜。

據劉斯奮的《蘇曼殊詩箋注》，此詩發志於光緒二十九年（1903），為曼殊所存最早的作品。該年曼殊在日參加革命組織，遭表兄反對，不得已輟學歸國，詩即作于此時。〔註12〕

　　此詩兩首，第一首以魯仲連義不帝秦自喻，表現了反抗清廷義無反顧的心態：「蹈海魯連不帝奏，茫茫煙水著浮身。國民孤憤英雄淚，灑上鮫綃贈故人。」，同樣的革命豪情，到了第二首，筆鋒一轉，除了改以荊軻自況之外，原先直接訴諸文字的陳述方式，也代以不言而喻的色彩，渲染出內心「誓死」與「希望」的糾葛。在外在的客觀環境裡，滿是斑駁污穢的血跡，視覺上給人晦暗不明的寫實意味，亦能製造挑戰的衝動。〔註13〕但是作者的內在靈魂，是以「白」的無邊、純淨，來暗示作者那般不懼于外在環境、胸襟遼闊的浪漫情懷。而一般言之，「白色」的色彩語言，就是代表著清明性、嚴肅性、崇

〔註9〕　見葉維廉《秩序的生長》（台北：志文，民國64年3版），頁120。

〔註10〕　見黃永武《詩心》（台北：三民，民國67年5月4版），頁168～169。

〔註11〕　見黃永武《詩與美》（台北：洪範，民國76年12月4版）頁54～55。

〔註12〕　見劉斯奮《蘇曼殊詩箋注》（廣東：廣東人民，1981年），頁2。

〔註13〕　見蕭水順《青紅皂白──中國古典詩歌中的色彩》引言（台北：故鄉，民國69年），頁26。

高性。〔註14〕

　　縱觀蘇曼殊的詩作中，常與白色對用的色彩是「紅色」。譬如〈本事詩〉十首之一：

　　　　烏舍凌波肌似雪，親持紅葉索題詩。

　　　　還卿一鉢無情淚，恨不相逢未鬀時。

這是一膾炙人口的詩，我們姑且不論此詩的女主角是誰，但經由詩中紅白對比的強烈效果，當可以聯想到曼殊內在感情的熾烈與真誠。雖然詩歌中的色彩不一定皆賦與象徵意義，但至少從色彩聯想中，影響了感情的產生與轉化。經由色彩學的角度，我們了解到「紅」屬於暖色系，具有渲染、興奮、積極的作用，〔註15〕而且有擴散效果，燃燒每個人的神經。即使外在環境屬於寒色系，如白色、青色，仍可以感覺到那份紅的灼燒。這首詩裡，曼殊以肌膚的雪白，映襯於寫滿情思的紅葉之間，益頸得「紅」葉彷彿女主角的心一般熾烈。然而如此貢張的視覺效果，轉折到三、四句，竟是作者無色無味的淚眼，絕情拒之！如此大幅度的寒暖擴張復收縮，怎不使我們更能感受到作者內心的矛盾、衝突呢？

　　蘇曼殊除了紅、白對比之外，亦常使用紅、綠互補色的運用。按照色彩學的解說，互為補色的兩種顏色，互相鄰接時，最富有活躍感，能表現出鮮明的感覺。〔註16〕而朱光潛亦說：「任何兩種補色擺在一塊時，視神經可以受最大量的刺激，而受極小量的疲倦，所以補色的配合容易引起快感。」。〔註17〕紅色的炎熱配以青色的淒清、寒冷，也可以產生一悲一喜兩種情緒的極端反應。在蘇曼殊的詩中，綠與紅的搭配，就常給人多種不同的感受。如〈淀江道中口占〉：

　　　　孤村隱隱起微煙，處處秧歌競插田。

　　　　羸馬未須愁遠道，桃花紅欲上吟鞭。

在一片平疇綠野間，幾朵艷紅的桃花如仙棒般，將青綠大地的寧靜安詳頓時變為活躍。當然身在如此鮮明，富于生氣的景物間，作者心情的愉悅輕快是可想而知的。即使昔日一直縈繞於心的壯志未酬，此時，也隨著輕盈的馬蹄

〔註14〕見李蕭錕《色彩意象世界》（台北：漢藝色研，民國76年），頁130。

〔註15〕同上，頁126。

〔註16〕見林書堯《色彩學》（台北：作者發行，民國72年），頁119。

〔註17〕見朱光潛《文藝心理學》（台北：開明，民國73年1月重15版），頁315。

而暫拋腦後了。這是曼殊詩中難得一見的愉悅心情。〔註18〕

　　同樣的紅綠對比，在其他詩作中所傳達的語言可能大爲不同。如曼殊在民國二年（1913）所作的〈吳門依易生韻〉十一首之一：

> 碧城煙樹小彤樓，楊柳東風繫客舟。
>
> 故國已隨春日盡，鷓鴣聲急使人愁。

民國元年（1912）二月，臨時政府爲免國家的分裂，與袁世凱妥協，選舉其爲臨時大總統，並於五月將首都從南京遷至北京，從此國家政權爲北洋軍閥袁世凱所篡奪。〔註19〕國勢凌亂至此，蘇曼殊遂有如此的感傷與失落。滿眼的青綠冷寂中，一抹艷紅燒進了視線，怎不令人心驚？怎不使人產生不安的悸動？又加上東風中狂舞不止的柳條絲絲，心只有更加地茫亂！連鷓鴣也無情地割裂了原本寧靜的空氣，身處其間的作者，心緒的悲憤眞是到了極點！這裡，作者成功地運用色彩的強烈對比、以及聽覺的交錯運用，造成詩境的多層空間與多重效果，不僅完成了傳情達意的目的，更使詩的意象鮮活了起來。

　　善於運用「紅色」，是蘇曼殊詩作中值得重視的特色。曼殊詩作有四十七題九十九首，〔註20〕詩句中運用紅色，或其紅色近似的色彩有四十五首之多，幾占了詩歌總量的半數。如此使用的頻繁，其創作的內在動力便非常值得研究。

　　蘇曼殊究竟將「紅色」發揮到何種地步呢？〈東居雜詩〉十九首之一云：

> 誰憐一闋斷腸詞，搖落秋懷只自知；
>
> 況是異鄉兼日暮，疏鐘紅葉墜相思。

「紅」在這裡是以漸層的方式出現。首先映人眼簾的是「日暮」的暈紅，爾後是飄落的秋葉，枯殘中帶著鮮紅。這已令人驚後復驚，作者運用了推想，給讀者再進一層的已不是具象的「色彩」，而是抽象的「相思」。「相思」的熾烈、濃重，也因此之推演，自然要比先前的「日暮」、「紅葉」的「紅」更令

〔註18〕見馬以君《燕子龕詩箋註》，頁 10。

〔註19〕見郭廷以《近代中國史綱》（下冊），頁 411〜445。

〔註20〕蘇曼殊到底寫了多少詩？一直是個未定數。近幾年來大陸出版有關蘇曼殊的詩集，所收錄的詩多寡不一，如施蟄存輯的《燕子龕詩》（江西人民）有四十七題九十九首，馬以君箋註的《燕子龕詩箋註》（四川人民）爲五〇題一〇三首，劉新奮箋註的《蘇曼殊詩箋註》（廣東人民）爲四十九題一〇首，裴效維校點的《蘇曼殊小說詩歌集》（社科院）爲五〇題一〇二首。詳見陳詔《蘇曼殊到底寫了多少詩？》（光明日報，1985 年 6 月 18 日第 3 版）

人心驚了！

　　色彩是造成意象視覺效果極為重要的一環，由以上的分析，可知蘇曼殊詩歌中，意象色彩非常豐富，他的色彩，不僅呈現了奇麗美妙的美感經驗，更重要的是顏色的背後，寫下了作者寂寞、衝突的「生命色彩」。當再舉數例以說明之：

　　　　胡姬善解離人意，笑指芙蕖寂寞紅。（遊不忍池示仲兄）
　　　　　　　　　　　　　　　△

　　　　姑蘇台吟夕陽斜，寶馬金鞍翡翠車。（吳門依易生韻）十首
　　　　　△　△　　　　　　　△　　△　△

　　　　最是令人淒絕處，綵虹亭畔柳波橋。（同上）
　　　　　　　　　　　△　　　　△

　　　　輕風細雨紅泥寺，不見僧歸見燕歸。（同上）
　　　　　　　　　△

　　　　翡翠流蘇白玉鉤，夜涼如水待牽牛。
　　△　△　　　△

　　　　知否去年人去後，枕函紅淚至今留？（東居雜詩十九首）
　　　　　　　　　　　△

　　　　胭脂湖畔紫騮驕，流水栖鴉識人橋。
　　△　△　　　△

　　　　為向芭蕉問消息，朝朝紅淚欲成潮。（同上）
　　　　　　　　　　△　△

詩句中鮮明濃厚的色彩背後，是同樣厚重的悲涼、空虛、寂寞。由美麗鮮艷色彩所引致反面情調的對比，給人的拍擊力也更強烈，感受也更深刻。

　　據桑塔耶那在「色彩」一文中所說的

　　　　每一個具有多樣內容的事物，都具有一種形式與意義之潛能
　　　　（Potentiality），一當注意使我們習慣了形式的種種變化，形式即能
　　　　受到欣賞；而且一當這些形式之各種情緒價值，把新客體及其他具
　　　　有類似情緒的經驗相聯合以後，這一新形式就能取得意義，因此使

它在心意中得到一個同情的環境（a sympathetic environment）。〔註
21〕

或許我們可以藉此為蘇曼殊運用色彩的方式作一「美學」上的解釋。曼殊詩
中以鮮明強烈的顏色來映襯哀傷、寂寞，而這些色彩強烈的「客體」（芙蕖、
鞍、車、亭子、橋等），在曼殊主觀情感的掌握後，這些色彩客體遂「變成了
其他各種對於心意具有一種類似影響的至善客體（ultimats）之生動象徵」。「垂
虹亭畔」加上「柳波橋」，使這首詩言有餘而意無窮，曼殊的詩作中，色彩遂
有這種充滿抒情的象徵作用。

二、麗　藻

蘇曼殊的詩作不僅喜用植根麗鮮明的色彩，所運用的意象，亦往往喜歡
選擇華麗奪目的藻飾。語言表現方式的特殊，使讀者彷彿進入一個纖巧綺麗、
雕金琢玉的瑰麗世界：

　　玉砌孤行夜有聲，美人淚眼尚分明。（〈有懷二首〉）

　　湘弦灑遍胭脂淚，香火重生劫後灰。（〈為調箏人繪像二首〉）

　　寶鏡有塵難見面，妝台紅粉畫誰眉。（〈代柯子簡少候〉）

　　來醉金莖露，胭脂畫牡丹。（〈東法忍〉）

　　月華如水浸瑤階，環佩聲聲擾夢懷。（〈吳門依易生韻〉）

　　姑蘇台畔夕陽斜，寶馬金鞍翡翠車。（同上）

　　綠窗新柳玉台旁，臂上微聞菽乳香。（〈無題八首〉）

　　軟紅帘動月輪西，冰作闌干玉作梯。（同上）

　　卻下珠帘故故羞，浪持銀蠟照梳頭。（〈東居雜詩十九首〉）

　　玉階人靜情難訴，悄向星河覓女牛。（同上）

　　翡翠流蘇白玉鈎，夜涼如水待牽牛。（同上）

　　碧闌干外夜沈沈，斜倚雲屏燭影深。（同上）

　　燈飄珠箔玉箏秋，幾曲回闌水上樓。（同上）

　　銀燭金杯映綠紗，空持傾國對流霞。（同上）

　　珍重嫦娥白玉姿，人天攜手兩無期。（同上）

　　知否玉樓春夢醒，有人愁煞柳如煙。（〈春日〉）

　　碧闌干外遇嬋娟，故弄雲鬟不肯前。（〈碧闌〉）

〔註21〕見桑塔耶那著，杜若洲譯《美感》（台北：晨鐘，民國 61 年），頁 115。

相逢天女贈天書，暫住仙山莫問予。(〈答鄭繩候〉)

斜插蓮蓬美且鬆，曾教粉指印青編。(〈失題〉)

偷嘗天女唇中露，幾度臨風拭淚痕。(〈寄調箏人〉)

何心描畫閒金粉？枯木寒山游故城！(〈調箏人將行〉，屬繪《金粉江山圖》，題贈二絕)

諸天花雨隔紅塵，絕島飄流一病身。(〈步詞答云上人三首〉)

猛憶玉人明月下，悄無人處學吹簫。(〈吳門依易生韻十一首〉)

空言少據定難猜，欲把明珠寄上才。(同上)

萬物逢搖落，姮娥耐九秋。(〈南樓寺懷法忍、葉葉〉)

流螢明滅夜悠悠，素女禪娟不耐秋。(〈東居雜詩十九首〉)

露濕紅蕖波底襪，自拈羅帶淡蛾羞。(同上)

由以上諸詩例中，可以反映出華美的藻飾是蘇曼殊營造詩歌意境的方式之一。由感官的享受層面而言，作者似乎想刻意在詩中完成一些絕美、濃烈、且超越紅塵俗世的意象。這其中似乎是更接近於女性世界的生香活色，玉台、寶鏡、妝台、瑤階、寶馬、金鞍、翡翠車、珠帘、銀蠟、珠箔、金杯、碧闌干、金粉、明珠……，這些金雕玉珠、密度極高地堆疊在一起，自然形成強烈的視覺效果。而美人、胭脂、姮娥、星河、天女、嬋娟、玉人、花雨……等物象的佈置，更是除了超越了視覺世界，加添了絕出塵外的想像之美。同樣具有「絕美」，但這些一並不及於塵世，為詩帶上了想像的羽翼。

「意象不論如何眩目，它們並不能使一個詩人出色，祇有在它們被詩中主要的感情修飾，或被該種感情所激起的思想或意象修飾，才足以為詩人天才的明證。」，〔註22〕也就是說，華麗的意象即使能給予視覺上美好的經驗，若無作者的內在情感以為泉源、動力，那麼，意象的華麗，只是空洞而表面的裝飾而已。檢視蘇曼殊的詩，配合思索他的生命歷程，我們會感覺到，這些鮮艷不實的意象在詩中的作用，除了乍見時的「驚艷」，真正沈澱在心底的，其實是作者靈魂底層的悲哀。坐在「寶鏡妝台」前施胭脂的，是一個等待情郎而歲月不再的女子；在姑蘇台畔追弔歷史的遺蹟，一幕幕繁華的寶馬、金鞍、翡翠車，在美麗而短暫的暮色灼燒之下，更顯得歷史的無常與矛盾；「碧闌干外夜沈沈，斜倚雲屏燭影深。」碧闌干的冰冷寫盡了夜深後的冷寂，美

〔註22〕原 Coleriodge 語，引自張淑香《李義山詩研究》(台大中研所碩士論文)，頁24。

麗的雲屏在燭影的映照下、更顯得美麗物象的空虛蒼白；「嫦娥」、「天女」、「麻姑」等天人的出現,喻示著作者無法克服人世限制的另一種超俗世的寄託。「珍重嫦娥白玉姿,人天攜手雨無期。」,以「嫦娥」喻凡間女子,可知「愛情」與「女子」在曼殊的心目中,一直是遙遠而浪漫的「領域」,他深怕兩者因肉體,塵世的污穢而遭到破壞。所以他一生在兩者之中矛盾,而兩者,在他的詩中永遠成為絕美而脫俗的「絕塵風景」。〔註23〕

　　總之,我們可以看出,曼殊詩中由瑰麗物象所營造的意象世界,其實所指的反而是「美麗」背後的「孤獨」、「冰冷」、「憂鬱」。美麗,映照無情的時間正摧殘著美麗、它讓美麗終究只成為一只軀殼而已。愛倫·坡（Poe）在其《創造的哲學》一文中,曾說:「憂傷與美結合,才是最富有詩的氣氛。」。〔註24〕這種觀點,足以說明曼殊以麗藻暗示本質的悲劇。而兩者極端的張力,且呈現出曼殊詩歌中獨特的淒婉氣氛。〔註25〕

三、象　徵

　　「象徵」,我國古典文藝理論書籍中雖未曾正式提出這個名詞,但在創作的實踐上卻早已運用自如。其中最突出的倒子就是屈原。他在詩歌中大量採用象徵手法,這種手法是構成他浪漫主義創作精神的重要標誌之一。象徵手法,一般是指借外界有形的事物,來表現內心主觀感受和情緒的一種藝術手法。〔註26〕和「比擬」手法不同的是,前者雖然也取兩物之間的相似點,但「比擬」所合的意念,容易找尋,也容易確定;但是「象徵」卻表現出高度的曖昧。〔註27〕

　　縱觀蘇曼殊的詩歌,有以神話故事為象徵手法的媒介。從文學發展史上觀察,「象徵」,首先以「神話」的形式出現。〔註28〕神話折射出人類對大自然的觀感,以及對自身生命的希望,中外皆然。以下先看看蘇曼殊詩中對於「嫦娥」意象的運用:

　　　　萬物逢搖落,姮娥耐九秋。(高樓宇懷法忍、絮絮)

〔註23〕見邵迎武《蘇曼殊新論》（天津:百花文藝,1990年）,頁124。
〔註24〕見林以亮編《美國詩選》（台北:今日世界社,民國52年再版）,頁44。
〔註25〕見黃侃《鑴秋室說詩》,收於《蘇曼殊全集》第五冊,頁237。
〔註26〕見巴斯（J. Robert Barth, S. J.）著,邱文媛譯「文學與宗教想像」（中外文學,第十五卷第6期）,頁123。
〔註27〕見黃慶萱《修辭學》（台北:三民,民國74年9月5版）,頁338。
〔註28〕同上,頁39。

> 曾遣素娥別意，是空是色本無殊。(答鄧繩侯)
>
> 珍重嫦娥白玉姿，人天攜手兩無期。
>
> 遺珠有恨終歸海，睹物思人更可悲。(東居雜詩十九首)

嫦娥偷靈藥、奔月求長生，是人類渴望生命自由與不死的欲求，在中國古典詩歌作品中，也常以「嫦娥」寫意象。譬如李商隱常用「嫦娥」，象徵著孤獨冷清的生命，和他多曲折的人生抉擇極為有關。〔註 29〕在蘇曼殊詩中以「嫦娥」為「象徵人物」，主要象徵了「女性」在曼殊心目中的完美形象。按蘇曼殊一生中曾遇到一些女子，對他鍾情無限，而他對她們的青睞，不能不為所動。但由於他遁跡空門，斷絕塵緣的初衷，勢必不可能接受她們的愛情。而他那些幽怨哀婉的詩篇，也就是源於這一些矛盾和痛苦。〔註 30〕曼殊以「嫦娥」代稱女子，並非只是單絕的「借代」手法，女子在他心目中的形象是「高潔無瑕」的，一如嫦娥在月宮般，那樣純美而遙不可期。而曼殊與情愛之間自然形成的距離感，亦是造成他會以「神話」人物來表現「女性形象」的另一個極重要的原因。

另外，蘇曼殊也常以「月華」為象徵，如：

> 星裁環珮月裁璫，一夜秋寒掩洞房。(〈無題八首〉)
>
> 此去孤舟明月夜，排雲誰與望樓台？ (〈東行別仲元〉)
>
> 流螢明滅夜悠悠，素女嬋娟不耐秋。(〈東居雜詩十九首〉)
>
> 方草天涯人是夢，碧桃花下月如煙。(〈方草〉)

以上各詩句中「明月」所呈現的象徵意涵，各有不同。「星裁環珮月裁璫，一夜秋寒掩洞房」以及「碧桃花下月如煙」中，「月色」的寒意、迷離，成了外在環境曖昧不明的象徵；「此去孤舟明月夜，排雲誰與望樓台？」與友人別離的自己，如同一艘「孤舟」。而划向「明月」，則是象徵著清冷寂寥的未來。

以上所舉詩中的「明月」，其形象不脫「高掛天邊」的自然客觀形象，而這句「流螢明滅夜悠悠，素女嬋娟不耐秋」、「嬋娟」不僅擬人化，而且還有著受不住秋天蕭殺的想像。和李商隱：「嫦娥應悔偷靈藥，碧海青天夜夜心」一詩中不耐寒意寂寥的「嫦娥」，具有類似的情緒。葉嘉瑩說：「義山詩中的『碧海青天』之境界都是超乎凡人的境界，在此境界中的心情，也該都是寂

〔註 29〕見龔鵬程《文學批評的視野》（台北：大安，民國 79 年），頁 123。

〔註 30〕見任訪秋《中國近代文學作家論》（河南：河南人民，1984 年），頁 199。

寞的心情。」〔註 31〕一種純粹屬於詩人氣質的「寂寞」，在李義山詩中體察得到，在蘇曼殊的詩中亦感受得到。曼殊在下一句讀寫到：「相逢莫問人間事，故國傷心只淚流」，可以知曉他的「寂寞心」，來自於對家國、人世的不捨情懷，心中理想朗朗如「明月」，而寂寞高懸的心亦如「明月」。那種追求「理想」，又爲「理想」的幻滅而傷痛的靈魂，怎不令人感動呢！

四、語　法

前已有述，在中國的語法上，「名詞」與「動詞」是構成意象的兩大要素。「名詞」是選擇意象最直接的素材，因此意象部分常見名詞的並列，也由於名詞在中文語法上易於孤立，導致單純意象的產生。〔註 32〕至於「動詞」對意象的塑造，也很重要，動詞的運用得宜，能使靜態的意象生動活潑，產生畫龍點睛之妙。以下即從語法的觀點，討論曼殊詩中也「名詞」與「動詞」所構成的意象。

（一）名詞的運用

中國文字作爲古典詩歌的媒介，自有其語法構成上的獨特性，這種獨特性，就是「拒絕一般邏輯思維及文法分析，詩中『連接媒介』之省略，使語法結構鬆散或被破壞，因此反而使所有的意象在同一平面上相互上並不發生關係地獨立存在。」〔註 33〕這些文字所產生的意象交互投射，形成一種莫名的氣氛。其意象的主動，放射出豐富的暗示與想像空間。而這種特色，多是由「名詞」新構成的。

由「名詞」所造成的「意象」，爲中國古典詩歌帶來「意在言外」、「詩中有畫」的想像，同樣地，也爲蘇曼殊帶來富於意涵的詩境。以下即從語法的觀點，探討曼殊詩中由「名詞」所構成的意象，

> 寒禽衰草伴愁顏，駐馬垂楊望雪山。（〈久欲南歸羅浮不果，因望不二
> 山有感，聊書所懷，寄二兄廣州，兼呈晦聞、哲夫、秋枚滬上〉）
> 行人遙指鄭公石，沙白松青夕照邊。（〈過平戶延平誕生處〉）
> 落日滄波絕島濱，悲笳一動劇傷神。（〈落日〉）
> 契闊死生君莫問，行雲流水一孤僧。（〈過若松町有感示仲兄〉）

〔註 31〕見葉嘉瑩《迦陵談詩》（二）（台北：三民，民國 73 年 1 月 5 版，頁 162）。
〔註 32〕見楊文雄《李賀詩研究》（台北：文史哲，民國 72 年 6 月再版），頁 128。
〔註 33〕見葉維廉《秩序的生長》，頁 95。

> 輕風細雨紅泥寺，不見僧歸見燕歸。(《吳門依易生韻十一首》)
> 燈飄珠箔玉箏秋，幾曲回闌水上樓。(《東居雜詩十九首》)
> 狂歌走馬遍天涯，斗酒黃雞處士家。(《憩平原別邸贈玄玄》)

這些詩句的意象，都是由名詞或名詞片語的孤立或並列而產生的。在陳述主觀感情時，或許前面有一直述句或論斷句出現，爾後便以語法散漫的方式，省略連繫的媒介，將客觀景、物加以並列或孤立，於並置的意象間，自成獨立的畫面結構。而自其間的交互投射，自然創造出作者主觀的感情。〔註34〕

「契闊死生君莫問，行雲流水一孤僧」，在一片默然無語的停頓後，曼殊將鬱積在內心的萬千話語、生命裡長長的悲歡離合，壓縮成三名獨立的名詞：「行雲」、「流水」、「孤僧」。沒有激昂的動詞、語氣詞作串連，有的只是靜態的意象呈現，或許我們可解釋為：孤僧佇立於行雲、流水之前，或許可視為「孤僧行跡如行雲流水」，但就是由於語法的孤立所形成的意象沒有加入任何說明詞之故，意象才能隨機併發出來，予人更豐富的想像空間。

「落日滄波絕島濱，悲笳一動劇傷神」，以三個自然界的客觀意象——落日、滄波、絕島濱，造就出一種彌漫蒼穹的悲戚感，由三種意象的舖陳，竟能產生超越文字的動態感，真是難得！這種來自視覺上的知覺暗示，正好也予以聽覺上「悲笳聲」更深刻的感受空間。「輕風細雨紅泥寺，不見僧歸見燕歸」二句詩，則充份展現古典詩歌的空靈妙境。詩中不僅有畫，更展現了「前不見古人，後不見來者」的生命境界。不落言詮，卻在其間透露無限禪機！〔註35〕

（二）動詞的運用

前文曾就蘇曼殊詩中「名詞並列」所造成的意象效果加以分析，但是「只含有簡單意象的詩句，必定顯得散漫不夠緊湊、缺乏動態。這樣的詩句也許能表現普遍性的抽象概念，……但不能描寫現實人生的詩歌必無法引起讀者心靈上的共鳴，激發讀者的情憬。有生命的詩歌貴在於能含蘊自然界生命現象與過程的縮影，描寫動作主力者之間種種動態關係。」詩句描寫動態關係的，主要便是靠「動詞」。

「動詞」是產生動態意象的主要媒介，運用得宜，能使意象生動活潑，彷彿有了生命力，動態意象的創造與安排，最重要的就是必須含有高度的想

〔註34〕見高友工、梅祖麟著，黃宣範譯，《論唐詩的語法、用字與意象》（上），頁43。
〔註35〕見楊鴻烈《蘇曼殊傳》，收入《蘇曼殊全集》第四冊，頁71。

像彈性，把直線式的動作敘述，還原爲整體平面性的情境畫面，即克服時間性的限制，而回歸到空間性的呈露，把敘述變爲描繪。〔註36〕這樣才會產生動態且具體的意象。以下將分析曼殊詩中運用動詞爲動態意象的情形

> 齋罷垂垂渾入定，庵前潭影落疏鐘。（〈住西湖白雲禪院作此〉）
>
> 江頭青放柳千條，知有東風送畫橈。（〈花朝〉）
>
> 孤燈引夢記朦朧，風雨鄰庵夜半鐘。（〈過若松町有感〉）
>
> 莫愁此夕情何限？指點荒煙鎖石城。（〈有懷二首〉）
>
> 玳瑁窗虛延冷月，芭蕉葉捲抱秋花。（〈何處〉）
>
> 水晶窗卷一燈昏，寂對河山叩國魂。（〈兵門依易生仆的〉）
>
> 綺陌春寒塵馬嘶，落紅狼藉印苔泥。（同上）
>
> 莫道橫塘風露冷，殘荷猶自蓋鴛鴦。（同上）
>
> 一曲凌波去，紅蓮禮白蓮。（〈飲席贈歌者〉）
>
> 況是異鄉兼日暮，疏鐘紅紫墜相思！（〈東居雜詩十九首〉）
>
> 雲樹高低迷古墟，問津何處覓長沮？（〈述文〉）

讀完這一些詩句，可以馬上感到「動詞」的運用，爲詩句帶來畫龍點睛的效果，「齋罷垂垂渾人定」之後，應是一片寧靜無聲的禪定境界，但作者卻意外地下了一個「落」字，將原本屬於視覺上的靜止氣氛「處前潭影」倏忽跳進了屬於「聽覺」的世界。由於鐘聲的響起，更襯托出空間與心靈上的寧靜。這與張繼的「姑蘇城外寒山寺，夜半鐘聲到客船。」有著異曲同工之妙！「何處」一詩中的「延」與「抱」字，更是將夜半冷寂的心情，予以動態性的點化，彷彿「冷寂」成了戲劇的主角。一個「延」字，將屋內的空寂漫延開來，與屋外冷虛的月光合爲一契，團團密密地將天地包住，叫人無處逃遁；而一個「抱」字，難以遮掩的悵惘情愫完全顯露。雖然字面上不忍秋花凋謝的是「芭蕉」，但實際是暗指凝視「芭蕉」的人兒；其是一個「抱」字，生命的有限與時光的無情、兩者互古以來交織的悲劇情節，在此巧妙點發出來。

　　其次，擬人化的動態意象，亦是曼殊所常用的，譬如「一曲凌波去，紅蓮禮白蓮」，在風起波濤動後，隨之舞動的蓮花姿態，輕盈曼妙的可人魅力經一個「禮」字展現無遺。又如這句「淺荷獨自蓋鴛鴦」，一個「蓋」字，帶來的何止是橫塘邊的溫暖，更帶來了作者內心對生命溫情的渴望。中國人常以「自然生命」寫文學比喻的出發點，詩人更常把自然萬物賦予生命、思想和

〔註36〕見朱光潛《詩論》（台灣：開明，民國 71 年 4 月 11 版），頁 122。

情感，這就是擬人化。用到詩歌，擬人化等於把主詞當作活生生的人物，藉以投射出人類所具有的生命動態。〔註37〕以上所舉諸詩，曼殊以動態的意象將萬物予以擬人化，不僅活化了物態，更表達了作者內在靈魂的聲音。不僅達到「化美爲媚」（charm），立即化爲「活動的美」（Beauty motion）的地步，更進入了「生命之美」的境界。〔註38〕

第二節　節　奏

　　由於中國文字的形、音、義三者不分，在先天上具有音韻優美的條件。又因爲單音節易於表情，而且字羣的衍生孳乳，是由「聲義同源」繁衍而來，在文字的外貌上大部分有形符足以辨認，音符在形體上，意義又在音符裡，而詩歌又是語言運用到最精鍊的境界，因此我們可以說：中國的詩歌，有一半的生命是寄託在音韻節奏之中，〔註39〕藉著音律來烘托意象，傳情達意。

　　近體詩的講究格律，是爲了形成一個富於音樂性的形式。「節奏是賦予音響以生命的要素。」，〔註40〕音樂既是以節奏爲命脈，故詩的音樂性，也是以節奏爲基本要素。〔註41〕詩的節奏是怎麼形成的呢？「以詩來說，節奏是一種定期強勢法（Periodical emphasis），也是字音在聲音關係上的排列。詩中表現節奏，最顯明的是格律和韻腳，有了這些，詩才能抑揚、宛轉、均衡流暢，所以名詩人愛倫坡（Alen Poe）說：『詩是美的韻律的創造。』」。〔註42〕詩的音樂性，除了具有「聲音」的本質之外，還具有「意義」的本質。因爲詩以語言文字寫成的，詩的節奏必須要服膺詩的意涵。故《文心雕龍・聲律篇》云：「聲畫妍蚩，寄在吟詠，吟詠滋味，流於字句。」可見詩的抑揚頓挫，目的是在於表現詩情。

　　其次，詩歌節奏的產生，既來自於格律與韻腳，而近體詩的本身自己有固定的格律，在「格律」未加入文字之前，只是一個純粹的節奏模式，一旦加入文字，便成爲富於內在意義的獨立個體。詩人必須在固定統一的格律模

〔註37〕　見《論唐詩的語法、用字與意象》（下），頁155。
〔註38〕　朱光潛《詩論》，頁134。
〔註39〕　見潘麗珠《盛唐王孟詩派美學研究》（台北：師大國碩所碩士論文），頁114。
〔註40〕　見劉燕富《詩與音樂》（幼獅文藝186期），頁114。
〔註41〕　見張淑香《李義山詩析論》（台北：藝文印書館，民國63年），頁74。
〔註42〕　同註40。

式中，掌握語言音響的表現性，運用有限的自由，創造最理想的內在節奏形式。〔註43〕清代沈德潛《說詞晬話》曾提到：

> 詩以聲為用者也，其微妙在抑揚抗墜之間，讀者靜氣按節，密詠恰吟，覺前人聲中難寫，響外傳之妙，一齊俱出。

可見「節奏」並非僅指外在格律的模式，它的奧妙，就在於和諧的聲韻節奏，以及字義與音響間相互和諧的關係。本章擬就和諧的韻腳、平仄的安排、變化的句式與靈活的句法四方面，來探討曼殊詩歌的節奏之美。

一、用　韻

詩中的押韻具有強化節奏性的效果，能「使人明瞭詩句的起造，以及章節的終點，在那終點上反復其餘，以造成一唱三歎的情緒效果。」〔註44〕韻腳的音質也各有特色，如果運用得當，可以加強情感的展現。清代詞論家周濟曾說：

> 東真韻寬平，支先韻細膩，魚歌韻纏綿，蕭尤韻感慨，各有聲響，莫草草亂用。〔註45〕

周氏雖是論詞的用韻，卻也說明了詩歌中韻腳呈現的情感特質。大致說來，韻腳的特色為：

> 東董寬洪，江講爽朗，支紙縝密，魚語幽咽，佳蟹開展，真軫凝重，元阮清新，蕭篠飄淺，歌哿端莊，麻馬放縱，庚梗振屬，尤有盤旋，侵寢沈靜，覃感蕭瑟，屋沃突兀，覺藥活潑，質術急驟，勿月跳脫，合盍頓落，〔註46〕車遮淒咽，寒山悲涼，先天輕快，家麻放途，皆來瀟灑，魚模舒徐，支思幽微，東鐘沈雄，江陽壯闊。

〔註47〕

現在讓我們來讀讀蘇曼殊的作品：

> 燈飄珠箔玉箏秋，几曲迴闌水上樓。
> 猛憶定庵哀怨句：三生花草夢蘇州。

這首「東居雜詩十九首」之一，為曼殊在民國三年（1914）居留日本時所作。

〔註43〕同註41，頁76。
〔註44〕見王夢鷗《文學概論》（台北：藝文印書館，民國78年8月3版），頁79。
〔註45〕見《宋四家詞選目》敘論。
〔註46〕以下見王易著《詞曲史》的說法。
〔註47〕「車遮淒咽」以下看法，見《文史論文集》下冊，頁885。

〔註48〕是年爲袁世凱大力復活帝制的一年，亦是清室遺老認爲復辟在望的一年。〔註49〕身於異鄉的曼殊，時時心繫家國安危，徘徊復徘徊，低吟又低吟，「幾曲回闌」遠眺家鄉，卻更加地觸景生情。這種強烈的鄉思，經押韻字的「秋」、「樓」、「州」的點化，更加深了作者低迴不已的感覺。三個字同屬平聲「尤」韻，尤韻字的音質特色予人「盤旋」不已的感受，可知這首詩的韻腳布置，與內容的情感配合得極縝密和諧。

　　　狂歌走馬遍天涯，斗酒黃雞處士家。
　　　逢君別有傷心在，且看寒梅未落花。

這首〈憩平原別邸贈玄玄〉詩作於民國三年初春，當時曼殊仍在日本，對於革命的前景一直處於憂慮傷心之中。而這一首詩中，曼殊卻表現出難得的瀟灑樂觀。面對朋友的傷懷，曼殊以未落的寒梅，勸告朋友對革命要有勝利的信心。押韻的「涯」、「家」、「花」三字，屬於平聲「麻」韻，麻韻字的音質特色，給人的是「放達」的感受，韻字的選擇，正與詩中「曠達自適」的愉快心情，十分相配。

　　　諸天花雨隔紅塵，絕島氣流一病身。
　　　多少不平懷柔事，未應辛苦作詞人。

這首〈步韻答云上人〉三首之一，爲曼殊宣統元年（1909）年赴爪哇時既作。全詩描寫一位遊子飄流異鄉，無法逃脫世事煩惱的沈重心情。曼殊雖爲僧人，因爲眷戀著紅塵，無法進入「諸天花雨」的超然境界；雖時有詩作，卻也不滿意於只成爲一位吟風弄月的詩人。如此糾纏矛盾的生命處境，讀來令人倍感鬱結。而押韻的字眼「塵」、「身」、「人」、又是屬於平聲「真」韻，其韻字的音質特色高「凝重」，更是充分反應了曼殊生命的深沉困惑。

　　　烏舍凌波肌似雪，親持紅葉索題詩。
　　　還鄉一鉢無情淚，恨不相逢未鬌時。

這首〈本事詩〉十首之一，是曼殊極爲膾炙人口的作品，短短的二十八字，道盡了曼殊徘徊人世與出世、情愛與佛門間的幽微心情。本詩的詩眼就在於一個「恨」字，這個「恨」字，點出了他既懊悔又矛盾的感受。生命既已走入了佛門「四大皆空」的境地，又如何能沾惹情網呢？誰知他卻又割捨不下！這正是曼殊一生生命悲劇的癥結所在。全詩的押韻字爲「雪」、「詩」、「時」，

〔註48〕見劉斯奮《蘇曼殊詩箋註》，頁93。
〔註49〕見《近代中國史綱》（下），頁423。

屬於平聲「支」韻，支韻的音質具有「幽微」的特色，詩人的心情更因此而
展露無遺！

　　曼殊的七絕占遺詩的絕大部分，所以以上所舉，皆屬於七言絕句。曼殊
的五、七絕幾乎都是三句押韻，讀起來特別地流暢鏗鏘，節奏也顯得極為和
諧自然。而且曼殊用韻的選擇，與內容的境界互相配合，頗能展現聲情的特
色，因限於篇幅無法一一殫訴，不過，我們可由其韻腳選用的統計情形，看
出曼殊詩風形成的端倪：（近體詩九十六首）

次數	一二	一二	九	九	八	六	五	五	四	三	二	二
韻腳	先	尤	眞	支	蕭	庚	灰	麻	元	陽	齊	蒸
次數	二	二	二	二	一	一	一	一	一	一	十五	
韻腳	歌	東	征	交	多	刪	寒	侵	魚	霽	出韻	

　　從上表統計題示，曼殊的近體詩韻腳選用，以「尤」韻（十二次）、「先」
韻（十二次）頻率最高，「支」韻（九次）、「眞」韻（九次）次之，「蕭」韻
（八次）、「庚韻」（六次）的次數也很多。「尤」韻的音質特色為「感慨」、「盤
旋」、「先」韻則為「細膩」、「輕快」、「支」韻所傳達的聲情則傾向於「幽微」。
韻腳的主要聲情為感慨、細膩、幽微，與曼殊傾向於女性化的人格特質與詩
風類型，似有關連之處。雖然韻腳的聲情並沒有一定的原則，但畢竟注意韻
腳的音質特色，可有助於聲情的傳達。

二、平　仄

　　近體詩非常講究平仄的互相遞用，也就是講究「長短遞用、平調與升降
詞或促調遞用」〔註50〕的變化，以構成詩的節奏原則。雖然近體詩的平仄有
其模式，然而這些原則乃是源於人類生理感官的自然要求，從平仄的抑揚頓
挫中，我們能感受到感情的起伏變化，而產生共鳴。

　　平仄的安排，是為了感情上的需要，所以也有某種的變化彈性。有些詩
句為了詩情的傳達，不得不邁出正格，造成拗格，這種現象，我們可從曼殊
詩中看到，如：

　　　天生成佛我何能？幽夢無憑恨不勝。

　　　—　—　—　｜　｜　—　—　　—　｜　—　—　｜　｜　—

〔註50〕見王力《中國詩律研究》（台北：文津，民國76年），頁6。

多謝劉三問消息，尚留微命作詩僧。

－｜－－｜－｜　｜－－｜｜－－

這首〈有懷〉二首之一屬於平起式首句入韻的七言絕句，第三句的平仄規律原應爲「仄仄平平平仄仄」，七句律絕的第一字平仄可以不論，而第六字應仄卻平，是爲拗平，則第五字就以改平爲仄的方式以爲拗救，換句話說，就是兩字的平仄互換。曼殊作詩頗能依格律規則，由此略見其守律之情形。

萬戶千門盡劫灰，吳姬含笑踏青來。

｜｜－－｜｜－　－－－｜｜－－

今日已無天下色，莫牽麋鹿上蘇台。（〈吳門依易生韻〉十一首）

－｜｜－－｜｜　｜－－｜｜－－

這首爲仄起格首句押韻的七言絕句，第三、四句的格律應爲「平平仄仄平平仄，仄仄平平仄仄平」，而這首詩第三句的二、四、六三字平仄顛倒，該平爲仄，該仄爲平，所以第四句的二、四、六字各自「拗救」，以造成平仄的和諧。近體詩的二、四、六字是重要的節奏點，平仄不合，並非正則，極近似古風式的古詩。〔註51〕可是曼殊用平仄也有大膽嘗試的一面。

曼殊的詩作多數守格律，然而他爲了情感上的表達需要，也會不惜破壞格律，自創拗調，頗成奇特的風格。如這首：

無量春愁無量恨，一時都向指間鳴。

－｜－－－｜｜　｜－－｜｜－－

我亦艱難多病日，那堪更聽八雲箏。

｜｜－－－｜｜　｜－｜－｜－－

這首詩爲仄起首句不押韻的七言絕句，其格律應爲：

仄仄平平平仄仄，平平仄仄仄平平。

平平仄仄平平仄，仄仄平平仄仄平。

然而檢查此詩的平仄，在首兩句大致還能符合格律要求，到了第三、四句詩，幾乎已完全不顧格律的安排，該平卻拗仄，該仄卻拗平，尤其第四句，一字平一字仄的平仄交錯，讀來眞是有如鯁在喉。清顧炎武的《音論》說：「平聲輕遷，上去入之聲重疾」，江永的《音學辨微》也指出：

平聲長、空，如擊鼓鐘；上去入短、實，如擊土木石。

〔註51〕同上，頁91。

忽而悠長，忽而重疾的節奏，彷彿身在病中的長短呻吟，正足以表現出曼殊「艱難多病」的生命狀態。可見他別具一格的平仄節奏，成功地加強了意義節奏的內在性。

三、句　式

　　詩句的本身含有兩種形式，其一是音節形式，另一則爲意義形式。音節形式是指句中節奏的停頓方式，而意義形式則是指句中的意象語和情趣語的組合方式，意象語爲名詞及其修飾語，此外便是情趣語。〔註52〕一般的情形，都把五言詩的音節形式棍爲「23」的節奏，而把七言詩句視爲「43」的節奏。但若再細分時，五言詩則有「221」或「212」，七言詩則有「2221」或「2212」的區別。根據王力的詩律云：「近體詩句的節奏，是以每兩個音爲一節，最後一個音獨自成爲一節。」。〔註53〕無論是那一種句式，意義形式的結構方式，往往會影響音節形式的純粹性，使得單純的字句節奏，在變化中生動起來。今以蘇曼殊的近體詩爲例：

　　　　江頭青放柳千條，知有東風送畫橈。

　　　　但喜二分春色到，百花生日是今朝。（〈花朝〉）

這首詩從「43」的句式來看，都是一致的，但實際細分之，仍有「2212」與「2221」的相雜節奏變化。第一、二句的節奏爲「2212」，到了第三句，則變化爲「2221」的句式，爾後第四句又回到了「2212」的句式上。詩句中不對稱的節奏會形成前進的動力，而對稱的節奏則會把這動力以平穩的拍子持續下來。〔註54〕這首詩寫的是百花盛開的盎然春意，大地是一片欣欣向樂的生機，所以曼殊在第三句巧妙地運用了句式節奏上的變化，無形中將原本單詞的音節形式，帶進了意義的形式之中，使我們從句式中感受到生機的動力。

　　　　九年面壁成空相，持錫歸來悔晤卿。

　　　　我本負人今已矣，任他人作樂中事。（〈本事詩十首〉）

這首詩在「43」的整齊和諧之中，也有「2212」與「1213」的節奏變化。第一、二、三句規律的節奏排列，使人自然地感知到，此刻作者陷入了時空回憶的深沈夢境之中，末句跳進來奇特的節奏，突地破壞了心中的懊悔，更顯

〔註52〕同註46，頁128。
〔註53〕《中國詩律研究》（台北文津，民國76年），頁6。
〔註54〕見高友工、梅祖麟著、黃宣範譯《分析杜甫的『秋興』》（中外文學一卷6期），頁14。

示他錯雜混亂的心境。

　　以上所述，從整體的節奏來看，句式的安排並無反常。曼殊的詩中還有一些一反常的句式。如：

　　　　忽聞鄰女兒陽歌，南國詩人近若何？

　　　　欲寄數行相問訊，落花如雨亂愁多！（〈寄晦聞〉）

這首詩的首句使用「25」的句式，後三句則爲「223」的節奏形式，「25」的節奏在七言絕句中都極爲少見，一旦出現有強調與驚愕的效用，〔註55〕在這首詩中也具有這種作用。可見曼殊對於句式節奏的安排，頗能配合內在情感的律動變化。又如第二個例子：

　　　　孤燈引夢記朦朧，風雨鄰庵夜半鐘。

　　　　我再來時人已去，涉江誰爲絲芙蓉？（〈過若松町有感〉）

這首詩原是回憶昔日歡樂時光的短暫，所生空虛悵惘的感覺。藉著第一、二句裡重覆「2212」的規律節拍，曼殊表現了沈醉在舊時情景的迷離感受。第三句的突兀句式「133」的奇特節奏，將時空拉回到現實的場景，讓人猛然警覺到今日的空虛無常。末句則又再回到原先的「2212」的句式，更加強了今昔交昔的意涵表現。

　　綜合以上所述，很明顯地，曼殊頗能掌握到詩的句式節奏臨別產生的音樂效果，加強意義上的表現，在句式上作適當的安排與變化。

四、句　法

　　句法是指詩句在字詞形態上的安排。一句之中，字彙的結構排列，上下句在形態上所呈現的關係與效果，都是以影響詩的音樂性表現。基本上蘇曼殊詩的句法構成極爲靈活，可包括三個部分：（一）雙聲韻的配置；（二）疊字的運用；（三）散文句的安排，茲分別論述如下：

（一）雙聲疊韻的配置

　　所謂「雙聲」是指兩字的聲母相同；而兩字的韻母相同者，稱爲「疊韻」。在聲韻學上，同聲紐的都屬於「雙聲」，同韻部的皆屬於「疊韻」。「雙聲疊韻」是我國語言文字的特色之一，如果能夠細心經營、運用得當，能夠增進詩歌中音韻和諧之美。曼殊的詩歌中，也非常重視雙聲疊韻的安排，茲以詩例爲證（字旁有△△有符號者表示雙聲，○○○符號者表疊韻）：

────────────

〔註55〕同上。

國民孤憤英雄淚，灑上鮫綃贈故人。(〈以詩並畫智利湯國頓〉)

孤燈引夢記朦朧，風雨鄰庵夜半鐘。(〈過若松町有感〉)

誰贈師梨一曲歌，可憐心事正蹉跎！

琅玕欲報從何報？夢裡依稀識眼波。(題〈師梨集〉)

多謝劉三問消息，尚留微命作詩僧。(〈有懷〉二首)

湘弦灑遍胭脂淚，香火重生劫後灰。(〈為調箏人繪像〉二首)

懺盡情禪空色相，琵琶湖畔枕經眠。(〈寄調箏人〉三首)

日日思君令人老，孤窗無那正黃昏。(同上)

我亦艱難多病日，那堪更聽八雲箏！(〈本事詩〉十首)

丈室番茶手自煎，語深香冷涕潸然！(同上)

慵妝高閣鳴箏坐，羞為他人工笑顰。(同上)

袈裟點點疑櫻瓣，半是脂痕半淚痕。(同上)

五里徘徊仍遠別，未應辛苦為調箏。(調箏人將行，屬繪〈金
粉江山圖〉，題贈二絕)

秋風海上已黃昏，獨向遺編吊拜倫。

     △　△

詞家飄蓬君與我，可能異域爲招魂。(題〈拜倫集〉)

△　△

多謝索書珍重意，恰儂憔悴不如人。(〈步韻答云上人〉)

    △　△

春來夢到三山未？手摘紅櫻拜美人。(同上)

  ○　○　　　　　○　○

九關日以遠，肝膽竟誰托？(耶婆提病中，末公見示新作，伏

    ○　○

枕奉答，兼呈曠處士)

姑蘇台畔夕陽斜，寶馬金鞍翡翠車。(〈吳門依易生韻〉十一首)

       ○　○

春色總憐歌舞地，萬花撩亂爲誰開？(同上)

     △　△

年華花柳共飄蕭，酒醒天涯問六朝。(同上)

   ○　○

故國已隨春日盡，鷓鴣聲急使人愁。(同上)

△　△

白水青山未盡思，人間天上雨霏微。(同上)

       ○　○

以上諸例，所以不憚詞費，廣加援引，就是要證明蘇曼殊對於「雙聲疊韻」字的靈活運用。事實上，還有許多使用雙聲或疊韻的情形，限於篇幅，不及贅引。他在這方面的成就，的確值得注意。

（二）疊字的運用

  寫物抒情，有時只要多用一字相疊，便能使興會神情，一齊湧現，這種

修辭法，叫做「疊字法」。〔註56〕疊字在音響節奏上，具有極微妙的作用，因為在文字上是單字的重複，而且發聲輕輕，節奏上自然比較快速，可以使詩句的音調達到靈活動聽的美感效果。如《詩經》中的「蕭蕭馬鳴」是摹擬聲音，崔顥〈黃鶴樓詩〉名句「晴川歷歷漢陽樹，方草萋萋鸚鵡洲」，則分別以疊字描繪自然景物的具體形象，栩栩如生。古典詩詞中運用疊字的佳例，眞是俯拾即是。現在，我們來看看蘇曼殊在詩歌中運用疊字的情形。

舊廂風月重相憶，十指纖纖擘荔枝。（〈東居雜詩〉十九首）

械械秋林細雨時，天涯飄泊欲何之！（同上）

爲向芭蕉問消息，朝朝紅淚欲成潮。（同上）

可憐十五盈盈女，不信盧家有莫愁。（同上）

碧闌干外夜沈沈，斜倚雲屏燭影深。（同上）

流螢明滅夜悠悠，素女嬋娟不耐秋。（同上）

卻下珠帘故故羞，浪持銀蠟照梳頭。（同上）

人間花草太匆匆，春未殘時花已空。（〈偶成〉）

平原落日馬蕭蕭，剩有山僧賦大招。（〈吳門依易生韻〉）

月華如水浸瑤階，環佩聲聲擾夢懷。（同上）

〔註56〕見黃永武《字句鍛鍊法》，頁85。

建業在何許？胡塵紛漠漠。（邢婆提病中，未公見示新作，伏枕

作答，兼呈曠處士）

袈裟點點疑櫻瓣，半是脂痕半淚痕。（〈本事詩〉十首）

華嚴瀑布高千尺，未及卿卿愛我情。（同上）

日日思君令人老，孤窗無那正黃昏。（〈寄調箏人〉三首）

孤村隱隱起微煙，處處秧歌竟插田。（〈澱江道中口占〉）

遠遠孤飛天際鶴，雲峯珠海幾時還？（久欲南歸羅浮不果，回

望不二山有感；聊書所懷，寄二兄廣州，兼呈晦聞、哲夫、秋枚三公滬上）

齋罷垂垂渾入定，庵前潭影落疏鐘。（〈往西湖白雪禪院作此〉）

疊字既雙聲復又疊韻，兩個樂音的重疊，具有增強表現的作用，使讀者在閱讀時，將注意力自然集中到重疊的字詞上，印象自然鮮明，節奏自然暢滑。疊字置於字首，詩句開始便是重複的字音，馬上能予人強烈深刻的情緒。如「槭槭」秋林細雨時、「朝朝」紅淚欲成潮、「日日」思君令人老、「遠遠」孤飛天際鶴諸詩句，將聲情自然集中在前面重疊的部分，使人有迴盪不已的詩境，爾後才是悠悠的訴境。若改為「秋林槭槭組雨時」、「紅淚朝朝欲成潮」、「思君日日令人老」、「孤飛遠遠天際鶴」，便無法感受到如此深刻的秋意、如此悲痛欲絕的相思了。

另外，相反的一類影式，則是把疊字置於句尾，如：

流螢明滅夜悠悠……

平原落日馬蕭蕭……

　　　　　　　　○　○

　　　人間花草太匆匆……

　　　　　　　○　○

將疊字改在詩尾，不僅在聽覺上有綿長不盡的感覺，還隱隱含有意在言外的
意境。

　　至於將疊字用在詩句的中間，所產生的節奏效果，則有起伏抑揚、委婉
曲折的音律美。如：

　　　十指纖纖擘荔枝……

　　　　　　○　○

　　　可憐十五盈盈女……

　　　　　　　○　○

　　　卻下珠帘故故羞……

　　　　　　○　○

這三句，曼殊寫的是女子的儀態容貌，他運用疊字的輕柔節奏，巧妙地表現
出女子纖弱含蓄之美，使意象在音響之中，自然地具體起來。

（三）散文句的安排

　　　曾遣素娥非別忘，是空是色本無殊。（〈答鄧繩侯〉）

　　　但喜二分春色到，百花生日是今朝。（〈花朝〉）

　　　劉三舊是多情種，浪跡煙波又一年。（〈西湖韜光庵夜聞鵑聲，柬劉三〉）

　　　我再來時人已去，涉江誰為采芙蓉？（〈過若松町有感〉）

　　　收拾禪心侍鏡台，沾泥殘絮有沈哀。（〈為調箏人繪像〉）

　　　此後不知魂與夢，沙江同泛采蓮船。（〈失題〉）

　　　誰知北海吞氈日，不愛英雄愛美人！（〈落日〉）

　　　春泥細雨吳越池，又聽寒山夜半鐘。（〈吳門依易生韻〉十首）

　　　最是令人淒絕處，垂虹亭畔柳波橋。（同上）

　　　畢竟美人知愛國，自將銀管學南唐。（〈無題〉八首）

　　　只見銀鶯羞不語，恐妨重惹舊啼痕。（同上）

縱使有情還有淚，漫從人海說人天。(同上)

莫道橫塘風露冷，殘荷猶自蓋鴛鴦。(同上)

莫怪東風無賴甚，春來吹發爲庭花。(《晨起口占》)

曼殊運用散文化的詩句極爲普遍，從以上所學的詩例，可以看出「散文化」已成爲其語言風格的特色之一。有些上下句之間用了很多連接媒介，有些則以口語化的句型造成節奏流暢、旋律和諧的效果。散文句構在詩中其有使音律轉折、流暢、意象自然呈現的效果，而柳亞子曾說曼殊的詩具有「思想的輕靈、文辭的自然、音節的和諧」三種特色，這也部分要歸因於散文句法的效果。近體詩如律詩有對偶的要求，而對偶的句式極爲整齊，意象濃密、語法又不緊湊，所以詩句的節奏便顯得緩滯。〔註 57〕「搗蓮煮麝春情斷，轉綠回黃妄意賒。玳瑁窗虛延冷月，芭蕉葉卷抱秋花」，爾後再配上「傷心怕只妝台照，瘦盡朱顏只自嗟」的散文化詩句，節奏頓時就順暢起來，將前面濃烈的情感，隨音律無限地擴展開來，造成節奏上的流暢和諧。

第三節　語言特性

詩是語言的藝術，如何選擇恰當又精鍊的語言，關係到一首詩的成敗。以上諸節分別從蘇曼殊詩作的意象、節奏諸方面來分析其詩的形式特色。蓋語言運用得當，不僅能建構出詩的特殊形式、豐富詩的意涵，運用獨特，更能產生個人化的風格。宋人胡仔《苕溪漁隱叢話》曾有一段話：

詩句以一字爲工，自然靈異不凡，如靈丹一粒，點石成金也。

而西方泰納在《藝術哲學》中也指出：

風格把內容包裹起來，只有風格浮在面上。一部書不過是一連串的句子……我們的眼睛和耳朵所能捕捉的只眼於這些句子，凡是心領神會，在字裡行間所能感受的更多東西，也要靠這些句子作媒介。〔註58〕

可見語言在文學作品、尤其是詩中，何等重要。閱讀曼殊的詩作，其語言具有諸多特色，是造成詩歌風格特殊的原因之一。以下將歸納分析之：

〔註57〕同註41，頁 105。

〔註58〕引自《文學理論資料匯編》(台北：華諾，民國 74 年)，頁 376。

一、富近代味

　　郁達夫在〈雜評曼殊的作品〉一文中指出「他的詩出于定庵的『己亥雜詩』，而又加上一脈清新的近代味……用語很纖巧，擇韻很清諧，使人讀下去就能感到一股快味。」這種非刻意求新而讀者自覺其新的「近代味」，來自他內在氣質的天然呈露，〔註59〕就如同他給人「清新自然」的詩味，亦來自於個人自然渾成的性情。在這首「淀江道中口占」可見一斑：

　　　　孤村隱隱起微煙，處處秋歌竟插田。

　　　　羸馬未須愁遠道，桃花紅欲上吟鞭。

語言讀來如一首抒情歌謠，若無詩人看到了大自然的清新生命力，他又怎能寫出充滿「赤子之心」的詩呢？文句雖如家常小語，卻意涵深刻，蓋「詩以意為主，文詞次之。或意深義高，文詞平易，自是奇作。世效古人平易句，而不得其意義，翻成鄙野可笑。」（劉放《中山詩話》）

二、以佛語入詩

　　隨著佛教的傳入中土，給中國輸入了另一種與固有傳統不同的、高度發達的意識形態和思維方式，而且佛教文化又是具有文學性。如此，佛教在民間廣泛地流傳，就必然影響到中國的文學創作。〔註60〕劉熙載曾說：

　　　　文章蹊徑好尚，自「莊」、「列」出而一變，佛書入中國又一變……
〔註61〕

他指出自於佛書的傳入中國，對中國文學造成了一大轉變。到清朝末年，中國雖正值西學輸入與自身民族存亡的危機之中，文化結構產生根本的動搖，但是佛學卻對於當時的中國學術界發生了強烈的影響。梁啟超在《飲冰室詩話》中曾云：

　　　　說清所謂新學家者，殆無一不與佛學有關係。

當時佛學也在中國近代詩壇上發生影響，這種影響主要表現在三方面，分別是：

　　1. 在宗教意識上對狂禪的批判；

　　2. 在文學批評上對佛學意識的詩大；

〔註59〕見劉斯奮《蘇曼殊詩箋注》，頁13。
〔註60〕見孫昌武《佛教與中國文學》，（上海：上海人民，1988年），頁122。
〔註61〕見劉熙載《藝概》卷一〈文概〉（台北：金楓，民國75年），頁25。

3. 在文學建設上形成真正的佛教文學。〔註62〕

蘇曼殊的佛教信仰，據說是「嗣受曹洞衣缽」（〈日本僧飛錫潮長跋〉），應屬禪宗一派。但從〈儆告十方佛弟子啟〉、〈告宰官白衣啟〉等文章來看，他又似兼受律宗的影響。〔註63〕雖然曼殊所創作的詩歌中也偶露禪機，意境悠遠，無跡可尋。然而更多的時候，他的佛語，反而呈現的是他內心對愛情、身世的矛盾源頭。如〈本事詩〉六首之一：「還卿一缽無情淚，恨不相逢未鬢時。」。這裡，曼殊不但未寫出遁入佛門後應有的清靜修持，反而滿是追求人間情愛與佛內戒律的矛盾。

又如這首〈過若松町有感示仲兄〉：「契闊死生君莫問，行雲流水一孤僧。無端狂笑無端哭，縱有歡腸已似冰！」，身份雖是孤僧一個，形跡如行雲流水，精神上卻絲毫未有行雲流水般的自在，更無禪宗的頓悟，有的只是生命的「大悲」，糾結在心化為「冷寂」，而非佛家的「空靈」。這就是曼殊真正的面貌，明用「佛語」，寫的卻與佛理大相逕庭。「七情六慾」與「四大皆空」，兩者對他而言，都是「心靈的磨難」。生命的掙扎痕跡，經由「佛語」入詩，而畢現無遺。他是未達到禪詩既要求的「空靈之美」，但卻完成了詩的創作及生命的真誠。

三、語多委婉曲折

袁枚在《隨園詩話》中曾說：「東坡近代詩，少蘊釀烹煉之功，故言盡意亦止，絕無弦外之音，味外之味。」亦說：「作近體短詩，不是半吞半吐，超超元箸，斷斷不能得弦外之音、味外之味。」。〔註64〕曼殊的詩貴在言外之意，語多曲折委婉。

曼殊怎樣才能達到曲折委婉的語言特性呢？歷來研究曼殊的詩論多傾向形而上的描述，較少落實於「表現技巧」的探討方面，欲了解曼殊詩作中委婉曲折的語言特性，須直接進入曼殊的詩作中，方能找到一些答案。

> 落日滄波絕島濱，悲笳一動劇傷神。
>
> 誰知北海吞氈日，不愛英雄愛美人。（〈落日〉）
>
> 乍聽驪歌似有情，危弦遠道客魂驚。

〔註62〕見陸草《佛學與中國近代詩壇》（文學遺產，1989年2月），頁29。
〔註63〕同上，頁39。
〔註64〕見袁枚著，雷瑨註《箋註隨園詩詞》（台北：鼎文，民國63年），頁59。

　　何心描畫閑金粉？枯木寒山滿故城！（〈調箏人將行，屬繪〈金粉江
山圖〉：題贈二絕〉）

　　秋風海上已黃昏，獨向遺編吊拜倫。

　　詞客飄蓬君與我，可能異域爲招魂。（〈題拜倫集〉）

　　來醉金莖露，胭脂畫牡丹。

　　落花深一尺，不用帶蒲團。（〈東法忍〉）

　　江南花草盡愁恨，惹得吳娃笑語頻。

　　獨有傷心驢背客，暮煙疏雨過閶門。（〈吳門依易生韻〉）

　　碧海雲峰百萬重，中原何處托孤蹤？

　　春泥細雨吳越池，又聽寒山夜半鐘。（同上）

　　萬戶千門盡劫灰，吳姬含笑踏青來。

　　今日已無天下色，莫牽麋鹿上蘇台！（同上）

　　狂歌走馬遍天涯，斗酒黃雞處士家。

　　逢君則有傷心在，且看寒梅未落花！（憩平原別邸贈玄玄）

　　蟬翼輕紗束細腰，遠山眉袋不能描。

　　誰知詞客蓬山裡，煙雨樓台夢六朝。（東居雜詩十九首）

在「落日」一詩裡，蘇曼殊以蘇武牧羊的典故，暗示了內心對家國的大愛與
己身情愛間的劇烈衝突；「何心描畫閑金粉？枯木寒山滿故城！」兩句，在這
裡，作者藉著「枯木寒山」的客觀意象，傳達出超乎言外的離緒絲絲，讀來
令人鼻酸；「落花深一尺，不用帶蒲團」，短短十字，道不盡玄妙的禪機；他
對於家鄉的深深眷戀，在「春泥細雨吳越地，又聽寒山夜半鐘」訴諸聽覺的
描述中，含而不露地傳達出來！

　　「逢君別有傷心在，且看寒梅未落花！」蘇曼殊的詩歌中雖多抒情之作，
相應於當時熱衷革命的作品而言，似缺少一種「陽剛熱血」。然我們仔細品味，
會發現情深相同，惟他是將那股激昂、直接的感情，化爲一縷縷微妙曲折的
言詞，隱於山水景物之間。若不能讀出他的言外之意，便無法體會那顆豐沛
易感的心靈。〈憩平原別郎贈玄玄〉，最末終結，是來自他的慧心曉悟。寒梅，
雖在霜雪間承受刺骨的冷冽，但是堅毅不屈的生命力，著實感動了曼殊，使
他對不安的國勢，產生了屬於禪宗頓悟的智慧。這裡沒有奔放的熱情，卻滿

是寬闊的「生命轉圜」！

　　語言文字只是代表現象和經驗的符號，我們不要只有看到語言僵硬的本身，要知道，語言文字之外，是眞實而活潑的現實和經驗世界。〔註 65〕「意在言外」運用在文學批評家的術語裡，雖屬於「美感經驗」的層面探討，但站在作家創作的動機而言，卻是作者性情與經驗觀照的最眞實反映。這是我們在閱讀語言之餘，必須去超越語言，作進一步探討的重點。

〔註65〕見黃維樑《中國詩學縱橫論》（台北：洪範，民國 75 年 11 月 4 版），頁 120。

第五章　蘇曼殊詩的內容分析

　　「詩者，志之所之也，在心爲志，發言爲詩。情動於中而形於言，言之不足故嗟嘆之，嗟嘆之不足故永歌之……。」（〈毛詩序〉）；韓愈亦有言：「大凡物不待其平則鳴……人之於言也亦然，有不得已者而後言，其歌也有思，其哭也有懷。」（〈送孟東野序〉），蓋一首詩的內在意涵，乃詩人發諸內心的言語，訴諸於筆端，就成爲「文學作品」。也就是說，一首詩的內容，來自於作者從生活的觀察，這其中，包括了觀察對象、觀察的態度和方法等，而就文學創作來說，就是題材的選擇以及由此經營而成的主題。

　　題材，是指作品所描繪的生活事件或現象。此乃作家根據他對生活的體驗，從大量素材中選擇、集中而成的。一方面會受到作家的性情、世界觀和思想的影響，一方面也和作家的寫作習慣和表現方式息息相關。

　　至於主題，按照一般的說法，是指題材中反復出現的要素。仔細而言，「主題」爲貫穿整個作品的一條線，它將作品中種種互不連貫、或以其它方式相聯的特徵聯爲一體。〔註1〕它是作者對於現實生活的觀察、體驗，以及處理題材時提煉所得的結果。本章將從蘇曼殊詩歌內容的題材、主體呈現著手，冀能繼續前章對語言的分析，更進一層地試探曼殊詩作風格的核心。

第一節　題材分類

　　李重華《貞一齋詩說》曾提到題材的重要，他說：「吟詠先須擇題；運用

〔註 1〕見羅言、福勒著，袁德成譯《現代西方文學批評術語》（四川：四川人民，1987年），頁 285。

先須選料。不擇題則俗物先能穢物，不選料則粗才安足動人？」，〔註 2〕而西方大文豪歌德亦云：「獨創性的一個最好的標誌，就在於選擇題材之後，能把它加以充分的發揮。」，〔註 3〕一個詩人是否深具才思，從其創作時對題材的選擇與發揮，便知高下。

蘇曼殊在數量極為有限的詩作中，約可分為以下數項題材類型：寫景類、懷古類、情愛類、感懷類等，茲分別探討如下：

一、寫景類

蘇曼殊一生遊歷過許多國家，日本、香港、爪哇、新加坡等地他都住過一些時日，其閱歷極為豐富，藉著詩，他在異鄉飄泊所感受到的無依孤單，得以獲得抒發。

舉凡詩中描寫山水、花鳥或自然界一切景物，皆可稱為「寫景詩」。宋梅聖俞說：「凡詩意新語工，德前人所未道者，斯為善矣；必能狀難寫之景如在目前，含不盡之意見於言外，然後為至也。」。〔註 4〕寫景類的詩並非要將客觀景物完全摹擬如一，乃是要「含不盡之意見於言外」，讓客觀景物與主觀經驗互相對話，使景物在創作中「再生」。

曼殊以寫景為題材的作品頗多，如這首〈過蒲田〉詩：

柳陰深處馬蹄驕，無際銀沙逐浪潮。

茅店冰旗知市近，滿山紅紫女郎樵。

馬以君在《燕子龕詩箋註》云：「曼殊詩中，也有一些是衝破『愁』和『恨』去描寫風光景物的。如『過蒲田』……這類詩調子明快爽朗、生氣盎然，給讀者以美的享受。是不可忽視的作品。」，這首詩寫的雖是蒲田的風景，但並非僅一紙靜止的風景。他將擺動的酒招、躍躍的馬蹄、翻騰的浪潮，以及行走其間的女子，都安排進入畫中，與其說它們如畫，還不如說他們正在扮演一齣劇情生動而豐富的戲。

此外，如〈淀江道中口占〉：「孤村隱隱起微煙，處處秧歌竟插田；羸馬未須愁遠道，桃花紅欲上吟鞭。」一路讀來，順暢如話，彷彿從風景中一路行來的明快感受，繪形傳神，具有聲、情並茂的境界。〈遊不忍池示仲兄〉云：「白

〔註 2〕 見丁福保編《清詩話》（三）（台北：藝文印書館，民國 58 年）。
〔註 3〕 見《文學理論資料匯編》（上），頁 274。
〔註 4〕 見《宋史・文苑五・梅堯臣傳》（台北：鼎文，民國 69 年），頁 13091。

妙輕羅薄幾重，石欄橋畔小池東；胡姬善解離人意，笑指芙蕖寂寞紅。」，這首充滿異國風味的寫景詩，不先由景物直接入手，而反從池畔東洋女子的衣著寫起；詩末再藉女子的纖手指向景物，自然而然地由此帶領讀者，將眼光集中於美妙的風景。其「曲折委婉」的敘景角度，與「離人」苦悶多折的寸寸柔腸，其實是非常符合的。又如〈東居雜詩十九首〉之一云：

> 槭槭秋林細雨時，天涯飄泊欲何之！
> 空山流水無人跡，何處蛾眉有怨詞？

一句景，喚起情愫一縷，整首詩情景互映，一氣呵成，不僅景緻空靈，感染到內心的聲音，也充滿如景般的空寂寥落。

　　由以上所舉數倒，可知蘇曼殊所創作的寫景詩，風格特殊，景緻不僅描繪的逼真，且靈動富於戲劇性，是其寫景成功的關鍵所在！

二、懷古類

　　藉著歷史事幼或人物以為詩歌的興起，而表達作者個人內心對於歷史或所處時代的觀感，這樣的作品正是所謂以懷言為題材的詩。基本上，「懷古詩」和「詠史詩」從史出發的性質非常接近，而兩者的區分標準就在於「議論」與「抒懷」兩種成分在作品中所占的比例。一般說來，「詠史」詩篇的作者，對於歷史事件或人物所抱持的態度，往往是理性的、分析的，因此這一類作品都偏向採取議論的方式；至於「懷古」詩篇的作者，他們往往是抱著一種感性的、觀賞的態度面對歷史事件或人物，因此，他們的作品都偏向於抒發個人的感想與襟懷，抒情成分多於議論。〔註5〕從觀蘇曼殊的作品，幾無採取議論的方式看待歷史的事件或人物，而多以抒情的手法，藉「歷史」為題材以抒發一己的感懷。如〈過平戶延平誕生處〉：

> 行人遙指鄭公石，沙白松青夕照途。
> 極目神州餘子盡，袈裟和淚伏碑前。

　　據劉斯奮考證，此詩發表於 1909 年 12 月出版的《南社》第一集，當是本年上半年居日本時所作。〔註6〕蓋辛亥武昌起義之前三年間，清政府以加強鎮壓和偽裝立黨兩手，迫使革命黨人處於極其困難的境地。1908 年熊成基領導安慶起義失敗後，革命黨於 1909 年一年中，竟至毫無動作。蘇曼殊來到鄭

〔註5〕　見蔡英俊《興亡千古事》（台北：故鄉，民國 71 年），頁 10。
〔註6〕　見《蘇曼殊詩箋註》，頁 19。

成功誕生之遺跡，自然觸發了累積已久的悲壯情懷。蓋鄭成功毅然起兵、並堅持對清的作戰，其情操令他感同身受。而相近的身世，益使曼殊自然衍生出對鄭氏的強烈懷念。詩中有景，首先以「鄭公石」點出歷史的重心點，接著加人了「沙白松青夕照邊」的遠景。最後以一個「袈裟和淚伏碑前」的特寫，對主題思想加以突出、深化，使人讀後經久難忘。

　　又如〈吳門依易生韻〉十一首，主要是詠吳地的事情。(按吳門，乃蘇州的別稱，為春秋時吳國的都城)，其或詠當時所見的景緻、人物，或藉歷史遺跡而抒一己之懷。如其中三首：

> 月華如水浸瑤階，環佩聲聲擾夢懷。
> 記得吳王宮裡事，春風一夜百花開。
> 姑蘇台畔夕陽斜，寶馬金鞍翡翠亭。
> 一自美人和淚去，河山終古是天涯！
> 萬戶千門盡劫灰，吳姬含笑踏青來。
> 今日已無天下色，莫牽麋鹿上蘇台。

此三首乃是追懷春秋時代吳越兩國興衰為題材的詩作。第一首並無一字懷古的情緒字眼，而是以純客觀的手法來旁映出吳王夫差曾盛極一時的狀況，看似無心的一句「記得吳王宮裡事」，道盡了歷史興衰的無常感。第二首則是以色彩的富麗、辭藻的華美，來營造對比的強烈效果。一句突轉而來的「一自美人和淚去」，將原本繽紛絢麗的繁華世界，急遽翻覆為無可轉圜的時空悲劇本質，其震撼性，在轉折與對比中爆發出來。第三首，以今昔的對比映照出歷史的無常與無情，「萬戶千門盡劫灰，吳姬含笑踏青來。」雖然，歷史曾為山河留下了滄桑的歲月痕跡，千門萬戶都全化成了灰燼，但是當地的百姓卻對歷史的悲劇無動於哀。歷史不需憑弔，亦無庸追悔，真心體悟歷史教訓，活在當下才是關鍵，也就是「今日已無天下色，莫牽麋鹿上蘇台！」是也。

> 水驛山城盡可哀！夢中衰草鳳凰台，
> 春色總憐歌舞池，萬花撩亂為誰開？
> 年華花柳共飄蕭，酒醒天涯問六朝。
> 猛憶玉人明月下，悄無人處學吹簫。

〈吳門依易生韻〉中的另外二首，則是以六朝在金陵建都的歷史為題材所抒發的歷史感懷。前者以花草無視於歷史的變遷無常，來暗示歷史規則的「無情」。歷史的無常，其實與大自然的變遷暗合，蘇曼殊客觀地道出了自然的輪

迴，豈不是也要我們警惕那如花草般生滅的「歷史眞象」嗎？另一首詩，曼殊採用了一貫的隨筆手法，淡然無意地道出了對歷史與友人的懷思。六朝繁華的無常，與友人離合的無常，在酒醒獨處之時，全都不分古今地襲人心頭，而這些椎心之痛，卻只在曼殊輕輕的一筆中帶過！

　　歷史是人類的有形記憶，它記載著人類在不同時空條件下的活動與成就，從其中，我們可以捕捉一些屬於人類自身的永恆影像。而詩人便掌握歷史的現象，將他對生命的看法與生活的透視，藉著詩的文字表現出來。以懷古爲題材的詩是作者從外在的、昔日的世界，走入內在、今日世界的媒介；從蘇曼殊的懷古作品中，我們不僅感受到他對歷史的敏銳，更可以因此體悟到在歷史舞台上的我們，是如此微不足道！曼殊的詩，不僅在懷古，更暗示了亙古以來人類永恆的悲劇！

三、情愛類

　　以「情愛」爲題材的詩，自古即屢見不鮮，多情如曼殊者亦不例外，曼殊詩作中以「情愛」爲題材者占大部份，這顯示出「情愛」的追求，是曼殊生命的另一種「熱烈」。曼殊曾曰：「雖今出家，以情求道是以憂耳。」，〔註7〕透過這些一以情愛爲題材的詩的觀照，我們可以了解曼殊在情感追尋上的矛盾。

　　蘇曼殊的情愛詩中，絕少是呈現對於情愛的純粹讚歎，他不在詩裡談情，談的是情愛給予內心的矛盾與衝突。在小說〈斷鴻零雁記〉中，曼殊曾有這麼一設話：

> 余實三戒俱足之僧，永不容與女子共住者也。吾姊盛情殷渥，高義干雲，吾非木石，云胡不感？然余固是水曜離胎，遭世有難言之恫，又胡忍以飄搖危苦，擾吾姊此生哀樂耶？〔註8〕

這段文字，雖出自小說中語，視爲作者內心自我的告白亦無不可。「凡心」，使曼殊與鍾情女子在情感上分劈不開，但「禪心」，卻又使他極力回避情愛的歸宿。感情愈是向前發展，他所承受的打擊就愈沈重！〔註9〕如此強烈的搏戰，呈現在詩中的更是一個永無休止、永無結果的「凡心」與「禪心」的衝突過程。如〈寄調箏人〉之一云：

〔註7〕　見〈燕子龕隨筆〉，收入《蘇曼殊全集》（台北：大中國），頁B52。
〔註8〕　見《蘇曼殊全集》（北京：中國書店），頁116。
〔註9〕　見《蘇曼殊新論》：頁126。

> 禪心一任蛾眉妒，佛說原來怨是親。
>
> 雨笠煙蓑歸去也，與人無愛亦無嗔。

讀完此詩，「歸去」二字彷彿說明著曼殊心中的「絕情」、「灑脫」，然而真正細心體會，事實上曼殊的「無情」隱藏著正是無可救藥的「多情」。熊潤桐說得好：

> 他的「雨笠煙蓑歸去也，與人無愛亦無嗔」，和法國魏爾倫的《無言之曲》中間那篇「一都冷雨」的卒章，「既與人無愛無嗔，又何事傷心如許」句，同是一傷心人語。但是，佛心既然是多情的，爲什麼又會無愛無嗔的呢？唉！這不過是納蘭性德所謂：「人到多情情轉薄」罷了！怨即是親，嗔即是愛，離名談相，此中三昧，非絕代情人，如曼殊者，斷不能夠體識得到哩！（〈蘇曼殊及其燕子龕詩〉）

曼殊遁入佛門以求解脫，然而佛門的清規戒律，對他而言，只成爲一種壓抑、逃避的途徑。事實上，情濃如他，而且對情愛的境界追求又是如此完美理想，在理想與真實、精神修爲與情愛渴求的糾結下，只怕他自己也愈理愈亂了。當他真正地去面對內心千迴百轉的哀情時，那種「欲說還休」的心情，真是令人心驚！〈東居雜詩〉十九首之一云：

> 珍重嫦娥白玉姿，人天攜手兩無期。
>
> 遺珠有恨終歸海，睹物思人更可悲！

又如〈無題〉詩：

> 棠梨無恨憶秋千，楊柳腰肢最可憐。
>
> 縱使有情還有淚，漫從人海說人天。

即使是裝做毫不在乎的「漫說」，其實更能反敲出「衝突」的劇烈。詩人雖是盡力在壓抑，情愛還是如此輕易地撥弄了他的心弦。

> 收拾禪心侍鏡台，沾泥殘絮有沈哀。
>
> 湘弦灑遍胭脂淚，香火重生劫後灰。
>
> 淡持蛾眉朝畫師，同心華鬘結青絲。
>
> 一杯顏色和雙淚，寫就梨花付與誰？（〈爲調箏人繪像〉）

詩人努力地「凡心」收拾爲「禪心」，想把沾上殘絮的鏡面擦拭乾淨，然而情愛揮之不去，反而使得凡心更加地沈重！這種折磨人心的迷惘，曼殊在佛門中尋求解脫之道：

> 契闊死生君莫問，行雲流水一孤僧，

無端狂笑無端哭，縱有歡腸已似冰。（《遇若松町有感示仲兄》）

生憎花發柳含煙，東海飄零二十年。

懺盡情禪空色相，琵琶湖畔枕經眠。（《寄調箏人》）

然而他修持的境界，並非佛門的「空」，卻是化歡腸為「冰」。他找不到「超越」的疏通管道，反而只是在圍堵情愛的渲洩，即使是枕臥著佛經，坐禪以求入定，亦無法徹底擺脫情愛的糾纏。

四、感懷類

《文心雕龍・物色篇》云：

是以詩人感物，聯類不窮。流連萬象之際，沈吟視聽之區；寫氣圖貌，既隨物以宛轉；屬采附聲，亦無心而徘徊。

詩人具有一顆異常敏銳的心緒，周遭景物的變化，對詩人而言，都是一次次靈感的觸發與湧現。他可能因景而洞悉到生命存在的本質問題，也可能感悟到國事的凌夷，這些寫就內心感觸的詩篇，是以感懷為題材的詩。這一類的作品，因為在於記錄下詩人的內在感懷，千頭加萬緒，範圍也較為寬廣。

在蘇曼殊的作品中，因感懷而興起的詩篇，或源於憂心國事、或哀憐身世飄零，大抵皆有所發。「以詩並畫留別湯國頓」一詩，是曼殊難得一見的軒昂之作，隨著生命的遭遇、革命的挫敗諸問題，詩人抒發家國之情的作品，已不復如此積極。如〈吳門依易生韻〉十一首之一：

碧城煙樹小彤樓，楊柳東風繫客舟。

故國已隨春日盡，鷓鴣聲急使人愁。

又如〈無題〉詩八當中的二首：

綠窗新柳玉台旁，臂上微聞蒁乳香。

畢竟美人知愛國，自將銀管學南唐。

水晶帘卷一燈昏，寂對河山叩國魂。

只是銀鸞羞不語，恐妨重惹舊啼痕。

〈為玉鸞女弟繪扇〉：

日暮有佳人，獨立瀟湘浦。

疏柳盡含煙，似憐亡國苦。

及〈東居雜詩〉十九首之一：

流螢明滅夜悠悠，素女嬋娟不耐秋。

相逢莫問人間事，故因傷心只淚流。

按〈吳門依易生韻〉、〈無題〉、〈爲玉鸞女弟繪扇〉作於民國二年（1913）、〈東居雜詩十九首〉則作於民國三年（1914）。〔註10〕蘇曼殊早年的傾心反清革命、辛亥革命成功後短暫的愉悅，到了袁世凱私心篡奪政權，革命的熱烈，期望隨之落空。此時創作的詩篇，徒有「亡國苦」、「故國已隨春日盡」的悲觀情懷。民國二年（1913）曼殊有篇〈討袁宣言〉，痛陳袁世凱竊國的居心。其云：

　　　嗚呼！衲等臨瞻故國，可勝愴惻！自民國創造，獨夫袁世作孽
　　作惡，迄今一年。擅屠操刀，殺人如草；幽薊冤鬼，無帝可訴。諸
　　生平等，殺人者抵；人討未伸，無殛不遑。況辱國失池，蒙邊夷亡；
　　四維不張，奸回充斥。上窮碧落，下極黃泉；新造共和，固不知會
　　眞安在也！

可證其對家園的前途依舊是縈繞於心的。然而身爲一位革命者，其對革命的心態往往是浪漫多於實際。因爲對現實有所不滿，故產生「革命」以革其命。但事實上，革命的成功，才是眞正開始邁入時代考驗的階段。袁世凱的竊國，是民國草創初期研遇到的一次大挫敗，對革命家而言，可能會因此對革命的成果由憧憬而產生「幻滅」，從此由激進逆轉而下，成爲消極、無奈、逃避的否定式悲觀。〔註11〕曼殊設想的革命高士，是享受著「壯士橫刀看草檄，美人挾瑟請題詩」的躊躇滿志，卻沒有設想革命者必須從血和污穢中殺出生路的痛苦，所以當他看到革命過程中必須受到挫折的黯淡形勢，就容易失望。〈討袁宣言〉即使再驚世駭俗，若缺乏強韌永恆的勇氣，感懷家園的憂心也只能留在筆端了。

　　除了抒發愛國情懷之外，個人感懷身世處境的詩，占了曼殊感懷詩的大部分：

　　　九年面壁成空相，萬里歸來一病身。

　　　淚眼更誰愁似我，親前獨自憶詞人。（〈憶劉三、天梅〉）

　　　寒禽衰草伴愁顏，駐馬垂楊望雪山。

　　　遠遠孤飛天際鶴，雲峯珠海幾時還？（〈久欲南歸羅浮不過，因望不
　　二山有感，聊書所懷，寄二兄廣州，兼呈晦聞、哲夫、秋枚三公滬上。〉）

〔註10〕見《蘇曼殊詩箋註》，頁 71、79、85。
〔註11〕見林志儀《蘇曼殊及其小說》（《江漢論壇》總 35 期，1983 年 7 月），頁 36。

誰贈師梨一曲歌，可憐心事正蹉跎！

琅玕欲報從何報？夢裏依稀識眼波！（〈題師梨集〉）

天生成佛我何能？幽夢無凭恨不勝。

多謝劉三問消息，爲留微命作詩僧。（〈有懷〉一首）

諸天花雨隔紅塵，絕島飄流一病身。

多少不平懷裡事，未應辛苦作詞人。（〈步韻答云主人〉）

無量春愁無量恨，一時都向指間鳴。

我亦艱難多病日，那堪更聽八雪箏？（〈本事詩〉十首）

丹頓裴倫是我師，才如江海命如絲。

朱弦休爲佳人絕，孤憤酸情欲語誰。（同上）

春雨樓頭尺八簫，何時歸看浙江潮？

芒鞋破缽無人識，踏過櫻花第幾橋！（同上）

秋風海上已黃昏，獨向遺篇吊拜倫。

詞家飄蓬君與我，可能異域爲招魂？（〈題拜倫集〉）

江南花草盡愁根，惹得吳娃笑語頻。

獨有傷心驢背客，暮煙疏雨過閶門。（〈吳門依易生韻〉）

這些作品，寫出的是一個負荷著歷史矛盾、自我矛盾的靈魂眞象。作爲一個「有歷史的動物」，作爲被大動蕩大變革大轉折的近代中國歷史所侷限的過渡性人物，蘇曼殊無可倖免地成爲「新」、「舊」交會關頭各種掣肘、矛盾和衝突的載體。詩中的「傷心淚」，實際上已分不清是情愛與佛門的掙扎、本我欲望與自我理想的矛盾、還是大我與小我的交戰，它已成爲蘇曼殊的生命風格，再自然地滲透到他的創作之中，成爲曼殊獨特的創作風格。

第二節　主題呈現

　　主題又稱爲主題思想或中心思想，是經由作者對現實生活的觀察、體驗、分析、研究，以及對題材處理和提煉所得的思想結晶。

　　福樓拜爾曾說：「既有傑作的秘訣全在這一點：主旨同作者性情的符

合。」，〔註12〕由於作者的立場觀點、思想性情、創作意圖不同，主題自然帶有明顯的傾向性。不同的作者處理相同的「題材」，會表現出不同的「主題性」。

蘇曼殊的詩作中，有不同類型的題材，然貫穿在諸作品間的主題不外乎：身愁、鄉愁、國愁，呈現各種春水似的愁思。

一、無處逃遁的身愁

（一）情愛的掙扎

蘇曼殊在〈畫跋〉中有段文字：

> 甲辰，由暹邏之錫蘭，見崦嵫落日。因憶顯玄奘諸公，跋涉艱
> 險，以臨斯土，而遊跡所經，均成往跡。余以縶身精網，殊悔蹉跎……

曼殊的身陷情調，當然也是他熱烈追求情愛、「日日思卿令人老」的〔註13〕結果。「兒女情長，殊堪畏佈」，〔註14〕在狂熱於情愛的另一面，曼殊其實是憂心忡忡的，他的終極關懷，是靈魂的自我救渡，即使在愛情中，他所追求的仍是一個超越愛和死的本體眞如世界。〔註15〕他曾謂：

> 胡盡日懷抱百擾于中，不能自弭耶？學道無成，而生涯易盡，
> 則後悔遲耳。

正道出了在追求愛情與企求超越愛情、生死的箇中況味。

縱觀曼殊詩作，無一不展現他一生的孤寂感與矛盾性，然仔細分析，其面對愛情的眞實面相卻各有不同。「桃腮檀口坐吹笙，春水難量舊恨盈；華嚴漫布高千尺，未及卿卿愛我情。」（〈本事詩〉），寫的是一種熾烈的愛情火花；但是追求佛門「四大皆空」的結果，對愛情又不時採取著「不惹塵埃」的冷漠與麻木，「生憎花發柳含煙，東海飄零二十年。懺盡情禪空色相，琵琶湖畔枕經眠。」、「禪心一任蛾眉妒，佛說原來怨是親。兩笠煙蓑歸去也，與人無愛亦無嗔！」（〈寄調箏人〉）。然而，在割捨的矛盾中他仍舊渴望愛情的到臨，於是，愛情成了心底隱隱的思念，「偷嘗天女唇中露，幾度臨風拭淚痕。日日思君令人老，孤窗無那正黃昏。」（〈寄調箏人〉），「卻下珠帘故故羞，浪持銀蠟照梳頭。玉階人靜情難訴，悄向星河覓女牛。」（〈東居雜詩〉）。掙扎的結果，惟留滿懷的悵惘、遺恨：「烏舍凌波肌似雪，親持紅葉索題詩。還卿一缽無情

〔註12〕見《文學理論資料匯編》（上），頁 275。
〔註13〕蘇曼殊〈寄調事人〉三首。「卿」一作「君」。
〔註14〕見〈斷鴻零雁記〉。
〔註15〕見《蘇曼殊新論》，頁 132。

淚，恨不相逢未鬀時！」「九年面壁成空相，持錫歸來悔晤卿。我本負人今已矣，任他人作樂中筝！」(〈本事詩〉)，以及「放不下」的悲哀：「方草天涯人是夢，碧桃花下月如煙。可憐羅帶秋光薄，珍重蕭郎解玉鈿。」(〈方草〉)、「淡掃蛾眉朝畫師，同心華鬀結青絲。一杯顏色和雙淚，寫就梨花付與誰？」(〈為調箏人繪像〉)。每一首對情愛的告白，都是曼殊自我生命血淋淋的軌跡。

（二）身世的飄零

「他的坎坷多愁的命運是早在他出生之初就已經註定了；中日混合的血緣造成了他不快樂的童年，間接促使了他的青年時出家為僧，更甚的是，使他成為心理上的飄泊者，終生都在追尋與失落交替的漩渦中掙扎。」，〔註16〕關於蘇曼殊坎坷多愁的身世，前已有述，不再贅言。其多外的身世，是形成其個人孤獨、飄泊氣質的重要因素。如此獨特的氣質，即使是身在熱鬧活絡的人羣之間，他還是會敏銳感受著人羣之後的寂寞的淒冷。

> 范滂有母終須養，張儉飄零豈是歸？
> 萬里征塵愁入夢，天南分手淚沾衣。(別云上人)
>
> 春雨樓頭尺八簫，何時歸看浙江湖？
> 芒鞋破缽無人識，踏過櫻花第幾橋？(本事詩) 十首之一。
>
> 江南花草盡愁根，惹得吳娃笑語頻。
> 獨有傷心驢背客，暮煙疏雨過閶門。(吳門依易生韻) 十一首

〈別云上人〉一首可曼殊運用兩個典故來傳達「有家歸不得」的感慨。范滂「有母在家」，而張儉的「無家可歸」，都在在的借以自比，他以僧人的身份雲遊四方，雖然無親情的牽掛，但也只能繼續飄泊，即是歸國，其飄泊的心情亦復如此！「芒鞋破缽無人識，踏過櫻花第幾橋？」孤獨的背影是他一生的寫照，從身世的「難言之恫」，到或長或短的異鄉飄泊，除了「獨有傷心驢背客，暮煙疏雨過閶門」的獨自行吟，又有何處可歸呢？

二、自我放逐的鄉愁

蘇曼殊出生於日本，日本可以說是其第二故鄉。六歲時（民國前23年，1889），由嫡母黃氏攜同歸廣東瀝溪老家，雖是回到了自己的家鄉，族人以曼殊為日本女子所生，視為異類，言詞之間，頗有輕視之意。〔註17〕即使是在

〔註16〕見《天女散花》，頁9。
〔註17〕見《蘇曼殊大師新傳》，頁19。

自己的土地上，一種不被認同與渴求認同的飄零惑，無形中已在他幼小的心靈生根，滋長而形成了永恆的「鄉愁」。

爾後大半生的歲月，曼殊又在四處旅遊、讀書、講學中度過：光緒二十一年（1895），十三歲的他，隨姑母姑丈到上海學習中西文；光緒二十四年（1898），與表兄林紫垣赴日本橫濱就讀；光緒二十九年（1903）師級學回國任「國民日日報」翻譯，十月十三日報社解散，旋赴香港。光緒三十三年（1907），二十四歲的曼殊，與劉申叔，何震夫婦東渡日本，八月返回上海，十一月又東渡日本；光緒三十四年（1908）八月復歸上海，九月抵金陵，主講祇垣精舍。往來於金陵、上海之間；宣統元年（1909），與章太炎、黃季剛同居東京，八月返國，赴西湖重居白雲庵，因劉師培夫婦投靠清廷，黨人中有誤會曼殊對革命的誠意，曼殊遂匆促至上海。十一月南至新加坡，後赴爪哇，主講嗤班中華會館所辦的中華學校；宣統三年（1911），曼殊自爪哇返回日本，旋重渡爪哇，仍主講於嗤班中華學校。民國元年辛亥革命成功，自爪哇返國，五月初再赴日本，九月啟舡返上海。民國二年（1913）十一月至日本西京，十二月至東京；民國五年訪居正於青島，九月至西湖，自是往來於杭州上海之間。民國六年（1917）二月，曼殊至日本，月餘，復返上海，及至民國七年（1918）三月二十二日去世之前，曼殊一直留在國內，未再旅居他國。〔註18〕

這些東飄西盪的人生經驗，其實並不似一般人所言的「多采多姿」，而是存在著曼殊深沈的「自我放逐」的潛在意識。光緒三十二年（1906）與劉三的書信中，曼殊曾感慨地寫道：

> 自初九日由杭返滬，舉目無親，欲航海東遊，奈吾表兄尚無回信，欲南舊故鄉，又無面目江東父老。是以因循海上，辛至影落江湖，無可奈何！

這雖是曼殊與友人往來的書信的隨筆紀錄，當下的感傷，實是其一生「鄉愁」情懷的最基本面貌。

在〈久欲南歸羅浮不果，因望不二山有感，聊書所懷寄二兄廣州、兼呈晦聞、哲夫、秋枚三公灑上〉一詩云：

> 寒舍衰草伴愁旗，駐馬垂楊望雪山。
>
> 遠遠孤飛天際鶴，雪峯珠海幾時還？

〔註18〕見《蘇曼殊研究》，（上海：上海人民，1987年）頁16。

此詩作于光緒三十四年（1908）冬末或宣統元年（1909）春初，〔註19〕這時曼殊正在日本，不二山即是日本富士山。身在異鄉，行蹤無定，而心事的飄零，正如孤飛天際、失卻友伴的鶴鳥，繫念著遠方的友人及家國，通篇呈現出濃烈的鄉愁情懷。另〈過若松町有感〉一詩，詩中雖未見一字一句言及思鄉的痕跡，但卻在朦朧的情境營造中，浮現出一位無依的身影，未知應身繫何處？其云：

> 孤燈引夢記朦朧，風雨鄰庵夜半鐘。
>
> 我再來時人已去，涉江誰為采芙蓉。

又，「寄調箏人」詩三首之一：

> 生憎花發柳含煙，東海飄零二十年。
>
> 懺盡情禪空色相，琵琶湖畔枕經眠。

此詩應是宣統元年（1909）曼殊在日本居留時的作品。〔註20〕自六歲回到瀝溪老家到宣統元年這二十年之間，曼殊經常往返于日本與中國兩地，「生憎花發柳含煙」，宇宙間萬物萌發鑽動的繁盛生機，看在一個飽受「鄉愁」之苦的羈旅者眼中，只有更加激起心中思鄉的沈痛與無奈。

〈步韻答云上人〉三首，為蘇曼殊宣統二年（1909）下半年赴南洋之後的作品。其二首云：

> 諸天花雨隔紅塵，絕島飄流一病身。
>
> 多少不平懷裡事，未應辛苦作詞人。
>
> 舊遊如夢劫前塵，寂寞南洲負此身。
>
> 多謝索書珍重意，恰儂憔悴不如人！

這豈是一位享受異國浪漫生活的旅者心聲？滿紙都是點滴在心的辛酸淚！滿懷的青年壯志，原應在自己心繫的家國中一展抱負的，誰知身不由己飄流異鄉，只能藉著詩文抒發鬱積於心的理想。也就是為何曼殊會寫下「多少不平懷裡事，未應辛苦作詞人」的心境！他以「鄉愁」為主題，其實無非寫的就是生命當下的面貌。

〈耶婆提病中，末公見示新作，伏枕奉答，兼呈曠處士〉一詩，表達出同樣的「鄉愁」主題：

> 君為塞上鴻，我是華亭鶴。

〔註19〕見《蘇曼殊詩箋註》，頁14。

〔註20〕同上，頁31。

遙念曠處士，對花弄春爵。

良訊東海來，中有遊仙作。

勸我知餐飯，規我近綽約。

炎蒸困羈旅，南海何遼索！

上國亦已蕪，黃星向西落。

青驪逝千里，瞻烏止誰屋？

江南春已晚，淑景付冥寞。

建業在何許？胡塵紛漠漠。

佳人不可期，皎月照羅幕。

九關日以遠，肝膽竟誰托？

願得趨無生，長作投荒客！……

前幾首以「鄉愁」為主題的詩，曼殊主要將這份愁思鎖定在個人孤零飄泊的處境上。但在這首詩中，曼殊沒有純粹的「遊子他鄉」、「羈愁旅思」，而是把個人這種「炎蒸困羈旅」的愁思放在特定的歷史環境中，同祖國的命運和革命的前途聯繫在一起。此詩是他於宣統二年（1910）臥病南洋時所寫。是年二月，革命黨人策動廣州起義失敗，所謂「胡塵紛漠漠」，正是暗指清朝反動統治勢力的空前猖獗。他憂心家國的前途渺不可期，所以在詩中流露出「上國亦已蕪」，「建業在何許」的質疑。有的革命者以實際革命的行動來一解內心的憂心與熱情，然而曼殊呢，「願得趨無生，長作投荒客」，學佛以求解脫、以及居留他鄉作異鄉客，便成為他「自我放逐」的方式。這些，無非是藉以逃避現實世界的殘酷，也足以感知曼殊身心交瘁的苦境！他曾說：

嗟夫！聖人不作，大道失而求諸禪；忠臣孝子無多，大義失而
求諸僧；春秋已亡，褒貶失而求諸詩。以禪為道，道之不幸也；以
僧為忠臣孝子，士大夫之不幸也，以詩為春秋，史不幸也。〔註21〕

在這段文字裡，曼殊明白而強烈表明了內心「歌哭途窮」的矛盾。在國難當頭之時，他其實是不願就此趨無生，成為投荒客，如同六朝的竹林七賢，以狂歌浪吟的方式來抵抗當權者的無道。更不願滿懷一肚子的低沈消極，然而以個人的心力，畢竟無力抵抗於這個時代，只得讓自己在「求諸禪」、「求諸詩」中去尋求生命的「安置」！

〔註21〕見蘇曼殊《嶺海幽光錄》。

三、有志難伸的國愁

身處於亂離多舛的歷史之中，一位詩人藉著詩抒發個人的身愁、鄉愁之時，勢必無法將小我的處境，脫身於整個大時代之外，而徒言一己的悲苦亂離。也就是說，一位真正心有所感、忠於生命的詩人，他的悲喜，往往受到悲慘動盪的世事所牽絆。詩人情有所至，不容僅止於情，於是聲淚便凝為鏗鏘頓挫的聲韻，亂離之境化為各種代表性的意象，相互映發，結合而成藝術性的組構。亂離之情，就寄於這個客觀的有機組構之中，成為獨立存在的一個感情世界。〔註22〕

由前述二大「主題」：「身愁」與「鄉愁」的詩作分析中，我們可以發現，心繫家國興亡的曼殊，他一生的遭遇，其實是和整個歷史潮流休戚相關的。所以當他感懷身世、思念家園的情思迸放於詩作之中，一股濃烈的「國愁」，便自然地隱現於字裡行間，彷彿已成為他生命中的血脈！如〈耶婆提病中末公見示新作，伏枕奉答，兼呈曠處士〉、〈南樓寺懷法忍、葉葉〉二詩，寫的是「鄉愁」、更是「國愁」，因此，詩的內在意涵也益發地深刻。

所謂「詩如其人」，曼殊詩中對家國情懷的諸種面貌，其實是和其對革命的理想熱誠、幻滅幅度互相映照的。怳當其對革命的情緒激昂澎湃，革命的理想受到振奮時，詩作中「國愁」的情緒，便自然地染上了「激興」的色彩，最明顯的便是前面引述過的〈以詩並畫留別湯國頓〉。

可惜的是，這種悲壯的風格並沒有在他的詩中進一步地發展下去，因為初出茅廬的那股英銳之氣，已逐漸為嚴酷多變的現實所消磨殆盡了。時代的因素，加上「個人主義」的行為特徵，注定了他的反就非但不能撼動巨大的現實悲劇，反而會使他自己感到疲憊不堪，心灰意冷。〔註23〕〈吳門依易生韻〉一組詩，便透露著曼殊抗爭之餘產生的悵惘與頹喪。〈為玉鸞女弟繪扇〉一詩亦是表達這種悽楚悱惻的「傷心」：

> 日暮有佳人，獨立瀟湘浦。
>
> 疏柳盡含煙，似憐亡國苦。

詩人假藉「佳人」來含蓄地說出精神之慟。再如〈無題〉八首之一：

> 綠窗新柳玉台旁，臂上微聞菽乳香。
>
> 畢竟美人知愛國，自將銀管學南唐。

〔註22〕見李正治《神州血淚行》（台北：故鄉，民國71年），頁7。

〔註23〕見邵迎武《蘇曼殊與拜倫》（《天津師大學報》，第3期，1986年6月），頁70。

曼殊借助一位色藝俱佳的美人形象，不僅微妙地寄托了自己心靈上因辛亥革命失敗，而產生的家國深愁，而且亦含蓄地譏諷了那些靦顏事袁世凱的民國官僚政客，使得這首小詩頗具深意。〔註24〕

即使是客居異地，曼殊仍時時夢縈神州。民國二年（1914）他住在日本，的揮淚低吟著對家國的憂傷，〈東居雜詩〉十九首，深深地寫出對祖國的遙遠深情。

蘇曼殊的愛國精神是充分的，然而在思想上和理智上，他卻是脆弱的。由於缺乏獻身於實際行動的勇氣，由於無法真正認清「革命」的主義，只知「踽踽獨行」，所以不能落實於反抗邪惡。所扮演的角色完全是一位「詩人」式的慷慨悲歌，最後終於悲觀失望而走上消極頹廢的道路。〔註25〕

這無可厚非，曼殊天生的個性就是屬於詩人的特質，他適合扮演的角色就是：詩人！

〔註24〕《蘇曼殊的感時國詩》，頁75。
〔註25〕同上，頁76。

第六章　蘇曼殊詩的風格分析

第一節　何謂「風格」

　　中國典籍文章自古論「風格」二字的定義與指涉各有不同，「風格」一詞最早是用以論人，繼而再用以論文。而論文的指涉又從作品本身的風範格局、藝術特色，到作品所賦與的實際目的。〔註1〕晉葛洪《抱朴子・疾謬篇》是以「風格」言人的風範品格：

　　　　　　以傾倚屈申著爲妖妍標秀，以風格端嚴者爲田舍樸駭。〔註2〕

追至曹丕《典論論文》中論建安七子的個性與風格，「風格」一詞漸用於評論文章的風範、格局。如《文心雕龍・夸飾篇》言：「詩書雅言，風格訓世，事心宜廣，文亦過焉。」，〔註3〕杜甫〈薛端薛復筵簡薛華醉歌〉云：「座中薛華善醉歌，歌辭自作風格老。」，〔註4〕與今日言文學「風格」，乃專指文學作品所展現的特色，其義相去不遠。

　　《文心雕龍・體性篇》云：

　　　　　　夫情動而言形，理發而文見，蓋沿隱以至顯，因內而符外者也。

　　　　然才有庸儁，氣有剛柔，學有淺深，習有雅鄭，並情性所鑠，陶
　　　　染所凝，是以筆區雲譎，文苑波詭者矣，故辭理庸儁，莫能翻其才；
　　　　風趣剛柔，寧或改其氣；事義淺深，未聞乖其學；體式雅鄭，鮮有

〔註1〕　見施又文《顧亭林之人格及其詩歌風格》，頁 20。
〔註2〕　見葛洪《抱朴子・疾謬篇》外篇卷二十五。
〔註3〕　見王更生《文心雕龍讀本》（下篇），頁 155。
〔註4〕　見楊倫編《杜詩鏡銓》卷三（台北：華正，民國 70 年），頁 126。

反其習；各師成心，其異如面……是以賈生俊發，故文潔而體清；

長卿傲誕，故理侈而辭溢……〔註5〕

「風格」形成的面貌，劉彙以為正反映出作者個性、才學的面說。也即是說文章的風格，乃與作者的情性，才份習習相關的。所以才有所謂「風格即人」〔註6〕的說法。

作品「風格」除了是個人的標記、是透過語言文字的形式運作，而顯現出的藝術特質外，〔註7〕「時代背景」亦是決定作品風格的重要因素。孟子云：「誦其詩，讀其書，不知其人可乎？是以論其世。」（《孟子・萬章下》），今人姚一葦亦云：

所謂風格，乃一個時代的一般性或社會意識，與一個藝術家的

特殊性或個人意識，透過藝術品的形式與品質而形式的那一藝術家

的世界。〔註8〕

所以當我們在詩人的作品之間欲尋求作品風格的形成因素、分析風格的因子、詩的創作形式、內容與風格三者之間的互動關係，詩人成長時代環境亦不可忽略。如此方能窺得作品全貌。

姚一葦先生說：「吾人對於一個作家或一部作品的風格探討時，一方面要衡量它的時代性，與它所具現的時代意識；另一方面同時要研究他個人心理和生理的狀態，以確立它的特殊性與它的個人意識。」，〔註9〕蘇曼殊雖是「行雲流水一孤僧」，然而他並非孤絕於塵俗之外，他的生命與創作，時時與清末民初的脈動交溶一契的。今日我們在分析他的創作風格類型之前，勢必要先對形成其風格的時代、人格、詩歌創作諸因素作一通盤的了解，才能確實掌握其風格的獨特處。

第二節　蘇曼殊詩的風格類型

風格既然是文學作品於內容、形式的和諧中所展現出的藝術內涵特色，而且風絡的成因，與作者所處的外在世界及性情、學習諸方面極為有關。前

〔註5〕　同註3，頁22。
〔註6〕　為法國作家布封名言，見《文學理論資料匯編》（中），頁696。
〔註7〕　見蔡英俊《樸素的與激情的》，收入「鵝湖月刊」第二卷第7期，頁35。
〔註8〕　見姚一葦《藝術的奧秘》（台北：開明，民國57年），頁294。
〔註9〕　同上。

文已將蘇曼殊詩歌作品有關的時代、人格及語言、內容因素分別試加探討。本章將綜合前文以言曼殊詩歌的風格類型，看看曼殊所處的環境，及其性情、經歷對他的詩風造成何種的影響。如此循序漸進，爲使曼殊的詩歌風味得一完整的呈現。

曼殊詩歌風格徑歸納有三；分別是：(一) 清新自然，(二) 哀婉纖麗，(三) 悲壯沈鬱。

一、清新自然

郁達夫在〈雜評曼殊的作品〉一文中曾指出：

> ……他的詩裡有清新味，有近代性，這大約是他譯外國詩後所得的好處。

文公直的《曼殊大師傳》亦云：

> 一片眞情，一任靈機觸發，自然流露，不假雕琢，佳趣天成。

分析曼殊詩作之所以別有一番「清新自然」的詩風，主要的原因，就在於詩呈露了曼殊「率直天眞」的自然本性。「我」是曼殊全部創作所顯現出的強烈主觀情緒的形象裁體。他在創作中總是自覺或不自覺地致力于一個「我」的形象塑造，〔註 10〕如此強烈的主觀色彩，儘管他在不同時期，對不同的事物可能產生迥異於前的思維、情感色彩，但是這個「我」所擁有的靈魂，卻都有著相同的名字。率眞、熱情、善感、富赤子之心的天性，於作品創作中，自然因爲這個「我」的映顯，而呈現出作者個人強烈的氣質－－清新自然。

當我們閱讀這首〈住西湖白雲禪院作此〉詩：

> 白雲深處擁雷峯，幾樹寒梅帶雪紅。
> 齊罷垂垂渾入定，庵前潭影落疏鐘。

和歷來寫景詩的雕琢刻工極爲不同的是，曼殊同樣是將景寫入詩中，詩中的景物彷彿不是在曼殊的筆下，而是自然，映照在湖水之間，他好像是漫不經心地濡筆一揮，似其天眞浪漫的言語行爲，卻出現了如此令人醉心、清幽的意境。

當然曼殊的與佛結緣，佛教那種以直覺觀照爲特徵的參禪方式，對曼殊的詩歌風格、生命情調，自然造成微妙的感染力量。〈答鄧繩候〉一詩，讀似淡雅輕靈，品味起來卻予人無盡意：

〔註10〕見《蘇曼殊新論》，頁 39。

　　　　相逢天女贈天書，暫住仙山莫問予。

　　　　曾遣素娥非別意，是空是色本無殊。

這裡未明言一句禪話，卻禪意無限；未表示一句生命哲理，卻深意雋永。佛家言萬象皆「空」，所有有形質的東西稱爲「色」，此間種種，無非只是「因緣和合」而構成的「假象」，不必執著、但需放下，然而對曼殊而言，做爲一位「佛門弟子」，與做爲一個「俗世間人」，其實「自我生命」的內在本質並無二致。他之所以投身佛門，無非是爲追求自我與本我的平衡，也就是渴望一顆純淨的心靈。但他無法捨卻俗世紅塵，情關難斷，亦無非是因爲忠實於「自我生命」的內在呼喚。即使是徘徊於出世與人世之間，即使對佛門而言，他並非是位嚴守戒規的出家人，但他所要求面對的是他「自己」的靈魂，而非「佛祖」，亦非「歷代聖賢」，只要是對生命忠實眞誠，存在的當下是率眞、自然的，「是空」？「是色」？又何需拘泥呢！

　　另外，曼殊詩體裁絕大多數都是七言四句的小詩，清麗如畫，適度地掌握了絕句渾然天成的語言特質：如〈淀江道中口占〉、〈過蒲田〉、〈遊不忍池示仲兄〉、〈東沽忍〉、〈吳門依易生韻〉（白水青山未盡思）、〈憩平原別鄧贈玄玄〉諸詩，皆清新自然，呈現七言絕句的詩風。

　　二、纖麗哀婉

　　蘇曼殊遺留的詩作中，有些一頗具晚唐纖麗哀婉詩風，〔註11〕並有多處沿襲晚唐詩人李商隱的作品，如〈無題〉八首之一：「星裁環珮月裁璫，一夜秋寒掩洞房。莫道橫塘風露冷，殘荷猶自蓋鴛鴦。」語出於李商隱的〈宿駱氏亭寄懷崔雍崔袞〉一詩：

　　　　竹塢無塵水檻清，相思迢遞隔重城。

　　　　秋陰不散霜飛晚，留得枯荷聽雨聲。

而曼殊的〈吳門依易生韻〉十一首之一：「水驛山城盡可哀！夢中衰草鳳凰台。春色總憐歌舞地，萬花撩亂爲誰開？」其以纖麗哀婉的懷古方式，與李商隱〈李衛公〉一詩的風格略近：

　　　　絳紗弟子音塵絕，鸞鏡佳人舊會稀。

　　　　今日致身歌舞池，木棉花暖鷓鴣飛。

曼殊另還有〈集義山句懷金鳳〉一詩，其對於李商隱的喜愛，可以想見一般。

〔註11〕見胡寄塵《說海感舊錄》，收入《蘇曼殊全集》第五冊，頁257。

當然我們不能因此而武斷地說曼殊的詩受到李商隱的影響，畢竟曼殊獨特的美學觀點，及其獨特的生命關切、見解、性格等內外因素，都是無形中塑造其「纖麗哀婉」詩風不可或缺的因素。

另外，題材的選擇、創作態度的趨於陰柔，以及常以女性角色入手等方面，都是造成纖麗詩風的源頭。

曼殊的詩多以情愛為題材，前已有述，如〈為調箏人繪像〉、〈本事詩〉、〈無題〉、〈東居雜詩十九首〉等詩。他也嘗言：「余以縶身情網，殊悔蹉跎！」，〔註12〕情愛之纏綿於心，化為詩句之後，使自然流露出纖麗的哀婉的風絡。再加上曼殊色彩運用所造成的纖麗視覺效果，益增詩風的纖麗特色了。

值得注意的是，曼殊常從女性的角度著手，以女性為主角，或寫女性情思，或描摹女性言行，如〈為調箏人繪像〉二首：

> 收拾禪心侍鏡台，沾泥殘絮有沈哀。
>
> 湘弦灑遍胭脂淚，香火重生劫後灰。
>
> 淡掃蛾眉朝畫師，同心華髻結青絲。
>
> 一杯顏色和雙淚，寫就梨花付與誰？

寫的是調箏女子的悲情。〈本事詩〉十一首之中，亦有站在女性立場者，如：

> 慵妝高閣鳴箏坐，羞為他人工笑顰。
>
> 鎮日歡場忙不了，萬家歌舞一閑身。

寫的則是一位歡場女子身不由己的感傷。另如〈何處〉：

> 何處停儂油壁車？西泠終古即天涯。
>
> 搗蓮煮麝春情斷，轉綠回黃妄意賒。
>
> 玳瑁窗虛延冷月，芭蕉葉卷抱秋花。
>
> 傷心怕只妝台照，瘦盡朱顏只自嗟！

這首詩，寫的雖是一名女子暗傷歲月的流逝，然而亦未嘗不是曼殊的自況。

一位女子，自古即被灌輸「無才便是德」的觀念，即便是接受西潮思想如曼殊者，亦不能割捨傳統遺留下來的守舊觀念。也許有此先入為主的想法，曼殊對於能憂心國事，甚至為國捐軀的女子，便時以詩文稱頌之。所以在〈秋瑾遺詩序〉中會發此感想：「秋瑾素性，余莫之審，前此偶見其詩，嘗謂女子多風月之作，而不知斯人本相也。」〔註13〕如因此曼殊寫家國之痛，常從女

〔註12〕《畫跋》：收入《蘇曼殊全集》第一冊，頁140。

〔註13〕同上，頁132。

子入手，如〈為玉鸞女弟繪扇〉：

> 日暮有佳人，獨立瀟湘浦。
>
> 疏柳盡含煙，似憐亡國苦。

〈無題〉八首之一，亦云：

> 綠窗新柳玉台旁，臂上微聞淑乳香。
>
> 畢竟美人知愛國，自將銀管學南唐。

另如〈東居雜詩十九首〉中的：「羅襦換罷下西樓，豆蔻香溫語未休。說到年華更羞怯，水晶窗下學箜篌。」、「翡翠流蘇白玉，夜涼如水待牽牛。知否去年人去後，枕函紅淚至今留？」、「秋千院落月如鉤，為愛花陰懶上樓。露濕紅蕖波底襪，自拈羅帶淡蛾羞。」、「人間天上結離憂，翠袖凝妝獨倚樓。淒絕綠楊絲萬縷，替人惜別亦生愁」、「銀燭金杯映綠紗，空持傾國對流霞。酡顏欲語嬌無力，雲鬢新簪白玉花。」以上諸詩，描寫女性的纖麗柔婉，亦是栩栩如生。

縱觀前面所舉的詩倒，描寫女子者讀來真是絲絲入扣。從創作過程而言，曼殊以女性角度發抒，必須要先走入女性的生命情境之中，去感受去體會，才能捕捉女性的微妙心理與形象。曼殊之所以如此曲折委婉，不直言說，和本人個性的陰柔纖弱，極為有關。所以自然便會選擇以女性的角度寫內心之情，以為自己的陰弱個性作一掩飾。無形之中，便形成其「纖麗哀婉」的獨特詩風。

熊潤桐〈蘇曼殊及其燕子龕詩〉曾論曼殊的詩：「……真可謂哀感頑艷之極了……不染輕薄的氣習，不落香奩的窠臼……」；王志鍾〈燕子龕遺詩序〉亦云：「所為詩蒨麗綿眇……」，柳亞子的〈燕子龕遺詩〉也說：

> 君好為小詩，多詩語，有如者人所謂「卻扇一顧，傾城無色」
者。

高旭亦曰曼殊的詩是「其哀在心，其艷在骨。」。[註14] 以上諸語，皆言曼殊詩風中屬於「纖麗哀婉」的部分。

三、悲壯沈鬱

在曼殊一生的歲月裡，身繫的不僅僅是個人的情愛，更讓之憂心忡忡的是家國的命運、革命的成敗。由於時代的乖舛，他的理想一再遭受挫敗，面

[註14] 見高旭《願無盡廬詩話》：故人《蘇曼殊全集》第五冊，頁234。

對如許翻騰的局勢，曼殊內心抑制不住的「悲壯沈鬱」，遂化為詩句的聲聲低吟。他並非一位無涉世事、無愛無嗔的沙門佛徒遁跡於深山之中，也並非是個「時代的僵屍」，只知寫些一己的情愛來粉飾現實。他的多愁善感、他的洞悉世情，讓他的詩比一般人多份屬於那個時代的傷心慘目。「總是有情拋不了，袈裟贏得淚痕粗」，〔註15〕他的情與時代脈搏同躍動、齊低沈。

「沈鬱」一詞，歷代詩家多指詩聖杜甫獨特之詩風。風格的存在，本是流動不居的，「沈鬱」的內涵，也會因作家特質、作品形式內容之不同，而融鑄不同程度的悲劇性。故曼殊的「沈鬱」實不必與杜甫的「沈鬱」相比。蓋「沈鬱」詩風的建立，應基於詩人生命意識的悲感、深度的憂國憂民之思及迴婉含蓄的義蘊上。〔註16〕陳廷焯《白雨齋詩話》云：

> 作詞之法，首貴沈鬱，沈者不浮，鬱則不薄。〔註17〕

如此展現而成的沈鬱詩風，便具有崇高與壯美的境界。

當然曼殊「悲壯沈鬱」的源泉有許多，諸如國勢的凌夷、人生的坎坷、理想的破滅、愛情的不幸等，都可能是傷心的起站。但是，當曼殊的目光從現實的際遇上，轉向尋找內心的痕跡時，傷心的起站往往已成為朦朧不清、飄忽未定的的詩句。你可以發覺他已在不經意間，將人生的諸多問題，曲折的投影成沈重、悲壯又強烈的陰影，忽然間彌漫開來，將你籠罩！

曾經，曼殊對於革命的理想是「壯士橫刀看草檄，美人挾瑟請題詩」，〔註18〕〈以詩並畫留別湯國頓〉二首充滿著詩人義無反顧的悲壯情懷；爾後這種壯闊的詩風，隨著革命的挫敗、嚴酷的現實，並沒有進一步地發展下來，因為初出茅廬的那股英銳之氣，已逐漸消磨殆盡了。

於是，出現在詩中的是陰鬱低沉的憂思歌吟，如〈過平戶延平誕生處〉，在這首詩中，我們已找不著曼殊早年慷慨悲壯的氣概。作此詩時（宣統元年，1909 年）及前幾年，革命前程充滿艱險，許多革命黨人都在行動中先後壯烈捐軀。〔註19〕而日本的革命黨人自光緒三十三年（1907）起，即發生內訌，保皇黨人不免喜形於色，認為「革命黨之勢力，在東京既已銷聲匿跡，民報社各人互相噬嚙，團體全散，至於民報而不能出，全學界人亦無復為彼所蠱

〔註15〕見劉三《贈曼殊》詩，同上，頁 286。
〔註16〕見蕭麗華《論杜詩沈鬱頓挫之風格》（台北：師大國研所 75 年碩士論文）。
〔註17〕見陳廷焯《白雨齋詩話》（台北：河洛，民國 67 七年）頁 4。
〔註18〕錄自曼殊《與柳亞子書》（辛亥 11 月）。
〔註19〕王玉祥《蘇曼殊的感時憂國詩》，頁 73。

惑者……孫文亦被逐出境，今巢穴已破，吾黨全收肅清克復之功，自今以往，決不復能爲患矣。」〔註20〕這是 1907 年 7 月 17 日梁啓超寫給康有爲的信，其態度雖過於樂觀，但從其中可以了解在日的革命黨內部眞是問題重重。而宣統元年（1909），革命黨在國內竟至毫無動作，所以曼殊會有「餘子盡」的沈痛。

由於感情的深摯，愛國詩人往往在尋常景物中見出不尋常的意義，隨處觸發愛國之思。他們見花落，便聯想起同胞的血；聽鳥鳴，便惹起家國之思。〔註21〕曼殊的牽繫於心，使得大自然間的物換星移，都會爲他帶來莫名的激盪。如〈吳門依易先韻〉十一首之一：

> 江南花草盡愁根，惹得吳娃笑語頻。
>
> 獨有傷心驢背客，暮煙疏雨過閶門。

江南一帶的繁花茂草，興起了作者如狂絮般的愁思。這首詩和詩人貫的作風一般，沒有具體的敘述悲哀的源頭，只是在用心咀嚼沈鬱的本身。正是由於找不著源頭，更能打動讀者的內心，因爲曼殊已將屬於個人的當下情懷，轉化爲生命存在的普遍難處。每個人都會遭遇到，畢竟生命的本質就是孤獨、多難與矛盾，大文豪里爾克說過：

> 佇立在開花的樹下，流動的小河灣，我們孤獨得可怕。〔註22〕

王維的〈辛夷塢〉：「木末芙蓉花，山中發紅萼。澗戶寂無人，紛紛開且落。」寫的雖是芙蓉花的生命，不也正觀照到世間所有生命的悲劇本質嗎？

所以當我們進一步閱讀曼殊詩作時，我們不能忽略來自於曼殊生命個體的「悲劇意識」！黑格爾曾說過：

> 凡始終郁是肯定的東西，就會始終沒有生命。只有通過消除對
>
> 立和矛盾，生命才變成對它本身是肯定的。〔註23〕

悲劇的意識來自於自我生命與外在現實的對立衝突，生命愈是旺盛、強烈、深遠，就愈易感受到外在現實的限制、缺陷。於是，在不斷的對立與矛盾中

〔註20〕 見丁文江《梁任公先生年譜長編初稿》上冊，頁 245。

〔註21〕 見馬進《南社詩歌的藝術特色」，收入《文藝論叢》第 19 期，1985 年 4 月，頁 184。

〔註22〕 見李永熾編譯《笑的人生——里爾克篇》（台北：純文學，民國 77 年 9 月），頁 149。

〔註23〕 見黑格爾《美學》（一）（台北：里仁，民國 70 年），頁 206。

不斷錘煉，那顆悲劇的心靈更提昇著自我的價值。〔註 24〕曼殊詩中的「悲壯沈鬱」風格，如果我們只感受其「愁」，那麼便只看到曼殊情感的表象而已。若我們在激發起哀憐與恐懼的情緒時，不去耽溺於如此低沈的情緒，而是藉此情緒，使吾人心靈中的潛在鬱積之情得以解脫，從而得到啓示，這才是悲劇意識的積極意識。〔註 25〕

　　我們可以說，「還卿一鉢無情淚，恨不相逢未鬀時。」（〈本事詩〉），「無端狂笑無端哭，縱有歡腸已似冰！」（〈過若松町有感示仲兄〉）、「相逢莫問人間事，故國傷心只淚流。」（〈東居雜詩十九首〉）、「芒鞋破鉢無人識，踏過櫻花第幾橋！」（〈本事詩〉），來自於曼殊僧人生命的切身之痛，亦屬於那個時代的悲情，但當我們讀著蘇軾的「寄蜉蝣於天地，渺滄海之一粟。哀吾生之須臾，羨長江之無窮」（〈前赤壁賦〉），古往今來，在時間與空間的大舞台之中，人們不是一直扮演著「有限」與「無限」的劇情嗎？曼殊的「悲壯」、「沈鬱」，不也是你我生命的共鳴嗎？

〔註 24〕見《蘇曼殊新論》，頁 209。

〔註 25〕見亞里士多德著，姚一葦譯註《詩學箋註》（台灣：中華，民國 75 年 9 版），
　　　　頁 72。

第七章　結論——蘇曼殊詩的地位與評價

　　前面數章，一方面透過作品的外緣研究，我們得以進入蘇曼殊的生命世界，從身世、學習、性情、人格特質、時代背景的抽絲剝繭（註見本文第二、三章），了解到曼殊這一才華橫溢、天才型的詩人，其「清新自然」、「纖麗哀婉」、「悲壯沉鬱」各型風格的成因（詳見第六章）；一方面則藉著作品的內在研究，分析曼殊詩歌的創作技巧、語言特性、主題呈現、題材分類等（見第四、五章），以呈現曼殊詩作的藝術本質。從外緣研究、進入內在研究，再將兩者熔鑄而成的詩歌風格加以分析，我們可以清晰地感受到曼殊的生命情調與精神意識。

　　然而曼殊的詩歌藝術在他自我生命的架構之中究竟有何意義？納入整個時代的情境之中，又會留下什麼雪泥鴻爪呢？

一、詩在其個體生命中的意義

　　「人格形態」本不一定發為詩，但它是詩人形成創作的原始動機。〔註1〕曼殊的人格特質具有天真浪漫的「無拘性」與孤高耿介的「執著性」（詳見第三章第五節），這兩者的生命情調，前者使他如行雲流水般無執於生命任何一端，忽入世忽出世；而後者，則使得他勇於執著情義，易繫身於憂國憂己的情網之中。如此「無拘」與「執意」的雙重人格，不僅形成曼殊矛盾多變的思緒，亦形成其既「浪漫」又「沉鬱」的詩歌風格。

　　將曼殊的詩歌作品納入其生命結構之中，我們可以看出，由於曼殊自身

〔註1〕　參考徐復觀《中國文學論集》，〈儒道兩家思想在文學中的人格修養問題〉一文。（台北：學生），頁2。

生命的缺憾：這其中包括了過於短暫的生命歲月、不夠圓融豐厚的人生觀，及過於傾向感性浪漫的情性，反映於創作的詩歌，亦呈現如此感性深長而理性不夠清明的特質。但是我們應了解，藝術的活動總是在矛盾和衝突中等也調和與舒緩，並不一定需要有明確的答案。同樣地，曼殊詩歌中個人浪漫色彩的濃厚（詳見第六章第三節），是眞實地反映了曼殊一生的遭遇，藉由詩的呈現，我們得以感受其情感的深沉跌宕。曼殊詩的「爲藝術心靈而文學」的率住自然，是對傳統詩歌數千年受儒教「載道文學」的另一種聲音。而詩的「自覺」，也自覺地主動著人格的「自覺」，使他能更勇敢而眞實地剖露出自我與本我的掙扎痕跡，呈現出高尙而可貴的創作靈魂。

二、詩在時代情境中的意義呈現

蘇曼殊是一位具有高度民族思想與眞摯情操的作家，在當時，正是中華民族處在交織著改革、革命、反革命、新文化運動等各類聲浪的時代（詳見第二章）。在如此希望與幻滅交相沖激猛烈的年代，蘇曼殊內在的呼喚，尤其是詩，彷彿顯得孤獨而微弱。他曾在詩文中義憤填膺，痛詆禍國殃民者，揚言要以熱血灌漑革命的花朵；也曾積極引介西方文學，鼓吹革命自由思想，在傳統中掙扎，開創新時代的個人思維模式；也曾在短暫的求學生涯中，藉著自我修習與問學（詳見第三章第四節），創作了頗堪玩味的詩歌藝術。這些詩作形式雖來自傳統，其內容也較有繼承先賢的痕跡，〔註2〕但傳統的形式中卻含有進步的時代精神，爲近代詩壇由古典詩過渡到白話詩，寫下了「文學變革」的痕跡，其歷史的價值應大於藝術的價值。

蘇曼殊的一生如同其詩一般，正值中國新舊的過渡時期，他個人的歷史還正在蘊釀，如同初春綻放的新芽。他的人、他的詩，已向著未來嶄新的中國開啓了包括思想、文學、佛學，甚至是人格諸方面的可能。他並非一位拿起時代號角，大聲疾呼的領導者，也沒有一套改革文學、社會制度的恢宏大法，但卻在無形中爲我們提供了一處寶貴的新沃土，在那裡，新文學的種子已播下，得以在日後五四新文化運動中茁壯成形。

三、其詩的評價

晚清以降的近代詩壇，最爲文學史家所津津樂道的是黃遵憲、梁啓超、夏曾佑諸人提倡的「詩界革命」，爲民國八年的「白話文運動」帶來了前導與

〔註2〕 陸草《試論蘇曼殊的詩》，收入《中州學刊》1984 年 10 月第 5 期，頁 80。

實驗。由於一些詩人在古體詩中加入了新名詞，反應了新思想、新時代，爲中國傳統詩注入了通俗化的因子，於是胡適的《嘗試集》才得以順勢而起，掀起了「新詩」運動。倡導「詩界革命」的歷史意義，固然是無庸置疑，但歷來文學史的撰寫者，如胡適的《五十年來中國之文學》、劉心皇《現代中國文學史話》、司馬長風的《中國新文學史》、周錦的《中國「新文學」史》等，在論述新詩運動的興起，前推至晚清時，皆未提及蘇曼殊在詩歌創作上的「繼往開來」之定位，實爲一大遺憾。

王德鍾曾說：

> 烏虖！近代詩道之宗旨，誠難言矣！所稱能詩者，爭以山谷宛陵臨川后山爲歸，自喜寄興深傲，裁章閎澹，刊落風華以爲高；然僅規撫北宋之清削，而上不窺乎韋孟之門者，則謇澀瑣碎之病作焉。

> 自古作家，珥璫釵鈿之詞，苟其風朝散朗，無傷大雅，在所不廢；今固亦有二三鉅子，力武晚唐，以沈博絕麗自雄，顧刊播所見，隸事傷神，遣詞傷骨，厥音靡靡，託體猶遠在「疑雨」之下，宜乎玉台西崑見詬於世哉。於是而蘇曼殊之詩以袒百代已。〔註3〕

曼殊的詩體雖古，但內容在傳統與近代的轉化上，卻意味深長，具有時代的意義。任訪秋在《中國近代文學史》上爲曼殊的詩下一結論，他說：

> 它們不像當時一般愛國詩歌，只想有意告訴讀者一點什麼。讀者只要明白了那點意思，閱讀的目的也就達到。曼殊的詩，則使人看到了全人，看到了一個人的內心深處。

裴效維也評論了曼殊詩歌藝術的特質：

> 它們既不同於那些專掉書袋和專用怪字的所謂「學問詩」，也不同於那些喜用新名詞和翻譯名詞堆砌的所謂「革新詩」，還不同於那些以大喊大叫和豪言壯語爲革命的「口號詩」；而是別樹一幟，自成家數：講究色彩的明麗，音響的協調、形象的逼眞、感情的含蓄、意境的幽雅。〔註4〕

誕生在五四之前，傳統與反傳統仍曖昧不明的時代，蘇曼殊的詩存在於歷史過渡的夾縫之中，默默地傳達了屬於那個由「近代」走入「現代」、既古典文

〔註3〕　見王德鍾《燕子龕遺詩序》，收入《蘇曼殊全集》第四冊，頁84。
〔註4〕　見《蘇曼殊研究中的幾個問題》，收入《中國近代文學研究集》一書，頁170。

浪漫、既含蓄又奔放的時代聲音。或許他的詩在今日看來，其「示範」意義要大於「啟示」意義，但當還原到他的那個時代時，他的詩也就益發呈現出時代的意義。

參考書目

壹、專著部分

一、

1. 《蘇曼殊全集》（一、二、三、四、五冊），柳亞子編，北京，中國書店，1985 年。
2. 《曼殊大師全集》，文公直編，台北，文海出版社，民國 60 年。
3. 《蘇曼殊全集》，蘇曼殊，台北，大中國出版社，民國 63 年。
4. 《曼殊大師紀念集》，柳無忌編，上海，正風出版社，民國 37 年 3 月 5 版。
5. 《蘇曼殊詩箋註》，劉斯奮箋註，廣東，廣東人民出版社，1981 年。
6. 《燕子龕詩箋註》，馬以君箋注，四川，四川人民出版社，1983 年。
7. 《蘇曼殊小說詩歌集》，裴效維校點，北京，中國社會科學出版社，1982 年。
8. 《蘇曼殊詩文選注》，曾德珪注，陝西，陝西人民出版社，1986 年。
9. 《蘇曼殊小說集》，本社編，浙江，浙江文藝出版社，1983 年。
10. 《蘇曼殊選集》，陳潞潞編，香港，香港 文學研究社，未註明出版日期。
11. 《曼殊詩與擬曼殊詩》，蔣一安編撰，台北，商務印書館，民國 54 年。

二、

1. 《蘇曼殊年譜及其他》，柳亞子，上海，龍門書店，1927 年。
2. 《蘇曼殊傳》，柳無忌著，王晶垚、李芸譯，手稿影印本。
3. 《蘇曼殊大師新傳》，劉心皇，台北，東大圖書公司，民國 77 年。
4. 《天女散花──民國詩僧蘇曼殊傳》，林佩芬，台北，時報文化，民國 75

年。

5. 《革命詩僧——蘇曼殊傳》，唐潤鈿，近代中國出版社，民國 69 年。

6. 《蘇曼殊的浪漫》，陸愛吟，台北，精美出版社，民國 74 年。

7. 《浪漫二詩人》，張蓬舟，南京，南京書店，未註明出版日期。

8. 《蘇曼殊評傳》，李蔚著，珠海市政協編，北京，社會科學文獻出版社，1990 年。

9. 《蘇曼殊新論》，邵迎武，天津，百花文藝出版社，1990 年。

10. 《從磨劍室到燕子龕》，柳無忌，台北，時報文化，民國 75 年。

11. 《蘇曼殊研究》，柳亞子，上海，上海人民出版社，1987 年。

12. 《蘇曼殊詩研究》，胡丙勳，香港，新亞研究所，文學組，民國 71 年。

三、

1. 《中國文學發展史》，劉大杰，台北，華正書局，民國 71 年 5 月再版。

2. 《中國文學史》，葉慶炳，台北，學生書局，民國 71 年。

3. 《五十年來中國之文學》，胡適，台北，遠流，民國 75 年。

4. 《晚清文學思想之研究》，李瑞騰，台北，文化大學博士論文，民國 75 年。

5. 《中國近代文學史》，任訪秋，河南，河南大學，1988 年。

6. 《中國近代文學史稿》，香港，達文社，1978 年。

7. 《中國近代文學史事編年》，鄭方澤編，吉林，吉林人民出版社，1983 年。

8. 《中國近代文學研究集》，社會科學院文學研究所近代文學組編，北京，中國文聯出版社公司，1986 年。

9. 《中國近代文學研究第三集》，中山大學中文系編，廣東，中山大學，1985 年。

10. 《中國近代文學作家論》，任訪秋，河南，河南人民出版社，1984 年。

11. 《中國近代文學論文集》（概論卷、小說卷、戲劇、民間文學卷、詩詞、散文卷），北京，社會科學出版社，1982 年。

12. 《中國近代文學論稿》，時萌，上海，上海古籍出版社，1986 年。

13. 《現代中國文學史》，錢基博，文學出版，1965 年。

14. 《中國新文學史》，司馬長風，台北，駱駝，民國 76 年。

15. 《現代中國文學史話》，劉心皇，台北，正中書局，民國 75 年。

16. 《中國「新文學」史，周錦，台北，長歌出版社，民國 65 年。

17. 《中國詩歌流變史》，李曰剛，台北，聯貫出版社，民國 65 年。

18. 《現代中國詩史》，王志健，台北，商務，民國 64 年。

19. 《晚清小說史》,阿英,台北,天宇出版社,民國77年。

20. 《二十世紀中國小說史第一卷》(1897～1916),陳平原,北京,北京大學,1989年。

21. 《晚清文學叢鈔小說戲曲研究卷》,梁啓超等著,台北,新文豐,民國78年。

22. 《晚清小說研究》,林明德編,台北,聯經出版公司,民國77年。

23. 《晚清小說理論研究》,康來新,台北,大安出版社,民國75年。

24. 《民國通俗小說鴛鴦蝴蝶派》,范伯羣,台北,國文天地,民國79年(原出版者,北京,人民文學出版社)

25. 《中國翻譯簡史——五四以前》,馬祖毅,北京,中國對外翻譯出版社,1984年。

26. 《南社叢談》,鄭逸梅編著,上海,上海人民出版社,1981年。

27. 《南社紀略》,柳亞子,上海,上海人民出版社,1983年。

28. 《南社》,中華書局影印本,未註明作者及出版日期。

29. 《五四與中國》,周策縱等著,台北,時報文化,民國77年。

30. 《五四文學與文化變遷》,中國古典文學研究會主編,台灣,學生書局,民國79年。

31. 《從傳統到現化》,金耀期,台北,時報文化,民國76年2版。

32. 《近代中日文學交流史稿》,王曉平,香港,中華書局,1987年。

33. 《英國文學史》,梁實秋編著,台北,協志出版社,民國74年。

四、

1. 《中國通史》,傅樂成,台北,大中國出版社,民國77年。

2. 《中國歷史大事年表》,台北,華世出版社,民國75年。

3. 《宋史》,脫脫等,台北,鼎文書局,民國69年。

4. 《中國近代現代史》,張玉法,台北,東華書局,民國73年6版。

5. 《革命逸史》,馮自由,台北,商務印書館,民國58年。

6. 《近代中國史綱》,郭廷以,香港,中文大學,1980年。

7. 《劍橋中國史——晚清篇》,張玉法主譯,台北,南天書局,民國76年。

8. 《近代中國史事日誌》(清季),郭廷以編,台北,自印,民國52年。

9. 《中國近代史簡編》,黃敬華,台北,滄浪出版社,民國76年。

10. 《中國近代史話初集》,左舜生,台北,文星書店,民國55年。

11. 《民國百人傳》,吳相湘,台北,傳記,文學出版社。

12. 《梁任公年譜長編初稿》,丁文江編,台北,世界書局,民國47年。

13. 《弘一大師年譜》，林子青，台北，新文豐出版社，民國 63 年。

14. 《清末留日學生》，黃福慶，台北，中研院近史所專刊（34），民國 72 年再版。

15. 《中國近三百年學術史》，梁啓超，台北，中華書局，民國 72 年。

16. 《中國佛教史》，鎌田茂雄著，關世謙譯，台北，新文豐出版社，民國 76 年再版。

17. 《佛學與中國文學》，孫昌武，上海，上海人民出版社，1988 年。

18. 《中國近代佛學思想史稿》，郭朋、廖自力等著，成都，巴蜀書社，1989 年。

19. 《中國佛教發展史》，南懷瑾，台北，老古出版社，民國 76 年。

20. 《中國近代思想史論》，王爾敏，台北，華世出版社，民國 66 年。

21. 《晚清政治思想史論》，王爾敏，台北，自印，民國 58 年。

22. 《近代中國思想人物論──晚清思想》，周陽山、楊肅獻編，台北，時報文化，民國 74 年。

23. 《晚清政治思想研究》，小野川秀美著，林明德、黃福慶譯，台北，時報文化，民國 74 年。

五、

1. 《杜詩鏡銓》，楊倫箋注，台北，華正書局，民國 75 年。

2. 《玉谿生詩集箋注》，馮浩箋注，台北，漢京文化，民國 72 年。

3. 《張文襄公（之洞）全集》，王樹枬編，台北，文海出版社，近代中國史料叢刊第四十九輯。

4. 《海國圖志》，魏源，台北，成文出版社，民國 56 年。

5. 《龔自珍》，孫文光著，上海，上海古籍出版社，1985。

6. 《定盦文集》，龔自珍，台北，商務印書館，四部叢刊集部。

7. 《陳獨秀傳》，鄭學稼，台北，時報文化，民國 78 年。

8. 《盛唐王孟詩派美學研究》，潘麗珠，台北，師大國研所碩士論文，民國 76 年 5 月。

9. 《李賀詩研究》，楊文雄，台北，文史哲出版社，民國 72 年 6 月再版。

10. 《李義山詩研究》，張淑香，台北，藝文印書館，民國 63 年。

11. 《論杜詩沈鬱頓挫之風格》，蕭麗華，師大國研所碩士論文，民國 75 年。

12. 《顧亭林之人格及其詩歌風格》，施又文，師大國研所碩士論文，民國 77 年。

13. 《黃遵憲及其詩研究》，張堂錡，師大國研所碩士論文，民國 79 年。

六、

1. 《文學概論》，王夢鷗，台北，藝文印書館，民國 78 年 8 月 3 版。

2. 《文學論》，RENE & WELLEK 著，王夢鷗、許國衡譯，台北，志文出版社。

3. 《文學欣賞與批評》，W.L.G.等著，徐進夫譯，台北，幼獅文化，民國 77 年 3 月 11 版。

4. 《藝術的奧秘》，姚一葦，台北，開明書局，民國 57 年。

5. 《文藝心理學》，朱光潛，台北，開明書局，民國 69 年 11 月重 14 版。

6. 《文學的前途》，夏志清，台北，純文學出版社，民國 74 年。

7. 《談藝錄》，錢鍾書，台北，藍燈出版公司，民國 76 年。

8. 《文學的散步》，宗白華，台北，洪範書店，民國 76 年 4 版。

9. 《文學批評的視野》，龔鵬程，台北，大安出版社，民國 79 年。

10. 《文學的信念》，蔡源煌，台北，時報，民國 72 年。

11. 《文學社會學》，何金蘭，台北，桂冠圖書公司，民國 78 年。

12. 《箋註隨園詩話》，袁枚著、雷瑨註，台北，鼎文書局，民國 63 年。

13. 《白雨齋詩話》，陳廷焯，台北，河洛圖書公司，民國 67 年。

14. 《清詩話》，丁福保編，台北，藝文印書館，民國 58。

15. 《飲冰室詩話》，梁啓超，台北，廣文書局，民國 62。

16. 《中國詩律研究》，王力，台北，文津出版社，民國 76 年。

17. 《詩心與國魂》，李瑞騰，台北，漢光文化，民國 74 年 4 月 2 版。

18. 《秩序的生長》，葉維廉，台北，志文出版社，民國 64 年 3 版。

19. 《中國詩學》（四冊），黃永武，台北，巨流圖書，民國 65 年。

20. 《中國詩學》，劉若愚著，杜國清譯，台北，幼獅文化，民國 66 年。

21. 《詩論》，朱光潛，台北，開明書局，民國 71 年 11 版。

22. 《詩學箋注》，亞里士多德著，姚一葦譯註，台北，中華書局，民國 75 年 9 版。

23. 《詩的原理》，萩原朔太朗著，徐復觀譯，台灣，學生書局，民國 78 年 3 版。

24. 《中國詩學縱橫論》，黃維樑，台北，洪範書店，民國 75 年 4 版。

25. 《迦陵談詩》，葉嘉瑩，台北，三民書局，民國 73 年 5 版。

26. 《詩與美》，黃永武，台北，洪範書店，民國 73 年。

27. 《古典詩文論叢》，顏崑陽，台北，漢光文化，民國 72 年。

28. 《古典詩的形式結構》，張夢機，台北，尚友出版社，民國 70。

29. 《一首詩的完成》，楊牧，台北，洪範書店，民國 78 年。

30. 《中國小說敘事模式的轉變》，陳平原，台北，久大文化，民國 79 年。

31. 《修辭學》，黃慶萱，台北，三民書局，民國 74 年 5 版。

32. 《字句鍛鍊法》，黃永武，台北，商務印書館，民國 71 年 9 版。

七、

1. 《人格心理學》（及人格之培育），余昭，台北，三民書局，民國 68 年元月再版。

2. 《人格心理學》，普汶原著，鄭慧玲編譯，台北，桂冠圖書公司，民國 71 年。

3. 《中國人的性格》，李亦園、楊國樞編，台北，桂冠圖書公司，民國 79 年。

4. 《中國人的價值觀》，文崇一，台北，東大圖書公司，民國 78 年。

5. 《中國人：觀念與行為》，文崇一、蕭新煌編，台北，巨流圖書公司，民國 79 年。

貳、單篇論文

1. 〈論唐詩的語法、用字與意象〉，梅祖麟、高友工原著，黃宣範譯，《中外文學》一卷第 10、11、12 期。

2. 〈分析杜甫的「秋興」——試從語言結構入手作文學批評〉，梅祖麟、高友工原著，黃宣範譯，《中外文學》一卷第 6 期。

3. 〈清末民初中國詩壇〉，易君左，《東方雜誌》（復刊）第三卷第 5、6、7 期。

4. 〈二十世紀初年的中國自由主義運動〉，張玉法，《中華民國初期歷史研討會》（1912～1927 年）。

5. 〈中國近代知識普及運動與通俗文學之興起〉，王爾敏，《中華民國初期歷史研討會》（1912～1927 年）。

6. 〈一九○○年的中國〉，鄭培凱，《當代雜誌》，第 7、9、11 期。

7. 〈從傳統到反傳統——兩個思想脈絡的分析〉，王汎森，《當代雜誌》第 13 期。

8. 〈沒有思想的性格，沒有性格的思想？——中國人性格的自主性〉，雷霆，《當代雜誌》第 24 期。

9. 〈南社詩歌的藝術特色〉，馬進，《文藝論叢》19 期，1985 年 4 月。

10. 〈論晚清的文學變革〉，趙慎修，《文學遺產》，1989 年 2 月。

11. 〈文學與宗教想像〉，巴斯著，邱文媛譯，《中外文學》十五卷第 6 期。

12. 〈佛學與中國近代詩壇〉，陸草，《文學遺產》，1989 年 2 月。

13. 〈生母、情僧、詩作——蘇曼殊研究三題〉，馬以君，《中國近代文學研究》第一輯，1983 年 11 年。

14. 〈蘇曼殊及其小說〉，林志儀，《江漢論壇》總三十五期，1983 年 7 月。

15. 〈蘇曼殊小說論〉，裴效維，《文學遺產》，1983 年第 1 期。

16. 〈關於蘇曼殊的「斷句」〉，馬以君，《社會科學戰線》，1984 年 4 期。

17. 〈試論蘇曼殊的詩〉，陸草，《中州學刊》，1984 年第 5 期。

18. 〈蘇曼殊的感時憂國詩〉，王玉祥，《北方論壇》總 67 期，1984 年 9 月。

19. 〈蘇曼殊的生平及其譯著〉，張玉法，《新知雜誌》第一年第 6 期。

20. 〈關於蘇曼殊祖籍的一件材料〉，馬以君，《中國近代文學研究》第 3 期，1985 年 12 月。

21. 〈蘇曼殊的拜倫之歌〉，林靜華，《當代雜誌》第 37 期，1989 年 5 月。

22. 〈古代第一人稱小說向現代發展的橋樑——「斷鴻零雁記」〉，章明壽，《文學評論》，1989 年，第 1 期。

23. 〈變形的人格再塑——蘇曼殊人格論〉，毛策，《南社學會會訊》第 1 期，1990 年。